U0641515

OBSCURA

JOE HART

遗忘效应

〔美〕乔·哈特 著

陈拔萃 刘诗韵 译

北京联合出版公司
Beijing United Publishing Co.,Ltd.

图书在版编目（ＣＩＰ）数据

遗忘效应 /（美）乔·哈特著；陈拔萃，刘诗韵译
. -- 北京：北京联合出版公司，2023.7
ISBN 978-7-5596-6648-2

Ⅰ.①遗… Ⅱ.①乔… ②陈… ③刘… Ⅲ.①幻想小
说—美国—现代 Ⅳ.① I712.45

中国国家版本馆 CIP 数据核字 (2023) 第 050635 号

北京市版权局著作合同登记号：图字01-2022-3724

遗忘效应

作　　者：［美］乔·哈特
译　　者：陈拔萃　刘诗韵
出 品 人：赵红仕
责任编辑：李艳芬
封面设计：吴黛君

北京联合出版公司出版
（北京市西城区德外大街83号楼9层 100088）
北京新华先锋出版科技有限公司发行
大厂回族自治县德诚印务有限公司印刷　新华书店经销
字数248千字　620毫米×889毫米　1/16　16印张
2023年7月第1版　2023年7月第1次印刷
ISBN 978-7-5596-6648-2
定价：59.00元

献给所有遗失过往的人。

愿我们能替你永存记忆。

// 第一章 //

"十、九、八、七……"

航天飞机剧烈地震动着，周围的一切都摇晃起来。

吉莉安头盔里传来的声音震得她头骨嗡嗡作响。她牢牢抓住安全带，绷紧身上的每一块肌肉。巨大的恐慌袭来。她越来越后悔自己所做的决定。她究竟在这里干什么？她甚至都不是一名宇航员。这一切让她措手不及。

她向右摸索，碰到了比尔克戴着手套的手。她抓紧他的手，而他也紧紧回握。

"六、五、四……"

"点火！"

航天飞机震动得更厉害了，她的牙齿咯咯作响。

"三、二、一。"

航天飞机开始升空，吉莉安被重力压在椅背上。航天飞机不断加速，发出巨大的声响。卡森仍旧在耳机里喋喋不休地说着什么，但她已经听不清了。

速度继续加快，压力不断增强。她听到了呻吟声。是比尔克。他松开了她的手。她马上更用力地抓紧他。他晕过去了吗？她还没来得及担心比尔克，背后又传来一股新的冲力，她感觉胸口就像压着千斤巨石。

这种感觉似曾相识。

因完全失控而胆战心惊的感觉。

他们正在离开地表。

// 第二章 //

八　　年　　前

每当他们开车前往某个地方，他们总是手牵着手，但今晚例外。

以前，不管是去吃一顿浪漫晚餐，还是深夜去杂货店买零食，他们都会紧握彼此的手。这是他们在交往初期养成的习惯。刚开始牵手时，他们既兴奋又甜蜜；后来，牵手逐渐成为他们情感上的安慰。肯特习惯手心朝上，把手放在他们之间的仪表盘上，吉莉安则会握住他的手，与他十指紧扣。六年的婚姻让这一习惯变得根深蒂固。但今晚，当肯特从餐厅的停车场开往高速公路时，他并未朝吉莉安伸出手。

吉莉安看向坐在雪佛兰车驾驶位上的肯特。在那些一闪而过的街灯的照射下，他硬朗的五官线条变得柔和起来。他在思考什么？最近，她十分执着地想要找出答案。

他变了，虽然并不明显。

他经常欲言又止，就好像突然有另一个念头绊住了他的思绪，然后脸色逐渐苍白，眼神变得冷漠。当她关切地询问时，他又会立马回过神来，反问吉莉安自己刚才说了什么。但在对话结束后，他会再次走神。而这种神游状态不止发生在对话中。上周的某天，吉莉安意外地很清闲，早早结束工作回到了家中，发现肯特独自一人站在客厅里，正眼神呆滞地盯着墙上的苍蝇。吉莉安本以为肯特是想拍死它，随后，这只苍蝇嗡嗡地从她眼前飞进了厨房，而肯特依旧纹丝不动。

吉莉安静静地观察了肯特几分钟，不安的感觉急速加剧，她第一次感到这几分钟是如此漫长。她清了清嗓子，拉回肯特的注意力。肯特对她笑笑，像往常一样和她打招呼，不过他转过身时的神情很古怪，就好像不认识她。

自那晚后，吉莉安就难以入眠。她一直在想，在自己回家之前，肯特在那里独自伫立多久了？他变了。吉莉安想，这应该不是因为他意识到，她现在也不一样了。

吉莉安清清嗓子，说："你今晚很安静。"

"嗯？"肯特应了一声，没有看她。

"我说你今晚很安静。"

"是吗？"

"是的，你最近几天都很安静。"

"对不起，我最近工作很忙。新客户……"

她等待着，期待他说出新客户的名字。每过一秒，她的神经就越发紧张。肯特抬起头，仿佛听见了来自远方的呼唤，随后又放松下来。

"交点……"她差点就把名字说出来了。

"什么？"

"新的客户，交点公司。"

"对，他们怎么了？"

吉莉安感到自己的胃猛地往下一沉，感到了一种前所未有的沉重感。她想起了早些时候看到的一篇扎心的文章。当时，她工作的医院里有一位医师在休息室留下了一本新出版的医学杂志，其中一篇文章介绍了一种新型神经失调疾病。神经系统疾病的发现往往能在医学界掀起波澜，而这种被称为"罗斯综合征"的新型疾病相当棘手，易感人群也很广泛。几乎任何人都有可能得这种病。

此时，高速公路上一道道黑色树影从窗外一闪而过。吉莉安坐在车上，想到了这一可能性，她感到一阵恐惧。似乎只有这样，这一切才说得通。

"今天几号？"她忍不住问肯特。

"今天？"肯特问。

"今天的日期……是几号？"

他的嘴角露出一丝微笑："你不知道？"

"我忘了。"

"好吧，今天是……"他看了一眼仪表盘，注意力又回到前面的路上，"七点四十五分。"

过去几周那种若有若无的恐惧，此刻迅速蔓延开来，将她吞噬。这不可能！这种事绝对不能发生在她丈夫身上，不能发生在他们家。这是她同一天第二次感到反胃。

"我觉得你应该约一下医生。"

"嗯？"

"约一下医生。明天……我们明天就去找丹纳医生。"

"什么？为什么？我感觉很好。"

"你刚才告诉我现在是七点四十五分。"

"然后呢？"

"我问你的是今天的日期。"

肯特转过头来，与吉莉安对视。吉莉安看到了他眼中的恐惧。马上，那恐惧又转化为愤怒。

"我没事。只是新客户让我压力倍增。他们希望月底之前把所有工作都处理好，再加上……"

在另一辆车的车灯照射下，吉莉安看到肯特紧绷着下巴。"而且那个人还让我下周必须装修好他的地下室。他叫什么名字来着？"

"格雷格。"吉莉安说，"你弟弟叫格雷格。"

肯特的脸色微微柔和起来，眼中的愤怒也逐渐消失，就好像他刚才是被某种外星生物寄生了。事实上，在这么多年的婚姻生活中，他只大发雷霆过两次。

吉莉安的手颤抖着放在肯特的肩膀上。他的肩膀结实而温暖，令人心安。虽然丈夫依然在自己身边，但他还是他吗？

别想了，冷静点……

"亲爱的，我觉得你的记忆力出了点问题。我们得去医院检查确认一下。我可以监督那些测试，我会查看结果。首先，你得去看医生。你现在这个样子真的吓到我了。"她顿了顿，欲言又止，想等待肯特的回答。她提心吊胆，就像在走高空钢丝，而底下就是万丈深渊。"我需要你，我们需要你。亲爱的，我怀——"蓦地，她感觉到副驾驶的车轮偏离了高速公路，就在那一刻，她才注意到肯特茫然空洞的眼神。

底盘下的草沙沙作响。吉莉安大声尖叫，试图伸手抓住已被肯特松开的方向盘。我本应该牵住他的手！她想。紧接着，雪佛兰车猛地跌进沟渠，侧翻到一旁。

◆ ◆ ◆

吉莉安倒在一边，碎玻璃扎进了她的脸颊。她抬起头，碎片纷纷落到车顶上，而她此时正躺在那里。破碎的车窗外有些不对劲——整个世界都颠倒了。车门呈"V"字形，中间还嵌着一棵树。趁着疼痛尚未袭来，她挣扎着撑起上身，试图远离破碎的车门和那棵不应该长在车门上的树。就在那时，一阵痛感从她的右腿旋风般袭来。她低头去看自己的腿，但马上就后悔了——人的腿怎么能弯曲成这样？怎么能弯曲这么多次？

吉莉安啜泣着，呼喊着肯特的名字。远处传来警笛声。泪水模糊了她的视线，她隐约看到了身旁的肯特——扣着安全带，身体摇摇欲坠。他的脑袋轻轻地晃了晃，一滴血从鼻尖滑到了额头。透过旁边的车灯，吉莉安看到了大片大片的鲜血。一切都浸染在血泊中。

她的意识渐渐模糊，就像沙子从指缝间流走。远处的警笛声逐渐变成了婴儿的啼哭声。

// 第三章 //

现   在

"两倍地心引力。"卡森说。

吉莉安想知道速度到底是多少，但随着航天飞机好似音叉一般震动得越来越激烈，这个念头一闪而过，仿佛一切都将四分五裂。她的头盔被震得嗡嗡作响。即使她被牢牢地压在座位上，不断震动的机身还是让她心神不宁。她的视线出现了重影，随后又恢复正常。

廷斯利坐在吉莉安的右前方，此前一直保持沉默，此刻，他正气喘吁吁。"这种情况还要持续多久？"廷斯利努力挤出声音问道。

"还有几分钟，你不会有事的。"指令长莉安回应道。

"三倍地心引力。"卡森徐徐道。

他怎么能这么冷静？不过他已经有过两次经验了。吉莉安默默地想。她费力地把头转到左边，朝舷窗外望去，看到一抹红色在远处绽开。

火焰吞没了航天飞机，模糊了窗外的一切。

// 第四章 //

两 一 个 一 月 一 前

当收到邮件时，吉莉安很庆幸旁边的实验室一个人也没有，因此她可以放声尖叫，不用考虑其他人。

停止尖叫后，吉莉安一把抓起手提电脑，想把它直接摔到地上。她站在凌乱的书桌前，桌上堆满了她过去六年的工作文件。唯一一件阻止她像扔铁饼一样把电脑扔掉的东西便是卡丽的近照。照片被钉在一块置于凌乱的文件堆上的软木板上。

这个小女孩遗传了肯特的蓝眼睛与吉莉安的鼻子和下巴，而她的高颧骨和浅棕色头发则混合了夫妻俩的特质。肯特有幸见证了卡丽的出生，遗憾的是，他未能看到她长大成人，成为一位漂亮标致的姑娘。

吉莉安叹了口气，放下手提电脑，又看了一遍邮件。这已经不是她第一次被几个字夺走一切希望了。她浏览着一行行文字，领会着弦外之意。越读到后面，这些句子就越发含糊其词，出现了不少例如"经费延迟分配"和"投票延迟，请等待另行通知"等不明所以的托词。然后就没有然后了。

最令她惶恐不安的一天终于到来了。她心中这颗恐惧的种子生根于上个月的参议院会议。她可以感受到这颗种子在她心里发芽生长，成长为她已有数年未曾真正体会过的悲伤。

一切都将化为乌有。她被彻底击败。

吉莉安咬紧牙关，强迫自己冥想。她曾读过很多本励志书，是在……在那之后，这种老旧的应对策略是她唯一记住的。她闭上眼睛，幻想着一片波涛汹涌的大海，海浪一浪高过一浪，乌云压顶，海水湍急，似乎要把人吞噬。她开始想象一切都会慢慢平静下来，天气逐渐好转，风浪过去后，大海又恢复了平静。此刻周围一片寂静，水面再无一丝波澜。

当她睁开双眼，再次查看邮件时，脑海中的大海立刻被她抽屉最底层的处方药所替代。药瓶里面的小药丸碰撞发出的声音，比任何冥想都更能让她平静下来。她曾多么努力摆脱对药物的依赖，但只要稍微放松警惕，就又会重新染上陋习。

这时候，连接实验室和办公室的门开了。她回过神来，回想自己到底在那里坐了多久。

当吉莉安整理桌上的一堆报告时，她瞥到一个笨拙的身影从门口飘过。那是比尔克·林德奎斯特，她所见过的身材最魁梧的家伙。如果他留着胡子，雷神的锤子和他那只结实的大手简直就是绝配。他除了长得像生活在现代的北欧海盗，他还是她实验室里有史以来最天赋卓绝的研究生。

"博士，我从餐厅给你带了块松饼。我以为上面是巧克力屑，没想到是葡萄干，真不好意思。"尽管在学校这个汇集了各地方言的大熔炉里待了六年，他母语里的轻快调子仍然清晰可辨。这位身材魁梧的瑞典人手拿一个纸袋走进她的办公室，纸袋在他手里显得格外小，让人忍俊不禁。

吉莉安接过松饼，对他微微一笑："你不需要这样，比尔克。"

"我正好经过，所以……"他耸耸肩，"怎么了，博士？"

"没什么，就清理下桌面。"

"你从来不清理桌面。"

"谁说的，我上周才整理了我的书架。"她一边说一边指着书架。书架上的书堆得东倒西歪，仿佛一阵风就能把它们掀倒在地。

"确实整理过一番。"比尔克挑挑眉，看了看书架。

"你也太没礼貌了，你才只是个研究生，可不能这样傲慢无礼。"

"难道等我拿到博士学位，就可以这样做了吗？"

"那是当然，你不知道有这样一条不成文的规定吗？学历高的人必须互相挑战，忍受彼此的无礼放肆。事实上，大家还鼓励这种行为呢。"

比尔克笑了："那我可等不及了。"

"你就再等等吧。还是先让我们好好工作吧。"

她试图绕开他往前走，但他一动不动，挡住了她去实验室的路。"博士，我和你一起工作快四年了。我在你家吃过饭，帮你照顾过你的女儿。我和贾斯廷结婚的时候，您绝对是我们的贵宾。我对您可谓'了如手掌'。所以，请告诉我出了什么事情吧。"

"了如指掌。"她很自然地纠正了他的说法。她垂下头，最近几个月的烦心事接连不断，快将她压垮了。实话实说吗？其实吐露心声并不困难，反正很快他就会察觉。"我们的研究经费被削减。我刚刚收到委员会的邮件，目前剩下的经费只够我们撑一个月。"

她抬头看了看他，出乎意料的是，他并没有表现出惊讶或生气，只是点点头："其实我猜到了。"

"什么？"

"几个月前，就在你向参议院报告前，我无意中听到了你和委员会其中一位成员的谈话，好像不太顺利。"

"原来你不只是没礼貌，还爱偷听别人讲话。"她试图说个笑话缓解气氛，却起了反作用。她突然感到无比疲惫。"抱歉，我不能支付你这个月的工资。我要把它们用在实验上。如果你想申请别的职位，我完全理解。"一想到比尔克可能无法继续参与研究，吉莉安就感到垂头丧气，灰心失落。

"博士，我把我过去三个月的工资都上交基金会了，我会一直待在你的实验室，直到研究完成。"他又笑了笑，像往常一样把头歪到一边。

她的眼眶一下子就湿润了，她没想到自己会失控流泪。她赶紧抹掉即将掉下来的泪珠，勉强挤出笑容，说道："你太善良了，比尔克。你这样早晚会被人占便宜的，知道吗？"

"或许并不是因为我善良，只是我的伴侣恰好有点钱罢了。"

这次她发自内心地笑了。她抱抱他，感觉就像是在拥抱一棵参天橡树般安稳踏实。

他轻轻地拍了拍她的背，说："一切都会好起来的，博士。"

他松开她时，她的喉咙像打了结，她吞了好几次口水，才勉强开口："好了，我们继续进行实验吧。说不定好运这次会眷顾我们，能让我们证明国会那些混蛋是错的。那样，他们就只能继续资助我们了。"

"我觉得这和运气没关系。"比尔克说着，走进实验室，穿上干净的工作服。吉莉安跟着他进了实验室，换上同样的衣服，努力让自己不再回想那封邮件。如果现在可以吃一片氢可酮，她一定能头脑清醒，精力充沛。于是她中途又转身折回了办公室。

那种熟悉的疼痛感再次向她袭来，她似乎听到有人在她耳边窃窃私语：吞下一粒小药片后的感觉多美妙啊，她周围的一切都会散发出耀眼的光芒。沉浸在麻醉剂的光芒中，她马上就能集中精力。

不，她不需要！没有药物，她也可以坚持工作一整天。

下班后倒是可以吃一片。

不，别想了。

吉莉安深吸一口气后，完成了准备工作，走进实验区域。这一区域由无菌屏障隔开，在空气过滤装置的监控下，严格控制湿度、压力和温度。当她走到比尔克身旁的无菌室的入口时，那些窃窃私语消失了。

"准备好了吗，博士？"

"好了。"

无菌室面积不大，长约 4.5 米，宽 3.5 米，刚好能放下监测仪器、一些触摸屏以及一张桌子，上面摆放着一个顶部敞口的有机玻璃笼子。

吉莉安深吸一口气，将一切烦恼都抛诸脑后。实验室里容不下任何焦虑、担心或怀疑的情绪。在这里，他们必须聚精会神，意志坚定。

"来吧，开始录音吧。"说完，她走向中间的桌子。实验室角落里的一块屏幕亮了起来。"现在是二〇二八年五月六日中午十一点五十五分。这是有关罗斯综合征神经可塑性的第五十四次生物发光实验。我是吉莉安·瑞恩博士，本次实验助手为比尔克·林德奎斯特。"她朝比尔克点点头，比尔克穿过实验室，走到小笼子前。

"实验对象是雄性褐家鼠。目前老鼠体内神经视紫红质通道蛋白已达到一定数量，可以开始实验。第五十四次实验的变量为，萤光素酶剂量增加 0.6 毫升。"比尔克走近桌子，手里捧着那只棕褐色的小老鼠。老鼠无精打采，脑袋一动不动。

"萤光素化合物于上午十一点注射，待颅骨接口充分吸收后，于上午十一点三十三分注入镇静剂。"比尔克边说边把老鼠放进笼子，笼内有一个小挽具。他快速地把这只啮齿目动物放下，固定其姿势，让它四脚踩地，头往前伸。"已连上生物脑电波监测器，并在颅骨接口处接上了注射软管。"比尔克熟练地将一根细小的电线穿入一个金属口。金属口位于老鼠头骨顶部的皮毛上方。然后，他向吉莉安点头示意。

吉莉安透过晶莹透明的玻璃笼子观察温驯的老鼠，以确保一切都准备就绪。她的心跳开始加速。万一成功了呢？这可是她夜以继日、翘首等待的重要时刻！万一呢……她咽了口唾沫，想方设法抑制住开始冒头的兴奋感。当然，这次实验也可能与以往多次实验一样以失败告终，让她的希望破灭；又或许，这次实验能找到正确的答案，让她彻底解脱。

她观察着离她最近的显示器。"生命体征稳定，实验可以继续。"她指向屏幕上的"执行"方格按钮，随后按下。身旁的机器传来轻微的嗡嗡声。

"开始注射萤光素酶。"她低声说。几秒延迟过后，旁边的屏幕开始显示脉冲信号，仿若在看一场盛大的烟花表演。

生物监测器由光电触发控制装置及软件组成，而它们又与三维成像计算机连接在一起。此时此刻，她正在观察这只处在半麻醉状态下的老鼠脑内的活动。

每次看脑内活动的成像时，不管是八十岁堪萨斯老妇人的脑部 CT，还是五周大的实验老鼠的核磁共振成像，她都会深感震撼。观察另一个人的思维构成时的那种不真实感，令人恐惧，她甚至难以用语言来形容。她认为这极具亲密性，因为她正在目睹到底是什么造就了一个人或一种动物。

他们的思想、情感与记忆，这一切都是他们独特身份不可或缺的一部分——而这一切都在她眼前的屏幕上展露无遗。

即使这只老鼠现在几乎丧失意识，但它的许多树突、轴突和突触仍然处于活跃状态。这些突起闪动着微光，是萤光素和萤光素酶发生反应后，在老鼠大脑内创造出的深蓝色的生物发光。而这些化学剂结合的地方，神经元开始活跃起来。

首先是数千个，然后是数百万个。

试剂开始起作用了。"锥体神经元激活……抑制神经元正处于异常活跃的状态。"她轻声说，目光从显示器上移开，看向比尔克，他正盯着第二台显示器。比尔克点点头："光塑性实验对象激活。"他轻触控制屏幕。

吉莉安的注意力又回到显示器上。老鼠大脑里越来越多的区域被激活：小脑、后脑、中脑还有嗅觉结构。但这些并不是她关注的对象。

"拜托，拜托。"她喃喃自语，祈求这次实验能成功，实现她心中的夙愿。

"生物发光正向海马[1]移动。"比尔克说。

吉莉安看着光亮逐渐扩散，点亮沿途的神经元，在化合物的作用下，数亿突触被触发。她的假设终于即将在她眼前得到证实。然而，即使她此刻无比激动，满心祈祷，也阻止不了成功再次与她擦肩而过。

海马有一部分先亮了起来，然后点亮了数百万突触。

但仅此而已。

在漆黑的屏幕中，若隐若现的亮光交织闪现，就像是午夜时分的一道闪电。化合物穿过老鼠的海马，但大部分区域仍然是黑色的，没有任何反应。

---

[1] 人类等脊椎动物大脑内一个形似海洋生物海马的结构，与形成长时记忆密切相关。

她心中的希望再次破灭，就像轰然倒塌的多米诺骨牌。吉莉安低头，发现自己攥紧了拳头。她费了好大劲才松开自己的手。

"抑制神经元阻止了海马达到完全兴奋的状态。"比尔克说。吉莉安盯着地板，伸手关掉注射系统，离开了眼前的一排排屏幕，然后头也不回地离开了无菌室。

她站在外面，恨不得一把扯下工作服。她感觉自己如同溺水一般，呼吸困难。她需要吃药。现在！立刻！马上！

她勉强走到办公室门口，停了下来，双手抓着两边的门框，下巴抵在胸骨前。眼泪并没有夺眶而出，因为泪水已经不足以让她释放心中积蓄已久的沮丧和愤怒。

"没事的，博士。"身后传来比尔克的声音。

"不，不，很糟糕！比尔克。"她说。

"对不起，我说错话了。"

吉莉安想要尖叫，如同汽笛一般发出巨响。但怒气很快便消散了，剩下的是她习以为常的空虚与失落。

"你下午休息吧。"她仍旧没有看他。她听到他在实验室里拖着脚步走了一会儿，随后他的一只大手搭在她的肩膀上。

"我想说的是，我们会找到解决办法的。我们可以试一下不同剂量的萤光素。或许——"

"没事的。你……下午先休息吧。我们明天早上继续。"

比尔克揉揉她的肩膀，最后还是松开手。她听到他离开实验室的声音。一切又重回安静，只有偶尔传来的机箱的呼呼声和机器的哔哔声。她抬起头，走进办公室。

她看着凌乱的书桌，还有自己在期刊杂志上匆忙写下的潦草的笔记。罗斯综合征病例在稳步上升。这种病是以一个孩子的名字命名的，他是第一个死于这种疾病的人，叫查尔斯·罗斯，去世时年仅十岁。

周围的一切似乎都在对她冷嘲热讽。吉莉安走向前，将书桌上的文件全部扫到地上。所有东西都掉落在地后，她又冲向书架。厚重的书本纷纷散落，撞到墙壁上，其中一本最为厚重的、研究新型神经放射性的书，在石膏板上砸出凹痕。她又转身，一一撕下挂在墙上和软木板上的证书，甚至包括她的学位证书。她拿着证书，犹豫了一下，随后把证书扔到最远的角落里。

玻璃破碎的声响令她冷静下来。她感觉碎片又扎进了她的脸颊。她本能地用手捂住脸，摸到了一道伤疤，一道突起的小小疤痕，就像是用盲文写的恐怖故事。她突然双腿一软，背靠着墙，瘫倒在地。过往的一切如同黑面纱般将她笼罩，让她感到窒息，而她只能抵着坚硬的墙壁，不让自己沦陷于过去。

她捂住嘴巴，轻声抽泣，继而潸然泪下。为什么化合物不起作用？她到底遗漏了什么？为什么她如此愚不可及，无计可施？

这一切为什么要发生？

对于最后一个问题，答案或许将永远石沉大海，她也将永远无法释怀。

她环顾乱糟糟的办公室，对自己造成的一片狼藉甚至感到些许自豪。毕竟，她的办公室本来也没有很整洁。

她忍不住苦笑起来，随后悲从中来。她决定释放自己，笑着笑着又哭了起来，直到胃部感到一阵疼痛。她心里非常清楚，如果现在院长或董事会成员走进她的办公室，她会马上被解除职位，即便如此，又如何呢？反正一个月内她就得走了。

一想到这儿，她立马清醒过来，因为这非常重要。现在已经是千钧一发的时刻。每一秒都至关重要。

// 第五章 //

现　　在

这就是我的归宿，在飞离大气层的途中燃烧起来。

吉莉安闭上双眼，等待着熊熊燃烧的火焰将她吞噬。这时，她想起一个细节。她在美国国家航空航天局听训练员弗兰克提到过，主级火箭燃料燃烧的温度最高可达三千摄氏度，因此或许她根本无法感受到被燃烧的痛苦。

航天飞机又震动起来，这是迄今为止最剧烈的一次，她大叫一声，觉得自己难以呼吸。

"没事的，"卡森在她耳边说，"一切就绪。"

吉莉安睁开双眼。火光处升起一团烟雾，一抹蓝色映入眼帘，那大概就是位于数千米以下的海洋。而卡丽现在就在下面的某个地方。一想到卡丽，她的胃就一阵抽搐。一秒后，她身上的压力又加重了，将她牢牢地压在座位上。

"3.5 倍地心引力。"卡森声音中的紧张已不言而喻。航天飞机震动着发出砰的一声巨响，震耳欲聋。这么快的速度，她肯定无法承受，可能最终会命丧黄泉。

又是一阵剧烈震动，吉莉安感到极其痛苦，两眼发黑，渐渐失去意识。不，我可是接受过严格训练的，我一定会过关的。但这一自我暗示并没有发挥作用，眼前的阴影反而逐渐扩大。

吉莉安回想起最后一次与女儿相见的情形：她紧紧抱住那小小的身躯，细闻着女儿头发的味道。但现在一切都已经逐渐在眼前消失。

// 第六章 //

—— 两 —— 个 —— 月 —— 前 ——

那天早上，路上车很少，只是天空阴沉沉的，眼看就要下雨了。

吉莉安离开实验室、接到卡丽后，在东 494 号公路上稍作停留，度过了美好时光。这里离他们居住的位于明尼阿波利斯市的街区只有几公里。在那里，被污染的尘云多数都会往北边飘去，因此他们不用像在城市里那样，出门就得戴上白色防污染口罩。

当吉莉安看到闪烁的华夫卷筒冰激凌广告牌时，她开车进入快速通道。卡丽接过蓝莓味的双球雪糕，轻声道了句谢谢。吉莉安在车上时不时透过后视镜看看女儿，再时不时瞄一眼车窗外的景色。

吉莉安在实验室工作时，总会把卡丽送到托儿所。西顿太太是负责照顾卡丽的经理。她告诉吉莉安，卡丽今天情绪有些低落，对人不理不睬的。当吉莉安开车离开用围栏围起的停车场，在人工安检处等待时，她问卡丽今天过得怎么样，卡丽只是耸耸肩，没有正眼看她。

开车回家的路上，吉莉安又和她姐姐卡特里娜继续上周的谈话。她们的对话来来去去都是那些内容——卡特里娜询问卡丽的近况，还有吉莉安的研究进度，然后逐渐过渡到盛情邀请她们来看望她。

"我们房间多的是，而且你都一年没来过我们这儿了。"卡特里娜总是这样说，听上去就像个小女孩在抱怨。

"最近有点忙。而且，你要多休息。用不了多久，你就要整夜都忙着清理孩子的呕吐物和尿布了。"

卡特里娜放声大笑："拜托，我每天在医院的工作就是这些。小孩那点事对我来说简直跟度假一样。"

"你也就现在能这么说说。"

"说真的，吉莉安，考虑下给自己好好放个假，来我们这儿，几天也好。我想念我的外甥女，她可喜欢海滩了。你也可以尽情地喝玛格丽特，我绝对不喝，就闻闻酒味过过瘾。说不定你还可以偶遇海滩小鲜肉，来场艳遇，向他展示你成熟女人的魅力。"

这次轮到吉莉安哈哈大笑了。"我会考虑的。"挂断电话后，她们彼此都知道她是不会去的。此时正是紧要关头，她怎么能休假呢。

一列火车在离她们的街区只有两公里远的地方挡住了她们的去路。吉莉安又开始胡思乱想，各种各样的烦心事接踵而至。那一瞬间，她迫不及待地想要吃上一颗药。

此时，火车车厢上的一些涂鸦吸引了她的注意力。"消失的索尔"，字迹显得有点潦草，仿佛是艺术家为逃避正在赶来的执法人员，在匆忙中完成的作品。她陷入沉思。"消失的索尔"是指几年前那个很受欢迎的电视节目吗？她和肯特可一集都没有落下。

毫无疑问，索尔现在已经消失不见了。又或许这位艺术家只是在哀悼一个铁一般的事实：一切都会消失，或者说一切都将会很快消失。这不禁让她想起，上个月秘鲁因暴雨而发生的毁灭性山体滑坡。这也让她想起最后一块北极冰，科学家称北极将在未来五年内完全消失。或许什么都不重要，反正最后一切都会走向终结。

也许她不应该再收看天气频道。

"妈妈，对不起，我今天表现不好。"

吉莉安眨了眨眼，回过神来："你说什么，亲爱的？为什么这么说？"

"因为今天我不小心走神了，西顿太太好像很生气，可是我不是故意的。"

卡丽第一次描述自己陷入神游状态时，用的是"走神"这个词。她们最近一直在看一部老电视剧，当剧中主角停滞不前时，卡丽也会说就像她自己走神时一样。

吉莉安有点难以开口："你今天又走神了？"

"嗯，有一点吧。我好像摔倒了，手擦破了皮，西顿太太一定很生气。"

"亲爱的，你不用感到抱歉。你没有做错任何事。"

"因为我生病了？"

"对呀，但是我们会让你好起来的。妈妈会让你好起来的。"

"因为你很聪明。"

"没错，而且因为你，妈妈也很坚强。"

"我不会像爸爸那样离开，对吗？"

火车的最后一节车厢呼啸而过，眼前的护栏升了起来。吉莉安踩下油门，直视前方，随后她说道："不，亲爱的，你不会离开。我不会让那样的事情发生。"

等她们开进街区，把车停在她们的车道上时，吉莉安整个人都在颤抖，她一直在想，赶紧和卡丽回去，这样她就可以吃一片药，喝一杯咖啡，然后整理思绪，重新出发。

当她们在双层车库前停下来时，她的注意力被一个坐在前门台阶上的男人吸引了。她关掉车子引擎后，那个男人站了起来。

"妈妈，门廊边上的那个人是谁？"

吉莉安盯着他，无法阻挡回忆如潮水般袭来。"亲爱的，那是妈妈的一位老朋友，一位认识了很久很久的朋友。"

// 第七章 //

吉莉安让卡丽去院子里玩，看着她慢跑到院子中央，随后关上房门。不一会儿，邻居萨迪就冲出来迎接卡丽。她们有说有笑，蹦蹦跳跳地跑向摆着卡丽玩具的角落。

自从在托儿所发生不愉快的事情以后，吉莉安一直不愿让卡丽在外面玩耍。但刚才卡丽问她时，显得很兴奋，这也是为数不多能让卡丽精神振奋的事。另外，吉莉安也不确定是否要让卡丽听到接下来的谈话。

她又看着两个女孩玩了一会儿才进屋，然后在通往厨房的门口停了下来，试图保持冷静，努力克制自己想要到走廊左边吃药的冲动。她继续往前走，经过了坐在椅子上的男人。

"谢谢你让我进来。"卡森·勒克鲁瓦说。

吉莉安在水槽前停了下来，拿起干净的咖啡壶，然后转身面向他。

卡森和上次见面时相差无几：一头黑色鬈发没有一丝灰白，只是嘴角附近多了些细纹，身材还和大学时一样，如同游泳健将一般。如果一定要说岁月在他身上留下了什么痕迹，那只能说年龄和阅历让他的本质变得更为纯粹。她突然想起了他们俩在她宿舍赤裸相对时的样子，尽管她竭力想抹掉那个画面，但她还是不禁想起了两人缠绵度过的春宵。

"这样做才有礼貌，不是吗？"她一边说，一边忙着煮咖啡，"难不成我要用扫把将你赶走吗？"

"你非要这样，我也不能怪你。我们分手时闹得不是很愉快，那都是我的错。"

吉莉安煮咖啡的手犹豫了一下。最后，她再次转身面对他，靠在柜台上，说："那都是陈年旧事了。"

"是，但这么多年来，它一直困扰着我。我只想跟你道歉。"

"原来你还会道歉呀？"

他低头看着桌子，露出一丝微笑。这一丝笑容与她记忆中大学时的他完全不一样，当时作为班上最聪明的学生，他意气风发，志在必得。现如今，他的笑容虽然更为真诚，却隐约透露出一丝悲伤。他们沉默了一阵，随后他朝后院的方向点点头："她真是个漂亮的小姑娘。"

"是我生命里的光。"

"她读几年级了？"

"二年级，不过她的情况不适合在学校上学。我请了一位家庭教师，让她在家里学习。"

"这一定很困难。"

吉莉安叹了口气："你今天来干什么？"

他顿了一下，在椅子上挪了挪身子："自从你出事后，我就一直在关注你的研究进度。你的研究重点变了，也取得了进步，这很了不起。"

"我也在关注你的工作。你还在美国国家航空航天局工作？"

"是的。"

"所以，一位宇航员对一个神经放射学家有什么兴趣呢？"

他望着她，眼神还和他们是情侣时那般坚定，自信满满。尽管她后来才知道，这种自信源于他的自私。

"跟我说说你的研究吧。"

"你刚刚才说你关注了我的研究。"

"我还是更想听你本人亲自说。"

咖啡壶沸腾了，她给自己和他各倒了一杯咖啡。卡森用手掌托着马克杯，她坐在桌子对面的椅子上。"罗斯综合征的病因是神经元纤维纠缠到了一起，也就是脑细胞内的蛋白质结块。这种缠绕反过来会造成神经元损失。大多数受影响的神经元都位于大脑的海马，这一区域的功能是巩固空间感、将短期记忆转化为长期记忆、处理情绪等。"

"也就是，这个部分造就了你是谁。"

"没错。"

"你在一篇文章中说过，不断恶化的污染可能是造成缠绕的原因？"

"还有遗传因素。就像糖尿病，有些人是遗传易感性，有些人则会因为后天各种因素患上糖尿病。虽然我们还不知道造成罗斯综合征的确切毒素或化学物质是什么，但我们认为这种病可以引发基因变异，而这种变异会代代相传。"她停下来，看向卡丽玩耍的后院。

"所以你的目标是……"

"一次性激活人脑中的每一个神经元。我们使用的底物会发生反应，继而触发神经活动。通过成像，我们就可以准确判断受损的神经元。这是解决问题的第一步。"

"你已经胜利在望了。"

捧着马克杯的吉莉安坐立不安："对，是的。"

"但还不足以打动国会。"

她无奈地笑着说："除非你的方案无懈可击，能让他们到处激情演讲，筹集巨额资金，否则对政客来说，还远远达不到他们的要求。你已经看过最新的演讲了？"

"嗯。你真的认为罗斯综合征会比阿尔茨海默病严重吗？"

"没错，我们的实验模型……它们十分骇人。如果病例持续增加，罗斯综合征将会是世界上最严重的痴呆症。但它并不会引起议会的重视，除非那些政客中的某个人或他们的家人也得了这种病。那样，这种病一下子就会引起关注。"她转动桌上的马克杯，肯特最喜欢这样做了。

"对你丈夫的事，我很遗憾。还有你的女儿。我无法想象——"

"无意冒犯，卡森，但我已经受够别人告诉我'无法想象'我们所经历的一切。你其实可以说'我很庆幸我不知道那是什么感受'。我不需要你的同情，当然，我知道这也不是你此行的目的。"

或许他对她的情绪爆发感到不安，但他并没有表现出来。相反，他只是喝了一大口咖啡，然后平静地说："我知道他们还取消了你的科研经费。"

吉莉安瑟缩了一下。"你怎么——"

"和我一起工作的同事听到后告诉我的。"

她摇摇头，深吸一口气。

"听着，在你冲动行事之前，先听我说完。"卡森说。

"你这么善于言谈，我怎么能拒绝呢？"

"拜托，就五分钟。"

她把杯子拿到嘴边，努力不让自己手抖。"说吧。"

卡森身子前倾。这么多年了，他脸上的表情还是一如既往地严肃。"美国国家航空航天局正在研究一个非比寻常的重大项目。它将会在全球范围内产生深远影响，并最终影响到你的研究领域。"

尽管她很恼火，但这番话还是激起了她的兴趣："什么项目？"

"如果只听我说，你是不会相信的，只有亲眼看见，你才会相信。我只能告诉你，它会颠覆人们脑海中所谓的空间传输概念。"

"听上去是一项宏图大业。"

"相信我。"

"但是这个项目和我的经费有什么关系？"

卡森靠着椅背，下巴左右晃动。吉莉安记得大学时，每当他有困扰的事情时，他就会摆出这个姿势。"我们的研究在研究过程中出现了些意外——我猜你应该会称之为神经系统上的副作用——阻碍了进展。这些问题属于你的专业领域，因此我们想让你来为我们工作。但你需要一些……训练。"

"训练？什么训练？"

"航天训练。你要在太空里待六个月。"

吉莉安笑了笑，站起身，把没喝完的咖啡倒进水槽："你在开玩笑吧。"

"从未如此认真过。"

"你想让我去太空？"

"没错。"

"去六个月！"

"差不多吧。"

"这太荒唐了，我又不是宇航员。"

"所以你才需要接受训练。我们会快速地给你过一遍基本的综合训练，然后你会以顾问的身份加入这个项目。我们负责我们的事情，比如驾驶航天飞机，你做你的研究，帮助我们解决研究问题。"

"感谢你给我提供这次工作机会，但我目前有更迫在眉睫的事情要处理。"

"例如寻求新的经费？"

她怒视他："对，但我还有其他事情。而且，我不可能离开卡丽那么长时间。"

"如果我告诉你，你在停工期间可以继续你的研究呢？"

"诱惑力十分，但还不足以让我抛弃女儿跑去太空。行了，卡森，你想让我怎么回应？"

"如果我可以为你提供研究经费呢？"

她盯着他，想看出他的真实意图："多久的研究经费？"

"永久。"

"永久……"她重复着他的话，这句话对她来说极其陌生。

"没错，这个项目就是如此重要。"

吉莉安换了个姿势："但为什么是我呢？还有更多比我更有资历的专家。"

"你太谦虚了，这不像你。说实话，你在成像和神经元分析技术上的研究进展是一个重大突破。在神经放射学领域，你的成就无人能及。"

"那项技术早就存在了，我只是改进了一番罢了。"

"但几乎所有的神经学研究所都在使用此技术。"

"这对我也有好处。"

"你自己也说了，若不是因为罗斯综合征的发病率低，你根本不会失去所需经费。如果那是流行病，你将会是医学界最具权威性的专家。"

"但它还不是！"她愤怒地走出柜台，每一寸神经都变得滚烫起来，"这种病十分罕见，不知道从哪里冒出来，摧毁你的人生。"她张开嘴想继续说下去，但卡森身后传来了一些动静。

卡丽站在后门廊上，门打开了一点缝隙。吉莉安看着卡丽，卡丽往后退了一步，拉上门，然后朝萨迪做了个手势。萨迪耸耸肩，和卡丽一起离开了房子。

吉莉安感到自己的怒气立刻消失了，就像是被水浇灭了火焰。她叹了口气，揉揉额头又抓抓头发："听着，现在还不是时候。你的项目停滞不前，我感到很遗憾，但我帮不了你。我做不到。"

"我知道你已经厌倦施舍同情心，我要说的是，你已经尝过地狱的苦，甚至现在仍身处地狱，你需要从地狱中逃脱出来。你需要的一切我都可以提供，而我需要得到这个领域最出色的专家的帮助。"他站起身，穿过厨房，把空杯子和一张名片放在柜台上，"帮帮我吧，也当是为了她着想。"

卡森随后离开房间。看着他的身影，吉莉安想要说些什么，想要问卡森是否觉得她做的这一切仅仅是为了自己。但白天的失败已经让她筋疲力尽，此刻她只想躲在角落号啕大哭。

前门啪的一声关上了。她听到卡森启动汽车离开了街道。随着车声越来越小，她又听到了别的声音，这个声音就像是预示龙卷风来袭的警报，且音量越来越大。是从她们家的后院传来的。是尖叫声。是卡丽！

// 第八章 //

屋外下起了小雨。

吉莉安穿过院子，直奔卡丽，被雨水打湿了身体。卡丽的头往后仰着，她双眼紧闭，又张大嘴巴发出一声喉咙撕裂般的尖叫。萨迪蜷缩在几步远的地方，双手捂住耳朵，泪水顺着她红红的脸颊流下。吉莉安抱起卡丽，将她紧紧地抱在怀里，但卡丽一直在挣扎。

"别怕，亲爱的。没事的，你会没事的。"

卡丽又尖叫起来，吉莉安感觉自己就像是在试图抓住一只野猫。吉莉安半跪在地上按住卡丽，一只手握成拳头顶着卡丽的下巴，另一只手紧紧抓着卡丽的腰。

"嘘，嘘，没事的。你会没事的。亲爱的，冷静点。"

卡丽弓起整个身子，就像是癫痫发作，随后又慢慢放松下来。萨迪家的后门开了，萨迪的爸爸走出来并关上了房门。他用手遮着眼睛，以防被雨水打湿，匆匆向她们走去。

"一切都还好吗？"他一边问，一边把哭泣的女儿拥入怀中，"要帮你打电话求救吗？"

"不，不用，丹，我们没事。"吉莉安说着，轻轻摇晃着躺在她大腿上的卡丽。卡丽眼神涣散，下嘴唇上还挂着一串口水。

"她就像一个雕塑，然后开始尖叫。"在爸爸怀里的萨迪说，"突然就这样了。"

"嘘，萨迪。"丹转过身去，皱着眉头说。

雨水浸湿了她们的衬衣。吉莉安将挡住卡丽眉毛的头发往后梳。卡丽微微睁开了双眼。

"妈妈？"

"我在这儿，宝贝。"

"发生什么事了？"

"没事了，我们进去吧。"

吉莉安让卡丽站起来，她自己也起身，一手紧紧握住卡丽，不让她摔倒。快走到台阶上时，吉莉安听到萨迪闷闷地说："我再也不想和她玩了。"萨迪和她爸爸正往家里走，吉莉安听到丹又一次叫他女儿不要说话，她努力克制住自己不看向他们。

回到家里，吉莉安脱下卡丽的湿衣服，用毛巾裹住她，然后把她放到沙发上。卡丽的眼睛快闭上了。刚刚那段插曲让她筋疲力尽。

"我又走神了。"卡丽有气无力地说。

"嗯，是的。你现在休息一下，好吗？"

卡丽点点头，往靠垫上挪了挪。"永远吗？"她问。

吉莉安努力让自己说话时的声音不会颤抖。"永远。"

卡丽问吉莉安永远是多远，吉莉安回答说："就是我爱你的时间。"这些年来，这段对话已经成为母女俩之间的固定话语，像是呼唤与回应、问题与答案。听上去虽然只是简单的对白，但背后意义深远。

吉莉安看着卡丽的胸部有节奏地起伏。不到一分钟，卡丽的呼吸就变得平稳了。吉莉安伸出手，用指尖轻轻划过女儿的脸颊，爱与恐惧交织在心头。那种感觉是如此强烈，就像是一阵狂风从她身旁刮过。卡丽一天之内发了两次病，这是以前从未有过的。很明显，卡丽的病情在恶化。想到这儿，吉莉安感到眼睛一阵发热。

吉莉安眨了眨眼，给熟睡的卡丽盖上一条薄薄的毛毯。她看了看她们的后院，春雨继续下着，萌发了新芽的草地显得郁郁葱葱、生机勃勃。大自然更新换代，不断焕发新生命，这是自然规律。她又转过身，凝视着卡丽。但我的小女孩日渐衰弱，越来越没精神了。

吉莉安颤抖着深吸了一口气，向洗手间走去，她的手指似乎已经感受到了那个药瓶带给她的安全感，但走到半截，她停住了脚步。

肯特办公室的门是开着的，但只开了一点缝隙。她伸出手，握住把手，想把门关上，却情不自禁地走了进去。

这间办公室中等大小，仅有一扇窗户，角落里有一张书桌。这里的一切几乎还是老样子，还是他白手起家在这里建立他的 IT 事业时的样子。桌子上放着她和卡丽的照片，上面满是灰尘，有点褪色了。笔记本电脑旁放着一本书，这本书肯特只读了一半，就像他其他未竟的事情：几份未完成的工作合同、房子前门的装修工作、地下室的水泥板，以及他们的生活。

她凝视着房间里的物品。自他去世后，一切看起来都不一样了。这是失去最爱的人后会出现的怪象之一，即使是最平凡的物品，也会让你为之着迷。记事本里满载着回忆，让她一读再读，台灯这样的小物件也能让她眼眶湿润。失去至亲并不意味着他们真的离开了，他们的影子依然无处不在。

她不由自主地朝走廊走去，然后走进浴室，猛地打开药柜，笨手笨脚地找药。直到药瓶掉了两次，她才终于把它打开。一片。不，两片。她含着两片药，就着水吞了下去，然后靠墙站稳。

有时候，她会想是不是只有氢可酮才能让她苟延残喘。但她又想到自己从车祸中恢复过来的那段时间，凡是药效比对乙酰胺基酚强的药物，她都拒绝服用，因为担心药物会影响到孩子。她所忍受的痛苦，简直难以想象。

生完孩子后，情况变得更糟糕了。那时候，她的双腿一直很痛，她不得不服用麻醉剂缓解疼痛。事故发生一年多后，也就是卡丽六个月大的那天，她埋葬了肯特。罗斯综合征还是夺走了他的生命。吉莉安眼睁睁看着本可与她共度此生的男人从此被长埋地下，就像是他从未来过一般。自那以后，她就一直给自己开处方药，来治疗她的慢性疼痛。事实上，生理上的疼痛远比不上内心的空虚。后来，她试图摆脱对药物的依赖，这让她筋疲力尽。随后卡丽确诊患病，这让她之前所做的努力就像是被潮水冲击的沙堡，彻底轰然倒塌。

现在，她一天都离不开药。她瞥了镜子中的自己一眼，立刻就把目光移开了。她能看到的只是遍布里里外外的累累伤痕。她深呼吸，列出了自己要打的电话清单。说不定他们当中有人可以给她提供经费。她必须竭尽全力争取经费。而且这和她接下来要移动的大山相比，不过是小巫见大巫。

真的不考虑卡森的工作邀约了吗？毕竟那意味着源源不断的经费支持。不管他怎么说，卡森来这里都是为了他自己。他总是先为自己着想，这次一定也不例外。但——毕竟有源源不断的经费……

不。她站直身子。肯定还有别的办法。一想到要离开卡丽，哪怕只有一周，她也感到心神不安。她一定会找到愿意提供经费的人，在此之前她决不放弃。吉莉安注视着镜子中的自己，暗自说道："车到山前必有路。"

◆ ◆ ◆

她穿过医院走廊，一切都那么刺眼。角落、墙边，还有柜台，都像刀片一样耀眼。走廊的尽头有一处正方形的光源。尽管直视那里模糊了她的视线，但她知道那是一扇窗户。身边的场景虚幻缥缈，她的双腿感觉不到一丝疼痛，这让她肯定自己正身处梦境，而不是现实。

她来到门边，打开门。肯特正在床上休息，头和肩膀靠在一堆枕头上。他睁开双眼，凝视着窗外。吉莉安激动不已，和那天看到他醒来时的感觉一样。即使那时候医生告诉她，肯特的清醒状态只能持续一小段时间。

靠近床边和肯特说话时，她听不清自己的声音，但她感受得到自己言语中的兴奋。她还看到了对面的桌子上放着一把剪绷带的剪刀，那应该是几分钟前为肯特换点滴的护士落下的。吉莉安走到肯特跟前时，他的视线定格在她的脸上。肯特眼神空洞，毫无生气，显然他没有认出她来。他动动嘴唇，却又一言不发，然后他眨了眨眼，向她伸出一只手。即使吉莉安感受到一丝恐惧，她还是抓住了他的手指。她记得这种感觉，她知道接下来会发生什么。

吉莉安试图挣脱，但肯特的另一只手臂已经向桌子伸去。他拿到了剪刀。剪刀向她飞去，形成一道弧线。那是一个致命的角度，他想把她杀了。好在吉莉安在最后一刻及时转身。剪刀插进了她锁骨下方的肩膀凹处。火烧火燎的痛感传到她的胳膊，蔓延到头骨。吉莉安肾上腺素激升，她猛地抽回手，整个人倒在地上，同时也把肯特拖下了床。吉莉安衬衫上面鲜艳的红色浸透开来，她的左臂也失去了知觉。

吉莉安挣扎着往后爬，在地上不断踢着脚，就像是一只濒死的螃蟹。肯特爬向她，想要杀了她。当她盯着他看的时候，惊奇地发现原来像野兽般追着她的并不是肯特。而是卡丽。卡丽的脸上沾着血迹，她张开嘴，说出了肯特最后说的一句话：

"你是谁？"

◆　◆　◆

吉莉安尖叫一声，从梦中惊醒。她捂住嘴巴，另一只手摸着肩膀上被肯特刺伤后留下的疤痕。她坐起身，将双脚放在冰冷的硬木板上，任冷意传遍全身。

又是一场噩梦，都是回忆惹的祸。事实上，吉莉安已经六个月没有想起过那个画面了，她差点就以为自己不用再受噩梦折磨了，但这一次比之前的更让人恐惧。因为以前梦里那个要杀她的人从来都不是卡丽。一想到卡丽可爱的小脸蛋上溅满鲜血，她的胃就猛地翻腾起来。

即使吉莉安已经完全清醒过来，卡丽的话也还在她的耳边回响。

你是谁？

她在空荡荡的房间里待了一会儿，然后起身，走向走廊。卡丽的房间在她的房间对面，此刻房间门敞开着。吉莉安站在门口，看着卡丽的小身子蜷缩在毯子下，听着她均匀的呼吸声。过了大概五分钟，她穿过走廊，来到了厨房。

黎明时分，窗户外面灰蒙蒙的，暗淡的日光照进角落。时间还很早，她本可以再睡个回笼觉，一想到要再次闭上眼睛，她就感到难受。

吉莉安穿过房间，看到桌上的笔记本。上面有她一一划掉的名字和电话，这些都是她前天下午打过的电话。她在吧台旁的垃圾桶前停下脚步，犹豫了一下，揉揉肩膀上的旧伤，随后打开垃圾桶翻找起来。

卡森的名片上沾着香蕉皮和咖啡渣。她擦擦卡片，看到了底部的号码，然后向电话走去。

美国国家航空航天局有关"探索六号"灾难的新闻发布会的文字记录：

航天办公室，卡纳维拉尔角，佛罗里达州
发言人：副局长安德森·W.琼斯
主持人：副行政官埃琳·富尔森
2028 年 08 月 21 日

埃琳·富尔森：各位好，首先感谢大家在这个惨痛时刻给予我们的支持。我们感谢大家的慰问，也代表在此次任务中献身的英雄及其受到影响的家人们感谢大家。现在，我将话筒交给副局长琼斯，他会向大家解释我们目前所得到的最新情况。待他发言结束后，大家可以提问，他会尽最大努力解答大家的疑问。

安德森·W.琼斯：谢谢埃琳。大家晚上好，我怀着沉重的心情向大家问好。你们都已经知道，美国国家航空航天局的最新项目"探索六号"遭遇了灾难性的失败。东部时间下午两点，我们位于休斯敦的地面控制中心收到了宇航员兼医学顾问吉莉安·瑞恩博士的求救信号。不久后，所有通信都中断了。航天飞机的首次发射以及对接任务中，我们没有收到任何机械错误或人工错误的报告。目前，我们成立了专门的调查小组，收集并分析现有的数据，尝试找出事故原因。航天局和其他人员对本次事故感到十分痛心，我们有

信心找出此次事故的原因，以致敬那些为我们献身的英雄。现在，我开始回答大家的问题。（声音无法辨别。人们互相交谈）

戴维·弗赖伯格——微软全国广播公司：副局长，您可以向大家解释一下"探索六号"的任务性质吗？

安德森·W.琼斯：这是一次例行飞行，原定与联合国空间站会合。飞行组有几个任务，最主要的是医学研究。

辛西娅·卡彭特——福克斯新闻：琼斯先生，一些俄罗斯媒体称，联合国空间站暴发了"太空病"。对此，您的看法是什么？

安德森·W.琼斯：那些都是未经证实的说法。截至目前，我还没有收到"探索者十号"或空间站有关疾病的报告。

莉萨·普里耐特——美国有线电视新闻网：针对涉事人员，您有确切的伤亡人数吗？

安德森·W.琼斯：现在我无法向你透露相关人员的信息，或是这次项目涉及的总人数，但目前无人生还。提问环节到此结束。

// 第九章 //

吉莉安拿起一杯冷水，水杯外都是水珠。她把水杯又放回桌子上。一串水珠滑落下来。

办公楼外的高速公路上，一辆汽车飞驰而过，其风挡玻璃反射的光从屋内一扫而过。她抬头望向窗外，高楼大厦和柏油路沐浴在佛罗里达州的阳光下。很快，她的视线就被一面画在高大建筑物外侧的巨大的美国国旗所吸引，中间隔着几条街道和停车场。美国国家航空航天局的飞行器装配大楼在旁边的平地上赫然耸立。前来接待她的接待员格外健谈，向她介绍道，飞行器装配大楼的高度超过一百五十八米，是世界上最大的单层建筑。

虽然这一切对吉莉安而言都很新奇，但并不足以让她着迷到忘记时间。卡森究竟还要让她等多久？此外，她很确定房间里的一切并不是随意安排的——这不过是卡森的另一个策略——他想要给她留下深刻印象，这样他就能实现他的目的。

说来有趣，她已经很多年没想起他了，他却再次不费吹灰之力就闯进了她的生活，就跟他离开她时一样轻而易举：他的信条永远是先己后人。

吉莉安是在大二的时候认识卡森的，那时他们上同一节数学课，命运的安排让他们的座位只隔了一张桌子。他们的关系中总有一股暗流，总是以他为先。虽然大部分事情都是无关紧要的小事，例如，吃饭的餐厅总是由他决定，出去的时候总是会见他的朋友。甚至做爱的时候，她都要满足他的要求，他需要时时刻刻都能看到她，即使是在他大汗淋漓地趴在她身上的时候，他也要注视着她的眼睛。而导致他们分手的原因也正是他的野心——他想到州外的一所军校追寻他的飞行梦。卡森希望吉莉安可以和他一起转学，但她拒绝了，两人就此分道扬镳。两人分手分得如此干净利落，就像是他们从未在一起过一样。

但是现在，他又回来了，而且对他的目标踌躇满志，志在必得。

她用指甲敲打着桌面，仿佛听到空调在对她说，今天早上不应该只吃一片氢可酮，应该吃两片。她开始质疑自己，把卡丽带到佛罗里达州已经够疯狂的了，现在又来这里干什么？

卡森派专车接送她们乘坐私人飞机来到佛罗里达州。卡丽很喜欢私人飞机，但吉莉安知道，这只不过是卡森想要让她动心的手段罢了。卡特里娜对她们的到来欣喜若狂，把她们安置在二楼的一个宽敞明亮的房间里。卡特里娜和她丈夫史蒂夫的房子很大，可以俯瞰代托纳比奇市的白色沙滩。这样看来好像也没什么坏处。

实际上，吉莉安很清楚她来这里的原因。即使是现在，卡丽和肯特也会交叠出现在她的梦里，他们就像鬼鬼祟祟的捕食者，潜伏在她的脑海里。每每想到那个梦，回想起卡丽说的那句"你是谁？"，她的胃里就一阵恶心。她不想再听到卡丽说出那句话，而这正是她坐在这间会议室里的原因。

门在她的左手边打开了，一个穿着灰色西装的小个子男人走了进来。无论是精心修剪过的、稍显后退的发际线，还是笔直简洁的走路方式，都显得他十分优雅。卡森跟在他身后，穿着一条牛仔裤和一件深蓝色的Polo衫，打扮略显随意。

"吉莉安，抱歉让你久等了。"卡森走到她跟前，伸出手来跟她握了握手，这种仪式感让她忍俊不禁，"这位是格雷戈里·廷斯利，他是首席项目协调员和投资经理，也会参与本次项目。"

廷斯利点点头，没有像卡森那样和她握手，而是说道："很高兴认识你。"他说话时略带一点法国口音。

"很高兴认识你，廷斯利。你喜欢这里的装潢吗？"吉莉安打趣道。

卡森笑了起来："太过商业化吗？"

廷斯利的脸上掠过一丝恼怒，吉莉安不禁想，卡森到底是多久前才发现这个可以激怒他的点的呢。

"嗯，还行。"之后他便坐下了，没有再多说什么。

卡森在她右边的座位上坐下来，他面前的桌上放着一台平板电脑。"谢谢你今天能来。你不知道这对我们来说有多么重要。我们无法——"

"我还没有同意任何事情。"她打断卡森。

"但是你已经签署了所有必需的保密协议。"廷斯利说。

"是的。"

廷斯利吸了吸鼻子，一脸轻松地坐着。吉莉安当下就知道，这种初次见面便产生的讨厌感并非毫无缘由。

"我想，一旦你看到我将要向你展示的东西，你就会下定决心帮我们。"卡森继续说，"你熟悉'绝对零度'这个概念吗？"

吉莉安点点头："理论上的最低温度，对吧？"

"约等于零下273.15摄氏度，也就是0开氏度。"

"冷。"

"一个冷字不足以形容这个概念。"

"如果我没有记错，这是一种悖论，不是吗？因为永远不可能达到绝对零度。"

"没错。"卡森说，一只手指敲了敲桌子，"如果物体分子达到这一温度，其动能就会接近零。只是接近零，动能依旧存在，所以还会产生热量。"

"这样就不会达到绝对零度。"

"没错。没有一个实验室或科学家能让温度完全达到绝对零度，只能将差距控制在十亿分之一。"他调整电脑屏幕，将电脑转向她。屏幕上是数据柱状图，她一一浏览柱状图下面的数字。"这是埃里克·安德博士的文件，他曾是剑桥大学的物理学家，但过去十五年他都在独立工作。"

"铑？"她问。

"这是他的实验材料。"卡森说着，身子前倾触碰屏幕。吉莉安能闻到他身上的古龙香水味，感受到他身体的温度，但她选择忽略，专注于数据。"大约十一年前，安德成功将五十亿个铑粒子降到了零点附近，这已经比任何人都要接近绝对零度了。虽然这种程度的接近并非什么重大科学突破，但却是实现宏伟大业的重要敲门砖。"

"令人惊叹的成果。"

卡森笑了，再次触摸屏幕："那还不算什么。"

屏幕上开始播放一段视频。视频是在一个大房间的角落里拍摄的，虽然清晰度很高，但看起来像是监控摄像头录下的。在视频正下方有一根长长的透明导管，大到足以让人舒服地躺在里面，最近的一端有一个开口。在开口对着的地方，导管连接着一个巨大的黑盒子，厚厚的电缆从底部延伸到外面。房间的不远处，有着相同设置的另一根导管。

视频画面静止了一会儿，直到一个男人走进房间。他又高又瘦，全身赤裸，翼状肩胛骨向外突出。已是中年的他，凹陷的脊柱一直延伸到松垮的臀部。

吉莉安皱着眉，瞄了一眼卡森。但他只是侧了下头，示意她看下去。她重新看向视频，此时，这个男人已爬进第一根导管，平躺下来。他面色蜡黄，一头白发凌乱无序。幸运的是，角度和反射的光线遮住了他的生殖器。他一动不动地躺了几秒钟，随后脚边的舱门关上了，这种机械化的关闭方式验证了吉莉安的猜想，他当时确实是独自进行的实验。接着，两股空气从舱口喷出，尽管视频没有声音，但她仿佛能听到喷气式飞机发出的那种嗖嗖声。

"那里面是真空的吗？"她目不转睛地盯着屏幕问。

"是的。"

"但他在干什么？那可是——"

"继续看吧。"

喷出的空气逐渐消失了。她看着进度条，接下来的三十秒，什么也没有发生。接着，一切都发生了变化。房间亮了起来，男人依旧平躺着，双手放在身侧。屏幕越来越亮，直到一道更加刺眼的白光一闪而过，整个屏幕都白屏了。吉莉安身体前倾，看了一会儿屏幕，视频仍是一片空白。慢慢地，角落开始恢复影像，出现了墙壁、地板、黑盒子，还有导管。但是有些不对劲……

"我的天！"她忍不住惊叹。第一根导管里空空如也。

她的大脑一片混乱，想着刚刚看到的景象，直到她看到第二根导管。那个男人正躺在第二根导管里，和白光闪过之前一模一样。

几秒不到，第二根导管的舱门打开了。男人开始转动身体，昏昏沉沉地摸着导管内壁，移动到导管开口。他坐在开口处，盯着地板，又看向第一根导管，第一根导管仍然是密闭的。他慢慢地低下头，肩膀颤抖着。吉莉安知道他哭了。

此时，电脑屏幕又是一片空白，视频到此结束。

她咽了下口水，一时间不知道该说些什么。她想轻敲屏幕，再看一遍视频。但她只是往后靠，回到了座位上，然后看着满脸笑容的卡森。

"我知道那不是……但它看上去就像——"

"没错。"廷斯利说，将她的注意力吸引到桌子的另一端。他笑起来就像条鲨鱼。"你刚刚见证了世界上第一例人类瞬间移动。"

// 第十章 //

他们给了她几分钟平复心情，又让她看了两遍视频。

看完视频后，她试图整理思绪，但她能问出口的只有："这是怎么做到的？"

卡森笑了，说："关键就在于绝对零度。隐形传态，也就是安德博士所称的转移，能够实现的关键就在于海森堡不确定性原理——基本上来说，我们不可能同时知道一个粒子的位置和它的速度。如果不知道构成一个物体或一个人——像视频里这样——的每一个粒子的位置，还有物体的动量，就无法将它传输到别的地方，或在别的地方重建。如果能将物体的粒子温度降低至绝对零度，电子就会处于休眠状态，因此就可以计算其动能。"

吉莉安眨了眨眼，试图消化卡森刚刚说的话："也就是让时间静止。"

卡森做了个鬼脸："时间是环状结构，这样说把情况过于简单化了，不过——"

"但视频里，那个男人的情况就是这样。他体内的每个原子都静止了几分之一秒。"

"没错。"

"这怎么做到的？"

"视频中的导管是由安德博士设计的，其中内置了三百六十度的激光阵列，他称之为光子网络。与人们的认知不同，激光可以通过减缓原子中电子的运动冷却原子。这一技术和真空管、强磁场以及短波辐射完美地结合在了一起。"卡森笑了，"难以置信，对吧？"

"难以置信。"她重复道，用桌上水渍画了一条线，"但是人体内有数以万亿计的原子。你又如何将每一个原子都计算在内呢？"

"应该是和导管连接在一起的这个大黑盒子解决了这个问题。它们是量子计算机。传统计算机处理数据时，1 和 0 是按照顺序处理的，而量子计算机可以在相同的时间内处理多个状态。"

"这绝对是最尖端的科技。"廷斯利插话道，他那让人不安的笑容消失了，声音低沉，"量子计算机很快就会成为这项研究的标配。"

吉莉安点点头，注意力再次回到卡森身上。卡森喝了一口她水杯里的水，然后用眼神挑逗她，希望她对此表示异议。他又变回了信心满满的样子，显得得心应手，气场十足。但她并没有对卡森喝她的水表达任何意见，而是继续追问："重建的原理是什么？"

"第一台量子计算机给第二台量子计算机传送数据，然后第二台量子计算机再分析这些信息。实际上，两台计算机之间的传送距离要比在视频中看到的两个区域间的距离远，肯定有所延迟。不管怎样，传送的信息就是组成人体的精确元素。通过同样的光子网络，第二台计算机就可以将所有的必要元素重新排列成序。"卡森边说，边用手指数着，"氧、碳、氢、氮、钙、磷……你知道工作原理。"

她确实知道，但要试着理解这一所谓的概念——更不用说她的亲眼所见——就像是让她把海洋放到一个顶针里，这完全超出了她的理解范围。每当她试图理清楚，就会产生更多的疑问。

"你怎么能保证这不是一场骗局？毕竟伪造这样的视频轻而易举。而且对于这个视频，还可以有很多其他可能的解释。"

"吉莉安，"卡森的声音降低了八度，"视频里的男人就是安德博士。我亲眼看他进行的这个实验，千真万确，相信我吧。"

她摇摇头："好吧，为了能继续我们的谈话，我先暂且相信你。可这些和我又有什么关系呢？"

卡森的脸色阴沉下来，兴奋的表情瞬间消失得无影无踪。"我让小格给你讲讲细节。"

"我都说了，不要这样叫我。"说完，廷斯利将注意力转到她身上，"你还记得过去六年间，美国国家航空航天局的几次发射吗？"

"这和空间站有关吗？"

"嗯，但并不是几十年前的那些旧项目，而是由联合国资助、运用了最新技术、被全面更新过的新项目。我们已经组装好了各个部件，打算让它……绕轨道运行。刚刚的视频也是服务于这个项目的。毫无疑问，安德所取得的突破性进展最终将应用到太空领域，比如星际旅行。由于他的一部分经费是航天局提供的，所以我们决定将新的空间站用于试验，避免成果被窃取，基本上就是这样。"廷斯利舔舔毫无血色的嘴唇，继续说道，"不过测试开始以来，就一直……出现各种并发症。"

"各种并发症？"

"实际上，这个项目最初是为运输材料而设计的。当我们发现这个装置能传送结构更复杂的物体后，我们就想把它运用到人类旅行上，于是开始尝试用人来做实验。但实验出现了问题，参与实验的受试者最近出现了迷失方向感、轻微失忆和易怒等其他一些症状。"

"罗斯综合征。"吉莉安瞥了卡森一眼，说。

"显然我们现在还不能确定是这项技术本身，抑或其他因素产生的副作用。另外，最早的实验对象并没有出现任何异常。"廷斯利向前探探身子，"很有可能是某种疾病导致的。鉴于我们已经在这个项目上投资了大量经费和时间，我们输不起，因此一定要找出原因。我的职责便是评估这个项目是否还要继续，抑或是将其终止并带回地球进行进一步研究。"说完，他上下打量了一下吉莉安。在那一刻，他和那些在神经病学会议上质疑她发言的男同事没什么两样，一样目中无人，对她不屑一顾。

"说实话，瑞恩博士，我很怀疑你是否有能力帮我们找到答案。我们已经和该领域最顶尖的人合作过了，但还是没有找到一个可靠答案。"

她怒不可遏："那我为什么要坐在这里听你废话？"

"因为勒克鲁瓦先生对你的研究十分有信心。"他挑挑眉毛，表明了自己的态度：然而我，不置可否。

"我们还是不要操之过急。"卡森边说边看向廷斯利，"就像你说的，目前我们对问题原因还一无所知，这也是我们邀请你的目的，吉莉安，你是罗斯综合征这一领域首屈一指的专家。我们想要你给每一个人做检查，看看能否解释所发生的现象，以及引起这一切的原因。你需要的任何东西，我们都会提供。"

她强压怒气："为什么我们一定要上去？难道他们不能被带回地球吗？"

她看到卡森和廷斯利快速交换了一个眼神，鬼鬼祟祟的。

卡森接着说："他们的研究工作十分重要，也很复杂。将每一个人都送回地球会毁掉我们多年的计划，浪费多个国家共同投资的数十亿美元。不管是什么导致了那些并发症，都不能阻止项目进行。因此我们要去太空找他们。"

"我可以在地球上监督实验，做全职咨询。你可以派其他符合资格的放射科专家上去。"

卡森摇摇头："现在还没有人可以跟你一样娴熟地运用这方面的技

术，而且我们需要有人帮忙实时分析数据，做出决策。"

"但是六个月？为什么这么久？"

"因为我们考虑到了可能会遇到的棘手情况。所有常规检查，如 CT 扫描和核磁共振，依据这些可能找不到症结所在。因此我们预想的是，找出病因一定会耗费不少时间。相信我，我们已经竭尽全力去解决问题了。如果不是这样，也不会找到你。"

窗外的阳光似乎更明媚了，她的四肢突然变得软弱无力。她要仔细考虑吗？离开卡丽六个月？一想到不能拥抱她的女儿，不能在晚上给她读故事伴她入眠，不能在需要的时候告诉她"我爱你"，她的胃就一阵恶心难受。而且，如果她不在的时候卡丽病情恶化了怎么办？如果她回来后卡丽不认识她了怎么办？

"我想到外面呼吸下新鲜空气。"她努力说道。

"当然可以。穿过门，走到走廊尽头，右手边就是阳台。"她离开桌子时，卡森站起身来对她说道。廷斯利坐着没动，她经过他时，他从口袋里掏出了手机。

佛罗里达州的春天，热浪就像一堵让人窒息的墙，她又感到一阵头晕。气候变化在南方显得更明显，有时候天气热得简直让人不敢出门。

吉莉安走到栏杆边，紧紧抓住围栏，努力平静下来。造成她如此失态的，不仅是要离开卡丽的念头，还有她刚刚目睹的视频所带来的震惊。一个人从一个地方消失，又在另一个地方出现。这一突破是史无前例的，可以说是千年难遇。如果把它应用到日常生活，那更是令人难以置信。

她身后的门开了，过了一会儿，卡森来到她身边，像她一样抓住围栏。他没有看向她，而是顺着她的视线看向飞行器装配大楼。

"我告诉过你，我一直梦想着去太空吗？"他问。

"当然，我知道那是你的终极目标。"

"准确来说，我从小就一直憧憬着。五岁时，我爸爸带我去了一个太空俱乐部。之后爸爸生日的时候，妈妈送给他一台便宜的望远镜和太空俱乐部一年的会员。尽管他只是随口说说观星很有趣。"卡森笑了，"不管怎样，他并不喜欢那份礼物。倒是我，在用望远镜看向天空的那一瞬间，就知道了自己即将奋斗终生的梦想。"他抬头仰望，仿佛要看穿头顶上方的蔚蓝天空，一直看到遥远的星星，"那里比我眼中的世界大得多，但我也是其中渺小的一分子。我知道总有一天，我会到那里去。"

"你现在已经实现梦想了。"

"是的，我去过两次。而且一想到能够再次上太空，我还会和第一次上太空时那样兴奋不已。"他的视线回到她身上，"跟我一起去吧。帮帮我们。拜托你了。"

"卡森，安德取得的突破让人难以置信，我为你，还有其他所有项目人员感到高兴，但是——"

"我带你参观下实验室吧。安德装配了两台转移设备，其中一台还在园区内。来吧，当年你可是大名鼎鼎的女英雄，敢与生物课的蔡尔兹教授争辩。如今，那个大无畏的女生去哪儿了？"

她笑了笑："那都是陈年旧事了。"

"话虽如此，但我觉得那位教授是不会忘记这事的。至少我没有忘记。"

吉莉安叹了口气。"听着，我十分感谢你让我和我女儿飞到这里，也感谢你给我提供工作机会，但我不能离开我的女儿。"她一阵哽咽，"她的情况越来越差。她或许只剩下四年时间，也许更少。不管怎样，我都不能说服自己离开她。那些失去的日子……"她再也说不出话，只能看向别处，"是我再也无法夺回的。"

卡森沉默不语，将一只手覆在她的双手上。这种肢体接触是她意料之外的，尽管她尝试忽略卡森的动作，但他还是扰乱了她的思绪。"你还没有考虑过另一个好处，关乎卡丽的切身利益。"

"是什么？"

"安德的转移工具可以绘制人体地图，对吗？可以精确到每个细胞中的每一个原子、每一个单细胞。试想一下将这项转移技术应用到医学上，吉莉安。"

她盯着他，不确定他说的是否是她内心所想。"所以受损神经元，那些纠缠——"

卡森握紧她的双手："如果你帮我们找出系统出错的原因，那么在转移时，我们就可以删除被罗斯综合征损害的神经元。你便有了拯救卡丽的天赐良机。"

美国国家航空航天局关于"探索六号"任务的灾难的音频转录文件：

吉莉安·约瑟芬·瑞恩博士，三十七岁，神经学顾问。无法辨别的声音或者词组将被标记为无法识别或未识别词。

档案号 #179081.05/27/2028

（十秒钟稳定的轻声呼吸）

我依然不确定自己为什么要接受这份工作。

我以前也录过音频日记，但都是为了记录实验研究。虽然卡森说，每一个即将乘坐那艘气派的飞船去往太空的人，都必须这样做，但自言自语的感觉真是奇怪。卡森，或者任何一位听到这段录音的人，对不起。我被告知录音文件只有我死了才会被审查。所以卡森，如果我死了的话，那就是你的错。

自己给自己录音，可以帮助你处理情绪，专注目标，并汇报进展。插播一句，许多研究表明，从认知方面来说，写字比录音更能帮助我们集中注意力和提高记忆，但这又如何呢？毕竟我是神经学专家，又不是心理学专家。

所以我的目标是什么？说实话，和卡森、廷斯利第一次会面后，我就下定决心帮助他们做这项研究，当我回到我姐姐家后，我对此更加坚定了。卡丽在沙滩上玩着沙子。她在她坐着的地方用沙子围成了一圈圈的同心圆，就像把石头扔进池塘后激起的涟漪。在那一瞬间，我知道，我志在必行。虽说失去与她相处的六个月时光就像失去一只手臂那样痛不欲生，但如果我不去，就没有经费，那么……（无法识别）。我必须阻止那种情况发生。我要找出机组人员的问题所在，这是我可以帮助卡丽的唯一出路。

有那么一瞬间，当卡森向我介绍安德设备的作用时，我想到了一个简单的解决办法：如果在瞬间转移时，每一个原子和细胞都得以绘制，为什么我们不能写一个程序来扫描那些受影响的人的数据，来看看他们的大脑是否存在神经纠缠？显然，这将问题过于简单化了。卡森说，经历再次原子化的过程后，由于储存数据需要巨大的空间，他们没有记录下任何数据。如今考虑到转移会产生各种各样的问题，他们不想再冒险转移任何人。

这也是他们为什么迫切需要我的帮助的原因。毕竟我比任何人都清楚如何找出活体大脑中受影响的神经元。我快取得突破性进展了——我有预感——这只是时间问题。尽管我不愿意承认，但这意味着我将有很长一段时间不在卡丽的身边。

我接受了他们的邀请，前提是如遇特殊情况，我可以乘坐航天飞机立即返回地球。卡森同意了。因此如果有任何意外，我将在二十四小时内返回地球。这也算是个聊以慰藉的好消息吧。而且通过航天局的传输网络，我每天都可以和卡丽通话。当然和在这里不一样，不过……

（长时间停顿）

我最近在研究受影响的空间站团队成员的档案，他们的情况确实与罗斯综合征十分相似。大部分人出现的都是轻微症状。只有两个重症病例，具体表现为严重的失忆、无理由的暴怒和持续的恍惚状态。经过对比，我发现这两例重症病例在工作习惯、饮食作息或其他方面和其他人并没有明显差别。这……很诡异。如果是罗斯综合征，这应该是首次出现群体病例，但这并不符合该病的模式。罗斯综合征不是传染性疾病，而是由污染物或遗传导致的基因异常。因此，除非整个团队处于同一种污染环境中，否则他们患的就不是罗斯综合征。而且还有别的事情让我大惑不解：两个重症案例的名字有被篡改过的痕迹。我搞不懂背后的原因。我得问问卡森。

先到此为止吧。我们将在四天后出发。过去几周的训练异常艰苦。我正在学习如何成为一名宇航员，尽管我的导师弗兰克向我保证，我不用学会如何驾驶航天飞机。他说这样的事有像卡森这样的笨蛋去做。我喜欢弗兰克。我今天穿着宇航服在水下待了数小时，还在飞机上进行了零重力训练。现在还是感到恶心，只能喝些水作为晚——

（开门声。男人的声音——无法识别）

（吉莉安——无法识别）

（关门声）

我十分庆幸比尔克可以作为研究助理一起参与任务。如果没有他，我都不知道该如何是好。此外，我在工作上完全信任比尔克。虽然卡森和廷斯利并不想让比尔克参加本次项目——我的意思是，这一提议让廷斯利非常生气。但这是我的意外之喜，我很欣慰现在的一切都在按照我的计划进行。尽管作为代价，我要忍受廷斯利在电话里臭骂我一顿，还要忍受比尔克的伴侣对此大发雷霆。但我向他保证，我一定会将他的爱人完璧归赵。我告诉他，他应该感到庆幸，比尔克的块头这么大，如果他想念比尔克的话，只要到外面仰望天空就好了。可贾斯廷（比尔克的伴侣）并没有觉得我的笑话有任何幽默之处。

但其实，我又高兴不起来。在填一份调查问卷时，我如实填写了"是否在服用任何药物"这个问题。但卡森看完后帮我修改了答案，隐瞒了实情，还有我腿上的钛板，尽管我知道这两件事肯定会影响这次任务。我开始怀疑卡森到底有多大能耐。他愿意为我挺身而出当然是好事，同时也让我备感不安。我几乎随时都准备着接到电话，告诉我无法参与本次项目。不管怎么说，卡森……他大学毕业后似乎飞黄腾达了。

不管怎样，我对自己承诺——回来后，我要摆脱氢可酮。我带够了六个月的药量。带那么多绝对是件苦差事。我打算在任务期间减少用量，这样回到家时，我就几乎可以摆脱药物依赖了。等我回到地球，我就会再次恢复正常生活。哈哈，希望梦想成真吧。我必须要踏出这一步。尽管过去那几年，我一直尝试戒药。我知道我最终定能克服，因为我曾经克服过。但药物上瘾总是让我的行动一拖再拖。"明天再开始吧，我今天需要它。"又或者"这周将很艰难，下周再戒吧"。诸如此类的话总是我的借口。而现在，我有了一个可以让我真正帮助到卡丽的机会，我不能搞砸。我一定要头脑清醒。

我要专心致志，意志坚定。

（长停顿）

我想就这样吧，我们要去太空了。

这样说话的感觉还真奇怪。尽管这一切都是那么不真实，但这是我这么多年以来，第一次感到重获新生。或许是对可能的结果充满希望吧。

对了，我们最近在研究安德早期的实验视频和笔记。第一次用活体做实验时，他用的是啮齿动物和……（呕吐声）我不能再继续录了，我头很晕，感觉生病了。

（录音结束）

档案号 #179082.05/28/2028

两天。

倒计时两天。我总是在脑海里倒数。我还能再和卡丽吃三次早餐，还能给她讲两个睡前故事，还能和她在海滩上多待一个下午。一切都变成了时钟上的秒针。

（长叹一口气）

这……真的很难。卡丽今天问我是不是要像爸爸那样永远离开。她说，那就是爸爸去的地方，对吗？在星空的某个地方？如果我见到他，我会不会留下不回来了呢？

（无法识别。录音暂停。录音继续。）

我告诉她，没有事情可以阻止我回来，我就是她个人专属的星星，会一直在天空上方看着她。我不知道她相不相信我，反正这是我爸爸以前出差时对我说的话，虽然我经常半信半疑。他说他会平安回家，同时还要我们保持信仰。但小孩子会害怕。然后他们慢慢长大，仍然会为此惶惶不安。

（清嗓子）

嗯，不管怎样，比尔克和我最近在看安德的实验视频。我不得不承认，他聪明绝顶。尽管我对量子力学只是略懂皮毛，这家伙还是让我大吃一惊。他把自己作为第一个人类试验品，这样做要么就是真的有勇有谋，要么就是无知者无畏。尽管他不知道实验能否在人体上实验成功，但他还是勇敢前行了。我的意思是，这已经不是一般意义上的科学实验了，而是……有点像科学怪人弗兰肯斯坦干的事。等到了空间站，与他的见面一定会十分有趣。据我了解，他和他儿子奥林已经在那里待了一年。他儿子是战斗英雄，大概这就是虎父无犬子吧。

此外，我终于找到了比尔克的弱点。虽说无意胡乱类比，但如此健壮又聪明的他，也有一个"阿喀琉斯之踵"，那就是他的内耳。他做完第二次飞机零重力训练后，终于知道他们为什么把这个训练称为"呕吐彗星"了。二十分钟前，我又听到比尔克在厕所里呕吐，但他六个小时之前就结束了飞行训练。我很担心他到太空后的状况，所以我让他回家。但他甚至都没让我把话说完，就拒绝了。我喜欢这家伙，只是希望他不要因为我而受伤。

（长时间沉默）

弗兰克今天说了些奇怪的话，他谈了长期的太空旅行以及它对人体的影响。他提到休眠状态是减少这些影响的关键。我问他那是什么意思，他神情古怪地说："我的意思是，理论上来说，如果你的飞行路途十分遥远，休眠会对你大有裨益。"然后他就转移话题了。

我总感觉事情有些古怪，到处都能看到不好的预兆。我知道我有点疑神疑鬼。或许这是即将离开地球带给我的压力。（笑声）哇，我真的要睡了。

（录音结束）

档案号 #179083.05/31/2028

（无法识别）

发射日。

还有十个小时，我就要离开地球，但我并不担心这些。我所担心的是隔壁卧室那个小女孩会紧紧抱着我，哭着闹着求我不要离开。

虽然她不会参与发射仪式，但是一想到可能会像"挑战者号"任务那样发生事故的话……我……（无法识别）我以为我可以控制自己，但是现在……

卡丽昨天病发了。我当时在肯尼迪机场。一直到我回家，卡特里娜才告诉我这件事。我不知道我应该感激她在我不在时把一切都处理得十分妥当，还是要对她向我隐瞒病情感到生气。卡丽当时正在和卡特里娜的狗（它的名字叫山羊——不要问为什么）玩耍。在外面玩了三十分钟后，卡丽按响门铃，问卡特里娜她的家在哪里，为什么我不在那里。她完全不记得我的姐姐，也完全不认得我们过去几周一直住的房子。

（深呼吸）

卡特里娜把她带进屋里，让她躺下。尽管她对待在一个"陌生人"的家里感到害怕，但她最终还是睡着了。当她再次醒来时，她的情况有所好转。这一次她并没有尖叫，不过下一次……

卡特里娜向我保证她可以照顾好卡丽，尽管她有孕在身。她性格坚强，并且能力出众，我爱我的姐姐，但她和其他人一样，对我们面临的挑战一无所知。我已经数不清自从我们来到这里，她对上帝祈求过多少次了。昨晚，当她看到我因为卡丽发病的事情而难以平静下来时，她把妈妈的念珠给了我，让我离开时戴着。我知道她是一番好意，但我还是忍不住生气，我问她，为什么上帝要创造罗斯综合征。如果上帝那么伟大，为什么要夺走我的丈夫，为什么同样的事情又要发生在我女儿身上？卡特里娜的表情就像是我扇了她一巴掌。

如果上帝真的存在，那他就像是埃里克·安德，我们所有人只不过是他实验用的小白鼠，任他掌控。

（录音暂停。录音继续）

第一次看到安德转移的那天后，我就一直回想卡丽在沙滩上画的图案，她用沙子画的同心圆。那是不是就是我离开的后果，激起层层涟漪，却无法回头。

（录音结束）

// 第十一章 //

压力消失了。

吉莉安吃力地吸了一口气，猛地回过神来。胸口和四肢的压力都荡然无存，取而代之的是一种难以描述的自由感。周围很安静，引擎轰轰作响的声音已不复存在。

一些东西从她的眼角飘过。她看过去，是一块电子写字板，正在她眼前慢慢地来回飘荡着。

"大气层无障碍，主火箭已脱离。"卡森说。他在座位上微微转过身来，"吉莉安，你可以帮我拿一下那张清单吗？"

"额，可以。"她抓住电子写字板的边缘，把它向卡森那边推去。写字板滑过他们之间的缝隙，飘到了卡森手上。

"谢谢。"

吉莉安开始大笑。她并不是有意为之，就是突然很想笑，就像未开发的泉眼突然有水喷涌而出。

"很疯狂，不是吗？"卡森说，"每个人都在笑，连你也情不自禁。"她可以听到他声音中的笑意，"如果你想体验一下，现在可以解开安全带。"

"安全吗？"

"绝对安全。事实上，你还可以顺便看看比尔克，确保他安然无恙。他似乎在点火不久后就失去意识了。"

"因为加速度？"

"因为他过度紧张。"

"哦。"

吉莉安想解开座位上的安全带，她戴着厚手套，笨拙地摸索了一阵子才完全解开。失去安全带的束缚后，她真正体验到了失重的感觉。现在她正飘向航天飞机的前部。她又笑了起来，这一动作使她往后退，差点就撞上了卡森和莉安。起飞前，吉莉安只见过指令长莉安一面，想到这里还有一个女人，而她的业务更精湛，为人也很冷酷，吉莉安更觉得自己是个局外之人了。

两名飞行员头上的风挡玻璃一片漆黑，偶尔会闪过亮眼的北极星光。这是她第一次在没有地球大气层遮挡的情况下观看宇宙。一股很强烈的敬畏感油然而生。

"天哪。"语言在这一切面前已经略显苍白。

"很正常的反应。"卡森说。

"已经接近既定航线。"莉安说，打破了这一刻的庄严感。

吉莉安不再观看窗外的景色，她回避着廷斯利的注视，离开了前舱。廷斯利此时正直视前方，试图掩盖自己的震惊，只是他苍白的脸色暴露了他。

吉莉安看向比尔克，透过他头盔的透明镜片，她看到比尔克开始眨眼，最后比尔克看到了她。"你正在……飞行，博士。"

她咧嘴一笑："一如既往的神机妙算。你感觉怎么样？"

"和前几周一样，病入药膏了。"

"病入膏肓。"她边说边轻轻地拍了拍他的头盔。

"比尔克，排泄口就在头盔下面。如果你感到恶心，就将嘴巴凑到那儿，朝里面吐。这样你的头盔就不会被弄脏。"卡森说。

"听起来非常专业。"莉安说。

"我工作素养很高的。"卡森回应。

比尔克呻吟着，头向前探，找到了排泄口。吉莉安在他身边飘过时，耳机里传来他的呕吐声，她揉了揉他的肩膀。飘浮到机舱后部时，吉莉安也感到一阵恶心。随着航天飞机的移动，她失去了所有方向感。但这种感觉并不陌生，毕竟数小时的抛物线飞行训练早已让她做好了应对这一切的准备。她抓住后舷窗，定住自己，朝窗外望去。

此时，地球填满了整个玻璃窗。地平线是一条蓝线，与漆黑的太空相映成趣，其上点缀着白云，下方则是漂浮在海面之上的白色岛屿。之后，一条不甚熟悉的海岸线慢慢后移，将其环绕的是加勒比海那迷人的蓝色。

她在寻找佛罗里达州的海岸线。

在寻找卡丽的所在地。

泪水夺眶而出，模糊了地球那不真实的景象，模糊了她所爱的一切。

这一定是肯特的感觉，一定是卡丽现在的感觉。一切熟悉的事物都变得模糊起来。她浑身发抖，强忍抽泣，不想让其他机组人员听见。接下来的几分钟，她所能做的就是抑制悲伤，看着眼前不加任何修饰的美景，任由泪水无声地在眼眶里打转。

"后面的风景如何，吉莉安？"卡森问。

她清清嗓子，说道："无与伦比。"

"没有任何事物能与之媲美。"

"嗯，我也这么认为。"

六个月。只要六个月，我就能回家了。

"已确认 EXPX 位置。"莉安说，"启动太空对接。预计十五分钟后抵达。"

沉默了一会儿，卡森才说："吉莉安，在我们对接前，你要系好安全带。"

她慢慢移向她的座位，撞到几次隔间的门板后，她才成功坐回比尔克的旁边。比尔克闭着双眼，正在深呼吸。航天飞机一片漆黑的前方有一道银色的光，仿若太空被切开了一道口子。等到吉莉安扣上安全带的最后一颗扣子时，那道银光变得越发清晰。

空间站整洁而狭窄。吉莉安只能假定自己现在看到的是空间站的前部——如果空间站能被这样区分——它的形状像一把匕首，不断拓宽，最后呈扇形散开，形成一个环形结构，包围着整个空间站的后部。正当她仔细观察时，窗户外边闪过的点点星光逐渐显出形来。她脑海里莫名闪过波音 747 飞机起飞时，人们朝舷窗外望去的画面。

随着离空间站越来越近，他们的航天飞机显得越来越小。直到空间站填满了他们的视线，遮住了它之外的一切事物。

"从手动控制转到模式化对接控制模式。"卡森说，"启动旋转配对。"

航天飞机猛地一动，轻轻转身，开始沿着空间站的环形部分飞行。座位上的每个人都摇晃起来。这时，吉莉安注意到外部那个大轮子相较于设施流线型的中心区域，正在做圆周运动。

"它在旋转？"她问道。航天飞机又开始震动起来。

"是的，那里是机组区域和研究区域。"卡森说，然后身体前倾，关掉了控制板上的开关，"旋转模拟了重力。但这个装置并不完美，因此在我们完全适应环境前，需要一段过渡时间。"

"适应环境。"比尔克轻声说，"肯定不是什么舒适的环境。"

大家咯咯地笑了起来。空间站与航天飞机开始进行配对。

随着航天飞机转向一侧，空间站也从视线里消失了。吉莉安再次把目光投向了浩瀚无垠的太空，这种无穷无尽的感觉让她着迷。

"序列对接开始。"莉安说，"准备进行对接，五、四、三、二——"

一阵沉闷的隆隆声打断了莉安的倒数，飞船右侧猛烈地晃动起来。即使穿着厚重的宇航服，吉莉安还是觉得自己的肩膀被安全带勒得有点痛。

"那边有一点延迟，莉安。"卡森说，但没有回应。

"我们安全吗？"廷斯利问。

"嗯，都解开安全带吧，我们接下来会进入对接舱模式。现在有重力了，可以使用工作人员舱后的手柄和梯子。"卡森说。

再次解开座位上安全带的扣子时，不安的情绪瞬间包围了吉莉安，就像是在热水淋浴间被浇了一头冷水。她皱起眉头。发射很成功；他们安全地飞出地球大气层，与空间站成功对接；一切都按部就班。那么，她在困扰些什么？

吉莉安将这种感觉归因为紧张，然后帮比尔克从他的座位上站起来。早前的失重状态已经消失，她的双脚疲乏无力，脚步踉踉跄跄。卡森从这个狭窄的空间中经过她时，对她笑了笑，示意她放心。莉安则紧跟在卡森身后，避开了她的眼神。

他们排成一支短队伍，走到工作人员舱后面，那里有通向上方的梯子——如果在太空中还有所谓的方向。卡森先打头阵，莉安紧跟其后，廷斯利是第三个，吉莉安走在他们后面，试着帮助比尔克保持平衡。这个高个子在人工重力下，整个人都摇摇晃晃的。

"我好像能感觉到，我们在旋转。"比尔克抓住阶梯说。与此同时，廷斯利的双脚从上方的舱口消失了。

"试着不要多想。"吉莉安说。比尔克开始爬梯时，她抓住他的宇航服的腰带。

"就像白熊。"

"什么？"

"你越不想让人们想到白熊，他们就越往那方面想。"

"好吧，也不要想北极熊。"

"你是在尝试分散我的注意力吗，博士？"

"有用吗？"

"没有。"

"那走吧。"

梯子上方的舱门很小，比尔克必须先把一只胳膊穿过去，才能把身子一起带过去，最后，他终于顺利来到上方的房间。气闸舱本身毫无特色，高度也根本不能让他们舒服地站起来。

吉莉安从舱门出来后，卡森锁上了门，指着挂在气闸舱墙上的一排长吊钩说："我们要把宇航服挂在这里。如果穿着进去，巨大的衣服只会拖慢我们的速度。回到航天飞机之前，我们都不需要穿它们。"

大家卸下装备，把各种物品挂在挂钩上，或放到钩子下方分配好的储物柜里。脱下宇航服，大家穿的都是蓝色绝缘连体服。连体服只有一条从右小腿一直拉到左肩的拉链。之前在航天飞机里的时候非常冷，吉莉安庆幸自己穿上了宇航服和连体服以保暖，但是现在她的胳膊和后背都开始冒汗，气闸舱里弥漫着一股酸臭味。

"好了，各位，开始简报前，我先把大家安顿好。大家跟我来，从现在起不要碰任何东西。"卡森一边说，一边走向气闸舱尽头那扇宽大的门。他将一张小小的电子门卡在控制面板上扫了一下，门就开了。

吉莉安屏息凝视，走进房间。他们站在一条两头通达的长走廊里。墙是灰白色的，看上去就像是塑料的，或者的确是塑料制成的。地板上还有走廊两边安装了一些嵌板，反射着光亮。墙体逐渐上升，整面墙几乎有三层楼高。他们仿佛置身于一个巨大的圆锥体中。另外一架梯子穿过气闸舱，通往高耸的天花板，尽头是另一个舱口。空间站的设计让人局促不安，容易产生幻觉。

"大家跟我来。"卡森一边大步走着，一边示意他们往左走，"相信大家路上也注意到了，机组区域和研究区域都是圆形的，都是利用向心加速度或向心引力来模拟重力，大约是地球引力的一半，所以你可以做这样的事情。"卡森突然快走了两步，一跃而起。他并没有立刻掉下来，而是在落地前飞行了好几米。他往身后看，做了个鬼脸。"挺有趣的，不过一定要小心，因为会很容易丧失方向感。"

"我感觉，"比尔克边走边扶着离他最近的墙，"我的脑袋里好像有一个坑。"

"不要担心。"吉莉安拍着他的胳膊说，"我所有的研究生都有这样的问题。"

"也许是低重力导致的，但你的笑话在这里就没那么好笑了，博士。"

吉莉安得意地笑了，扶着比尔克的胳膊肘，让他保持平衡。

"飞船的中心结构是零重力，墙上的任意一架梯子都可以通往那里。"卡森继续说，"对面是团队实验室和睡眠舱。这里的每扇门都连接着一条走廊，通向各个房间。你们或许已经注意到，我们并非走在曲形地板上。这里就像是一个大号摩天轮，为了能让我们更好地适应生活和工作环境，摩天轮的内部结构——我喜欢这样说——楼层、房间和走廊都是方方正正的，除了走廊交会处。为了方便我们从一个区转移到另一个区，这些地方都有一定弧度。否则，当你来到相邻的走廊时，你会感觉自己正面对一堵墙，而你需要沿着它往上走，那感觉就会很诡异。"

前方的地板开始向上弯曲，弯曲的角度很奇怪，吉莉安不知道该如何描述，直到她和比尔克开始走在上面。她感觉自己好像马上就要往后倒，但是重力又把她紧紧地压在弯曲的地板上，之后走廊变平坦了，一直往前方延展。

"这太不可思议了。"说这话时，一阵眩晕感朝她袭来。比尔克也痛苦得呻吟起来。

"坚持住，比尔克。"卡森回过头来说，"就像我说的，这个摩天轮有四个部分，第四区是研究区；第三区是厨房和休息室；第二区是休眠区和控制中心；而第一区，也就是我们现在所在的地方，是住宿区。"

"我要去找伊斯顿。"莉安边说边看了卡森一眼，卡森点头回应。然后莉安头也不回地沿着走廊出发，不一会儿就消失在一个奇怪的垂直角落里。

卡森走到另一架梯子对面的一扇门前，门悄无声息地打开了，然后他顺着墙壁穿过门。"廷斯利，你去四号舱。比尔克，二号舱。吉莉安，你在五号。壁橱里有一套洗漱用品和几套备用的衣服。几乎所有房间都有窗户，但我们通常都会拉上遮板，以防因为看到轮子旋转而感到眩晕。如果你想看看外面，那就自担风险。"

这条新的走廊很窄，从他们站立的地方往下十来米的地方左右分岔成一个"T"字形。廷斯利环顾四周，脸色还没有完全恢复过来，随后他做了个鬼脸，走进自己的睡眠舱。

"如果可以的话，我想躺下来。"比尔克说。自进入气闸舱后，比尔克的脸色就越来越苍白，而且他的身子摇晃得厉害，就像是坐在轮船的甲板上。

"当然，你的房间就在那儿。"卡森说着，给这个高个子指指左手第二扇门，"吉莉安，你的在拐角。你可以先到房间里休息一会儿。我还有事情要处理，准备好简报，我会叫醒你。"

她沿着走廊走了两步，然后停了下来："卡森？"卡森看了她一眼。与此同时，比尔克消失在了舱门后，舱门随之关闭。

"大家都去哪儿了？"她问。

"他们在第四区。"

"五十五个人都在那儿吗？"

"没错。"

她看着他，心中的不安再次蔓延。

"去休息吧。"卡森重复道。当他转身消失在走廊的入口处时，他的笑容消失了。

吉莉安在原地待了将近一分钟。墙壁似乎是隔音的，她陷入沉思。

如果足够专注，她甚至能听到血管里血液流动的声音。她的胃一阵下沉，这似乎跟人工重力没有丝毫关系。

形势有点不对劲儿。别想了，你只是紧张而已。她长叹一口气，走到拐角处，来到一扇门前，门上写着一个发光的数字"5"。当她朝门走近时，门猛的一下开了。

房间装修得很简单，里面的家具只有一张单人床和一张钢质办公桌。桌面上盘绕着一条绳索，绳子末端系着一个小小的灰色方块。桌子前面放着一张凳子，凳子是固定在地板上的。对面的墙上还有两扇门。其中一扇门是开着的，是个壁橱，里面放着六件与她身上这件一模一样的连体服；另一扇门则通往不锈钢浴室，浴室配有淋浴间，不过要从侧面进去。

走进房间后，吉莉安摸出口袋里的药瓶。她打开瓶子，低头瞥了一眼手掌，那上边竟神奇地出现了两片粉色的氢可酮。

她内心挣扎许久，才没有把两片一次吞下。她痛恨自己依赖药物，于是把一片塞回药瓶，头往后一仰，干吞了另一片。

她叹了口气，走到床边。床很结实，被子是长毛绒的。她躺下，头枕在一只手上。简直难以想象，她现在在太空里，而就在几小时前，她还在地球上，甚至昨天晚上，她还亲了女儿的头，一边闻着洗发水强烈而甜蜜的香味，一边伴她入眠。

吉莉安闭上眼睛，希望氢可酮可以发挥作用。她疲惫不堪，早就应该休息。毫无疑问，接下来的十二个小时，迎接她的将会是马不停蹄的工作。卡森他们会开简报会，她还要与相关工作人员见面，了解他们的研究进程——事实上，除了安德的瞬间转移项目，她并不知道他们具体在研究什么。当她追问卡森时，他也没有透露太多信息。所以她认为，可能还有其他政府部门秘密参与其中，而卡森不便透露，至少不能在她没上飞船，身边还有其他可用经费资源，可以决定退出之前。

她猛地睁开双眼。飞船！该死。卡森带领他们穿过走廊时，说的是"飞船"，而不是"空间站"。还有莉安在航天飞机上说的缩写是 EXPX（"探索者十号"），不是 UNSS（联合国空间站）。

她坐了起来。难怪当她在一片漆黑中看到那个逐渐具体化的设施时，她一直想到的是飞机。因为这并不是什么空间站，而是一艘飞船。

此刻，吉莉安就好像是坐上了一台刚刚出了故障的游乐场设施，感到极为不安。她站起身，绕到床尾，走到墙上那块小小的嵌板前，嵌板底部有个指头大小的孔洞。她一下把遮住窗户的遮板拉了上去。

窗外恒星以耀眼的列阵旋转而过。吉莉安调整视线，想要确认她的猜想。她看到轮子又旋转了两圈，得出了结论。

地球变得越来越小。他们正飞速地离开。

// 第十二章 //

吉莉安在第二区找到了卡森。

她拿起挂在绳子上的电子门卡，在扫描器上刷了一下，然后进入休眠区和控制中心。门后房间的敞开宽度与轮子一样宽，面积不小。其中一面墙由高分辨率屏幕组成，屏幕每隔几秒钟就会发生变化，一会儿是他们的飞行轨迹，一会儿是接满厚电线和电路板的房间，还有通往某条走廊的监控。房间其他地方装满了控制台，控制台上装有光滑流畅的触摸屏，每面屏幕前都配有一张转椅。

卡森坐在最左边的屏幕前。吉莉安一进门，卡森的注意力就转移到她身上，就像是他期待又害怕她的出现。

很好。

吉莉安走近他。

他起身，准备开口为自己辩护。

她所能做的就是控制自己，不要攥紧拳头，以免把他打倒。

"吉莉安，听我说——"

"你他妈的骗我，卡森！"她边说边用食指戳着他的胸口，"这不是空间站。这是一艘飞船。"

卡森垂头丧气地看着地板，随后盯着吉莉安的双眼："你说的没错。这是一艘飞船，'探索者十号'。"

"真是个好名字。我一点也不在乎。去换衣服吧。"

"你说什么？"

"我说，让我们穿回宇航服，登上航天飞机，然后把我带回地球。如果你现在这样做，在我提起诉讼时，我会让他们对你从宽处理。"

她进来时的那扇门又开了，一个未曾谋面的男人走了进来。他长着一张方脸，戴着方框眼镜，一头白发梳得整整齐齐。他犹豫了一下，看清了她脸上的表情。

"对不起，我——"

"没关系的，利奥。我们只是——"卡森说。

"我们要走了。"吉莉安打断卡森，挑衅他。

"如果你有需要，去休息室找我。"说完，利奥离开了房间。

房间里又一次只剩下吉莉安和卡森。

卡森坐在椅子上叹了口气："我要和你坦白。"

"别说废话了。"

"首先，我并没有对你撒谎。我们确实要去空间站，但它并不是绕地球轨道运行，而是绕火星轨道运行。"

她眨眨眼："火星？"

"那个空间站的部件是分开发射的，它们被伪装成深空探测器，并在火星轨道进行组装。听着，事情很复杂，我本来是想在简报会上和大家说明情况的，但是空间站发生了事故——有人死了，而且是谋杀。"

"真是个引人入胜的故事，但我是认真的，卡森，你现在就给我站起来，带我回地球。"

"或许你应该坐下来，我们好好谈谈。"

"或许我应该去找比尔克，让他扭断你的脖子！"

"吉莉安，拜托了，我实在无能为力。军令如山，这就是我的使命。飞船的航线已经设置好，我们已经飞行将近五万公里了。"

她盯着他，怒火中烧，就像是吞下了滚烫的柏油。"卡森，你给我听着，我不在乎谁死了，谁杀了人。我也不在乎你的任务，更不在乎你上级的命令。你一会儿最好对我说：'好的，吉莉安，我们这就回家。'"

"对不起，真的很对不起，但是事情远比你想象的复杂得多。我们真的很需要你。"

"我的女儿更需要我！"她声嘶力竭，濒临绝望，但她的愤怒此刻已经转化为其他东西。

惊慌。

恐惧。

"我知道，但我们的任务还是一样的。我们需要你的帮助，时间也不会变，不管是环绕地球还是去火星，说好六个月就是六个月。"

"你他妈的很清楚这完全不同！"

"这是我唯一可以让你跟我走的办法。"

她很想扇他一巴掌，但是她害怕自己一旦这样做就收不了手了。

她转身，刷卡。门开了。她径直走到走廊。墙壁变得模糊起来。她擦掉眼泪，大步绕过垂直的拐角，走到另一条走廊，进入大门，来到第一区。她在比尔克的睡眠舱前停下脚步，门并没有像先前那样快速打开。她等了一会儿，才握紧拳头敲门。

"比尔克？"没有回应。里面没有脚步声，也没有任何动静。只有走廊的寂静。她又敲敲门，这一次，她更大声地喊着他的名字。她试着推门，但门一动也不动。他一定是反锁了门在睡觉。她举起手，继续大力拍门，直到手疼为止。"该死！"

吉莉安往后退了几步，大口呼吸，头发沾在额头上。此刻，她能做什么？让飞船停止飞行？除此之外，她可以求救。没错。她可以向美国国家航空航天局发送无线电，让他们知道卡森做了什么。

她试着回想弗兰克的通信训练，都是些简单的基本操作。他没有一句废话，每一节课都紧扣航天飞机通信内容。

好的，首先，她要回到航天飞机上。正当她沿着走廊往回走时，她想到这样一种可能性，卡森说他们不能回到地球，如果他说的是真话——她停下脚步，大脑飞速运转。

如果去火星，他们还需要两个多月，然后绕轨飞行六周。他们不会只在地球大气层绕轨道运行；他们会飞到数百万公里之外。离卡丽越来越远。

"不。"吉莉安有气无力地说，以至于即使在寂静的走廊里，也几乎听不见她自己的声音。氢可酮曾一度带给她安慰，让她觉得一切尽在掌握之中，现在，这种感觉全都消失了，取而代之的是无穷无尽的恐惧。她不能离卡丽那么远。如果卡丽出了什么事怎么办？根本就没有能让她在几天之内紧急回到地球的办法。而且，如果任务有什么差错怎么办？地面控制中心根本无法营救他们。他们孤立无援，只能自给自足。卡丽也会孑然无依。

通向主走廊的门开了，她轻声地哭了出来，差点撞上卡森。吉莉安想推开他，但被他紧紧抓住了手臂。

"你到底在干什么？"她努力忍住泪水。可话刚说完，吉莉安突然感到肩膀一阵刺痛，就像被蜜蜂蜇了一下。她发现有人站在她身后，那人的身影快速从她的视线中飘过。

是廷斯利。他的手里拿着一个东西，是注射器！

"你们？"说完，她的双腿渐渐失去知觉，跌倒在地。

卡森轻轻放下她，他的脸遮住了她的视线。他的五官上下晃动，吉莉安感觉自己好像是在烈日下看着他。

"对不起，吉莉安，对不起。"

她想要说些什么，恐吓他，咒骂他，但她的眼皮越来越重，周围一切都被黑暗吞噬了。

// 第十三章 //

吉莉安的腿一阵剧痛。

这是她最初的感觉。吉莉安睁开眼睛，看到一片红色，是他们那辆旧雪佛兰里的车内装饰。

她再次回到车里，刚刚遭遇了车祸。她的腿有多个关节都错位了。鲜血不断从伤口渗出，滴到脸上，渗进嘴里，渗进头发里。她呻吟着，头和腿上的疼痛让她忍不住颤抖。她试图坐起来，往旁边挪动身子，远离已经被撞得破碎的车门。但除了嵌在里面的那棵树外，破碎的车窗外漆黑一片。

不，不是什么也没有，还有光、星星、太空。还有一抹逐渐消失在黑暗中的蓝色。她眨眨眼，又渐渐失去意识。

"吉莉安。"

这一声呼喊是那么清晰，距离是那么近，她吓得差点惊叫出声。肯特在她旁边，被安全带扣在座椅上。她打起精神，准备看清楚眼前的这个人。但她看到的不是肯特，是卡森。他没有被安全带固定在座椅上，而是头朝下地飘浮着，茫然地望着她。鲜血不断地从他的脸上滴落，但是并没有滴到雪佛兰的车顶上。一颗颗深红色水滴在空中四处飘浮，就像失重的雨滴。

"谢谢，"他说，他的语调异常平淡，"谢谢你的牺牲。"他指着她的下半身，她努力低头往下看。

大腿间不断有鲜血涌出，把她的牛仔裤都浸染成了黑色。

"不，"她气若游丝地说，"不，我的孩子，卡丽。"

"谢谢你。"

"不！卡丽！"

"吉莉安。"

就在她打算翻过身去的时候，卡森的声音变了。有人抓住了她的肩膀，她本能地挥拳。

"吉莉安，醒醒。没事，只是梦而已。"

她睁开双眼，一切都旋转起来，令人作呕，过了一会儿，一切才定格下来。

她躺在一张窄床上，眼前是一个毫无特色的小房间。一个男人站在她身边，但并非卡森。他年纪稍大，戴着眼镜，头发精心打理过。他给吉莉安一种似曾相识的感觉。他轻轻扶着她的肩膀，以防她从床上摔到地上。

"我在哪儿？"她问。

"在你的房间里。"

"这不是我的房间。"

他皱起眉头："你想要坐起来吗？"

"我感觉我的头好像被水淹过。"

"很快就会好起来的。"

她努力把双腿挪到床边，坐起来，弯着身子，尽量不让自己感到恶心。那个男人向浴室走去。她听到了水龙头打开的声音。回来时，他手里拿着一杯水。"给，喝点水，这能让你感觉好点。"

吉莉安喝口了水，双手还是颤抖着。喝完水后，她把杯子递给了他。

"谢谢。"她抬头看向他，"利奥，你叫利奥。"

他笑了笑："没错，利奥·富勒。很高兴你还记得我的名字。"

"我……"记忆像洪水般涌来。发射。谎言。卡森和廷斯利给她下药。还有不断远离的地球。

她猛地从床上站起来，又感到一阵眩晕。窗户遮板被放下来了，她又把它拉了上去。星星旋转而过，在黑暗中闪烁着，就像散落的钻石。但也仅此而已。蓝白色的星球已不复存在，只有无边无际的太空。

她低下头，闭上眼睛："我昏迷了多久？"

利奥不慌不忙地回答："差不多二十四小时。"

房间又开始旋转起来。吉莉安瘫坐在床脚。利奥再次扶住她，帮她保持平衡。

"冷静，没事的。你只是一下子动得太快了。我给你检查一下脉搏，可以吗？"他柔软的手指按在她的手腕处，"你会没事的，吉莉安。"

"我的女儿……她……"

"我知道。"她猛地转过头去，抽回手。利奥举高双手："我应该说清楚些，我是现在才知道的。他们之前对你说了什么，你接受过什么训练，我完全不清楚。我只知道你是本次任务的顾问。"

"我为什么要相信你说的话？说不定就是卡森派你来的。"

"确实是他让我来的，不过他只是让我来确保你的健康。因为我是本次飞行的医疗队长。我也不认同他们的所作所为。一旦回到地球，我愿意帮你起诉他们。"

她看着他，试图找到他撒谎的罪证，但他脸上没有任何心虚的表情。

"事实就是如此。"利奥叹了口气，走到凳子前，重重地坐下来，"说实话，即使你提起诉讼，我也不确定是否有用。"

"什么意思？"

"单靠卡森自己是不能这样做的。他必须得到上级的批准。如果事先得不到同意，你也根本不能到航天局来。"

她摇摇头。脑袋进水的感觉减轻了，但还是晕晕沉沉的。"难以置信。"她又想起弗兰克之前不小心说漏嘴的话，他提到了休眠状态，之后又很快转移了话题，"我要联系航天局。"

"你可以试试。不过我觉得对你不会有任何好处。"

"为什么？"

"就像我说的，你要对付的不是卡森，而是同意卡森行动的人。但他们现在并不打算终止任务。"

"你不明白，我的女儿生病了，我不可以离她太远。等我们进入轨道，她的病情可能已经恶化得十分严重了。"

"相信我，吉莉安，我也很生气。但是在回去之前，我认为我们无计可施。"他耸耸肩，"如果你感觉好点了，就去参加简报会吧，简报会将在几分钟后举行。"

"我要吐了。"吉莉安感觉房间在摇晃。

"来，我帮你吧。"利奥伸出手臂帮她站稳。随后吉莉安朝浴室走去，关上了门。

热泪夺眶而出，她无声地颤抖着，任泪水顺着脸颊滑落，掉到不锈钢的水池里。当她的视线不再模糊时，她看向镜子。

"你不能放弃。"她低声说道。她接了些冷水洗脸，强打起精神。随后她擦干脸，打开门。

利奥在桌子前等她，身体前倾，手肘放在膝盖上。尽管她仍然忐忑不安，但还是鼓起勇气说："好了，我们走吧。"

// 第十四章 //

大家都在休息室里。

休息室的房间很长，墙上挂着长长的窗帘，后面是大大的窗户。房间左边是一个配有六张凳子的吧台，吧台旁边是软垫长凳，长凳后有几级台阶通往厨房，那里有火炉、微波炉、食品贮藏室和餐桌等。长凳对面挂着一面巨大的电子屏幕，除了不在场的比尔克，大家都看着屏幕。

吉莉安和利奥走进去时，卡森正站在屏幕旁边，指着屏幕上的复杂图表。看到吉莉安，他把手放下了。

"吉莉安，很高兴看到你起——"

"省省吧。"她说，"我只说一次，等回到地球，我会起诉所有合伙欺骗我的人。"她看了一眼莉安。莉安看向了别处，而廷斯利则一眨不眨地盯着吉莉安。一个瘦长的男人坐在长凳一端，远离众人，慢悠悠地嚼着一根塑料牙签。吉莉安指了指廷斯利，然后指着卡森。"如果你们两个敢再动我一下，我就要你们好看！"

"我知道你难过，但请先听我们说——"卡森说。

"我还有别的选择吗？"

"你随时可以离开，但我希望你留下来。"

吉莉安恶狠狠地盯着他，朝长凳走去，在其中一个空位上坐下，离廷斯利远远的。利奥坐到她身边，微微点了点头。

高个子男人举起手。

卡森朝他点点头："什么事，伊斯顿？"

伊斯顿举起一小瓶伏特加："这个会真无聊，你觉得呢？"

卡森狠狠地瞪了他一眼。

"我只是想缓和一下气氛。"伊斯顿边说边把瓶子藏起来。

卡森扫了一眼其他人，深吸一口气："好了，大家应该都知道安德博士取得的突破，以及可能引起的并发症。"他碰了碰电子屏，图表不见了，取而代之的是一个微笑着的中年男子的大头照。他剃了光头，留着整齐的白色山羊胡。"这是伊万·本德雷克博士，是业内首屈一指的心理学家。这次研究就是他和安德一起开展的。但是三个月前，他被杀了。"

就机组人员的反应来看，这是他们第一次听到这个消息。大家都很震惊，除了廷斯利——他的表情毫无波澜。

"发生了什么事？"莉安问。

"谋杀案发生在空间站。他被发现死在自己的书房里。杀害他的是航天局的一名生物学家——亨利·戴弗。"

"戴弗自首了？"

卡森顿了顿："戴弗当时也在书房里，还袭击了开门的人。"

"他为什么要那样做？"利奥问。

"没有明显动机。"

"没有人审问过他？"

"自谋杀案发生以来，戴弗一直处于精神错乱、语无伦次的状态中。他还没有提起过任何有关本德雷克死亡的事。"

吉莉安摸着膝盖，在连体服上擦了擦掌心的汗水。她觉得自己应该在开会前吃片药。"戴弗是重症病例之一，对吗？"她问。

卡森叹了口气："嗯，是的。"

"所以你认为是瞬移的副作用让他杀死了本德雷克？"利奥问。

"我不确定。"卡森说，"目前我们还不能确定引起症状的原因，可能是环境因素，也可能是病原体，一切都有可能。"

"空间站的人都处在同一个封闭空间，但并不是每一个人都出现了这种症状，对吗？"莉安问。

"是的。到目前为止，除了戴弗和另一位重症病例，我们并没有为其他人员建立隔离区。好，大家现在都对情况有了简单的了解，现在我想让瑞恩博士说几句，让大家更了解我们所面临的情况，了解这个疾病的副作用。"卡森看向吉莉安，"可以吗？"

吉莉安的第一反应是拒绝，好让卡森下不了台。但那样做并不会让飞船掉头，也不能让她更快地回到卡丽的身边。于是她站起身，面向大家。

"根据我的研究，出现症状的人员主要有两大表现——轻微的肌肉震颤和全身疲劳。但报告里显示的神经病症更让人担忧。他们会出现神游、长时间的恍惚、记忆丢失，或者无缘无故的易怒等情况。"

"听上去很像罗斯综合征。"利奥说。

"的确如此。"

"你认为隐形传态，也就是转移，有可能在某种程度上造成了神经元纤维纠缠，从而诱发了疾病？"

"我不知道，至少现在还不能百分之百下结论。因为纠缠只有在尸检时才能被检测到。"

"我们认为吉莉安的生物发光成像技术，是可以帮助我们找到引起这些症状的原因的关键所在。"卡森说。

她没有搭理卡森："研究尚未得出任何结论，所以我无法轻易评论。"

"有人要问瑞恩博士问题吗？"卡森问。

"有。"伊斯顿说，此前他一直很安静，"我是伊斯顿·辛克莱尔。对了，我是本次任务的飞行专家。在你被下药锁到房间前，我还没正式介绍过自己呢。"吉莉安注意到，卡森和莉安不自在地挪了下身子。那一刻，她真是太喜欢伊斯顿了。

"如果我说错了，请纠正我。本质上，转移意味着每一个乘坐过那个疯狂科学家的机器的人，都会先经历死亡，再获得重生，之后的每一次也会经历死亡，是这样吗？"

"我们已经讨论过这个问题了。"卡森说，"而且非常详尽。"

"我想听听瑞恩博士的看法。"

吉莉安皱起眉头："在某种意义上，你是正确的。安德的技术冷冻了组成个体的原子，之后再通过辐射蒸发原子。这些原子本质上已经不复存在。实际上，人类与生俱来的原子和细胞本身就在不断更新迭代，不断被健康的物质替代。就这个逻辑来看，一个人其实在一生中会死几十次。"

"你说的有道理。"伊斯顿靠在座位上说，"前提是要否定灵魂的存在。"卡森愤怒地喊了一声，但伊斯顿依然紧盯着她。

"如果你的每个原子都能被原封不动地准确重建，那么你还是同一个人。"她说，"如果你相信一个人有灵魂，那么灵魂也会得到重建。"

伊斯顿把牙签放到嘴角，其间一直微笑着看着她。"如果你相信一个人有灵魂。"他重复道。

"好了，还有其他与任务相关的问题吗？"卡森问。

"有。"吉莉安说，"为什么空间站要绕火星轨道运行，而不是地球？一定不只是为了保密吧。"

"那是机密信息。"

"就像是绑架比尔克和我一样吗？也是机密信息？"

"吉莉安——"

"不，那很好。我离开我的女儿，抛弃我的生活，就是为了来帮助你做这个小实验，而你甚至不愿意告诉我全部真相。"

"真他妈的一团糟。"伊斯顿边说边把他的牙签扔到厨房的垃圾桶里。

大家的心情似乎都很低落，卡森也没有再继续多说什么。相反，他深吸一口气，看着地板。"我只能说，你们大家都是最优秀的。这也是你们会被选中参与这项任务的原因。"他的目光飘向吉莉安，"大家都吃点东西，休息休息吧。十二小时后，我们就要准备进入休眠状态了。"

听到这句话，大家都准备起来。利奥站起来的时候，吉莉安拉住他的胳膊。"是我想的那个休眠状态吗？"

"差不多，基本上就是假死状态。我们还有两个半月才会与联合国空间站会合，在此期间，我们只能靠睡觉来度过。"

她皱眉看着卡森，卡森正在房间的另一头给自己倒咖啡。

"听着，我也想相信你，但请给我一个理由。"

利奥坐直身子，压低了声音："我向你保证，回到地球后，我会支持你起诉卡森和莉安的。"

"莉安？所以她也知道卡森对我撒谎了？"

利奥犹豫了一下，说："是的。"

"难怪她对我总是爱搭不理的，现在我总算知道原因了。"她想了想他的提议，"但我还不能信任你。"

"为什么？"

"因为你随时可以改变主意。我相信你也一定经历了很多，才来到这里。谁知道你回家后会不会变卦？"

"理解。那你想怎么做？"

"让我和休斯敦那边联系。"

"我可以那样做，但就像我之前说的——"

"我知道，这对我没有任何好处。但谁知道呢。如果我记录下这些信息，没准就能为我以后的起诉铺平道路。"

他打量了她一分钟后，才点头答应："行。"

吉莉安放松下来，直到这一刻她才意识到，自己一直紧绷着身体。她能感受到减少药物用量对她的身体系统造成的影响。她心里痒痒的，就像一只被困在笼子里的小鸟想要出逃。

"你什么时候给我安排？"

"一小时后就轮到我到控制中心值班。"

"那到时见。"

利奥走出房间。正当她准备跟上时，卡森向她走来，拉住她的手肘。她猛地抽回手臂，一把推开他。他往后退了一步。

"你把我的话当耳边风吗？不要再碰我！"

"吉莉安，对不起，真的对不起。这一切……你要知道我别无选择。"

"不，你可以选择其他人，而不应该是我。"

"我是可以选择一个比你资历更高的神经放射学家参与此次任务，但我没有。我选择了你，因为我认为你是最出色的。不管你怎么想，我只是想帮你。"

吉莉安离卡森越来越近，最后离他的脸只有几厘米远。"我将要离我的女儿几百万公里远，而她随时都会病发，我却无能为力。这些对你又有什么影响吗？"

"如果你能帮我们找到症状根源，你就会有稳定的经费来源，甚至可能真正治愈罗斯综合征，最终拯救卡丽。"

"三年了，我已经试了三年了。我他妈的不需要你来告诉我这一切。"说罢，还没等他回答，她就大步离开了。

// 第十五章 //

吉莉安走向比尔克的睡眠舱。走廊一片死寂。

这次她敲门时，里面传来一阵咕哝声。几秒后，门被拉开了。她看到她的研究生站在门的另一边，光秃秃的肩膀上裹着一条毯子。比尔克现在不只是脸色苍白，他的脸和脖子周围也都变得铁青，就跟发了霉似的。

"我要死了。"说完，他转身回到床上。

"不，你不会死的。"她跟着他走进房间，关上身后的门。门发出咝咝的声音。

比尔克虚弱地靠在床垫上，沉重的身躯压得床垫吱呀作响。她发现浴室的门是开着的。房间里还有一股淡淡的异味。

"抱歉，屋里不是很好闻。厕所和我已经……融为一体了。我什么都吃不下。"

比尔克的房间和她的房间一模一样，她坐在桌子旁的凳子上。"除了恶心，你还有别的症状吗？"

"呕吐。"

"除此之外？"

"我感觉我要死了。"

"你不会死的，你只是还没有适应。"

比尔克看了她一眼，眼睛有些肿胀。"现在看来，我们只能学着适应了。"

她叹了口气："这么说，你也发现了？"

"嗯。"

"谁告诉你的？"

"医疗队长。"

"那你做了什么？"

"我去找你了。但你的门锁上了，又没有回应我，我就去找卡森了。"

"他和你说了什么？"

"没说什么，他也没有给我开门。可能是我之前威胁过他，要把他的头拧下来。"

她无奈地笑了一下："我不怪他没有说真话。"

"撇开这些，博士，你为什么要同意？"

"同意什么？"

"这次旅行，如此长途跋涉的旅行。"

"我没有同意。"她顿了顿，"等我发现真相时，他们给我下了药。所以你敲门时，我才没有回应你。"

"什么？"只一秒，比尔克就从她身边大步跨出，准备朝走廊走去。他的毯子掉落在地。她站起身，抓住他的手臂，就像几分钟前卡森对她做的那样。

"别这样。"她努力说道。她往前跟跄了两步，比尔克才放慢脚步。

"我要让一切都变回原来的样子。"

"不，你会伤害到别人。"

"我就是这个意思。"

"比尔克，我们距离地球已经一百多万公里了，他们不会掉头的。"

比尔克的眼神冷冷的。"我可以……让他们掉头。"

"你当然可以，但最终你也会伤害到别人。等我们回到地球时，受到起诉的就会是你，而不是他们。"

"我不介意。"

"我介意，而且我相信贾斯廷也不会让你那样做。"

"他会理解的，因为是他们错了，博士。"

"我知道，但现在真的别无选择了。"

比尔克此刻正浑身发抖，仿佛只是站着就已经花光了他所有的力气。

"来，趁你摔倒前，赶紧坐下吧。"说完，她把他扶回床上。

"胡说，我没事。"但走到床边时，比尔克几乎马上就要瘫倒在上面了。他翻过身去，闭上双眼，呻吟着，呼吸微弱。

"你吃了什么？"

"太空压缩饼干、水，还有一些混合蛋白之类的东西。我从未感到如此不适。我感觉飞船正围着我的脑袋旋转。"他边说边指指自己的太阳穴，"我还感觉整个宇宙都在我身旁坠落。一切都在消逝。"他沉默了一会儿，然后舔舔干燥的嘴唇，"还有别的症状。"

"什么意思？"

"我一直……听到一些声音。"

"比如？"

"说不清楚，都是一些不应该在这艘飞船上听到的声音，比如笑声。"

吉莉安皱起眉头："笑声？你是说你听到其他成员在笑吗？"

"不是。是……从壁橱里传来的。"他说。

她不自觉地朝推拉门望了一眼，看门会不会动起来。

"我知道这不可能，但我就是听到了。而且，我还看到一些东西。"比尔克说。

"什么？你看到了什么？"

"一张人脸。"

"在哪里？"

"在外面。"他指着床脚，随即拉上窗户上的遮板。

吉莉安的后背和手臂瞬间起了鸡皮疙瘩。她想试着说一些话安慰比尔克，但对一个产生幻觉的人，她不知道该说什么来打消他的疑虑。

"我觉得你是过度疲劳。"她最后只能这样说。

"嗯，我也尝试这样说服自己。但博士，我也在想……这有可能是罗斯综合征吗？"他看向她，眼神里有一丝恐惧。

"不会的。你很清楚，这个病不会突然发病。再说，出现幻觉并不是这个病的典型症状。你只是脱水、睡眠不足罢了。这很容易产生幻觉，比如幻听。休息一下就没事了。你要喝点什么吗？"

"不用了。"

"好吧，试着睡一会儿。"

"睡不着，太难受了。"比尔克的声音听上去越发虚弱。

吉莉安把一只手放在他的额头上，将他的头发往后梳了梳。"对不起，都是我的错，我不该让你来这儿。"

他的眼睛睁开一条小缝："我们瑞典有句老话，Av skadan blir man vis。这句话的意思是，'吃一堑，长一智'。博士，你没有错，我们可以通过这件事吸取教训。"

吉莉安欲言又止。比尔克的呼吸已经平稳下来。当她再一次抚摸他的头发时，床边已经传来了他的鼾声。

吉莉安在他的床脚边坐了半个多小时，一直盯着干净地板上的一个点，眼神茫然，思绪混乱。先是内疚折磨着她，接着是愤怒，随后巨大的恐慌朝她袭来。她感觉自己被撕成了碎片，几近崩溃。房间里又闷又热，她感到恶心，双手发麻。

在意识到这点之前，吉莉安打开了通往走廊的大门。她要吃药，而药瓶就在浴室里。她走了不到两步就撞上了迎面而来的人。

是廷斯利。

廷斯利咕哝了一声，吉莉安有点惊讶，但她忍住没有喊出声。一看到是他，她又感到怒火中烧。他们所在的地方正是他给她下药的地方，他在她肩膀上扎了一针，眼睁睁地看她晕倒在地。

"打扰一下，瑞恩博士。你的同事感觉好点了吗？"

"嗯，好多了。"

廷斯利笑了笑，说："那就好。"

看着眼前这个男人，吉莉安忍无可忍。尽管卡森才是主谋，但是廷斯利也知道卡森对她做了什么，可是他毫无悔意。

廷斯利没有再看她一眼，便匆匆离开了。他在他的睡眠舱前停下脚步，进了房间。吉莉安盯着他的背影，感到一丝不安，最终还是朝自己的房间走去。

吉莉安的双手微微颤抖着，她冲进房间，倒出两粒小药片，然后毫不犹豫地吞下。她站在那里，双手撑着水槽，呼吸沉重。她抬起头，看到镜子里的自己完完全全就是一个瘾君子的模样。她想打碎镜子，她讨厌承认自己是个瘾君子。她有股强烈的冲动，想回到比尔克的房间，叫醒他，告诉他，她改变主意了。

是的，尽管去伤害卡森、廷斯利和莉安吧，然后强迫这些强权之人将飞船掉头。是他们让她的宝贝女儿离她十万八千里，让她的内心分崩离析。更可怕的是，如果真的有什么事情发生……她就会像肯特一样消失。想到这一点，吉莉安双腿发软，跪倒在地捂住了自己的脸。

在过去的日子里，训练带来的压力，还有她决定离开时所造成的压力都远不如现在。吉莉安号啕大哭，想起肯特不在的这八年，又情不自禁地想起了那一天，他们搬家的第一天。那天，她和肯特搬着一箱又一箱东西，每次在走廊相遇时，他们都会停下来，互相亲吻对方，在硬木地板上翻云覆雨。在落日余晖的照耀下，他们就那样幸福地依偎在一起，全然不知即将到来的灾难。回忆如此痛苦，仿佛要把她活活撕裂开来。

她从不知道，那些共同拥有的美好时光一旦失去，会如此让人撕心裂肺。

"对不起，亲爱的。对不起。"她低声说。

过了很久，吉莉安才站起来。当她走出浴室，药物发挥了作用。周围的一切都变得格外刺眼——一切仿佛都变成了刀，刀刃锋利无比。她深深吸了一口气，因为药物的作用，她的思绪再次清晰起来。

现在我的处境很糟糕。我可以做点什么呢？

专心致志，意志坚定。

真正的问题在于，我要清楚我的任务到底是什么。

吉莉安坐在床沿边，十指交叉。虽然她十分不愿意承认，但卡森是对的。如果她可以找出空间站人员发病的原因，并且排除转移是病因的可能性，她就可以让卡丽使用安德的机器。她又想起安德第一次做实验的时候，那只实验老鼠的样子，不禁感到一阵恶心。

虽然经过那次实验，这项技术已经得到了发展，但卡丽也有可能会和那些小白鼠一样，由于实验失败而引发一系列并发症。一想到这里，吉莉安就不寒而栗。但不这样做的话，她就只能看着卡丽像肯特那样慢慢逝去。

想到这儿，吉莉安叹了口气，捋了捋头发，本能地想要伸手去拿口袋里的手机，然后突然想起，手机还放在卡特里娜家的床头柜上。况且这里一点信号都没有，手机在这里也只能被当作一个漂亮的压纸器。她无奈地笑了笑。

于是，她起身准备去第二区找利奥。虽然她现在不能让美国航空航天局命令卡森将飞船立刻掉头，但是她可以先做准备，以便回去后起诉每一个欺骗她的人。

比如，廷斯利。

突然，一股无名的恐惧又涌上吉莉安的心头，只是这一次更加强烈，让她在舱门口处停下了脚步。刚才她撞到廷斯利的时候，他不是从大厅的方向过来的，而是从她房间这边。

吉莉安仔细环顾四周，没发现什么不对劲儿的地方。难道是飞船上丢了什么东西吗？但她这里又有什么可找的呢？备用的连体服？除了氢可酮片，她真的没有什么可以——

她吞了吞口水。难道廷斯利为了让她乖乖待在房间里，对她的药做了手脚？不，她拿药的时候，瓶子看上去没有什么不对劲儿的，而且药几乎是满的。

她揉了揉额头，发现自己在冒冷汗。发生在这里的一切都让她摸不着头绪：乘坐宇宙飞船来到空间站的工作人员疑似患上致命性的神经学疾病，紧接着那里又发生了一桩神秘的谋杀案！现在连她乘坐的这艘飞船也充满欺骗和秘密。

吉莉安叹了口气，试图忘掉这些扰人思绪的问题。别再管廷斯利和卡森了。你不是为了他们来这里的，从来都不是。你是为了卡丽才来到这里，你是为了自己的女儿。

吉莉安对自己点点头，走出房间。沿走廊走着的时候，一句话在她的脑海里反复出现：专心致志，意志坚定。

// 第十六章 //

吉莉安找到利奥的时候，发现他正坐在其中一个控制台前看书。

她走近的时候，利奥把书放到一旁。吉莉安立刻认出了书的封面，那只熟悉的敲着铙钹的猴子正死死地盯着她。

"《斯蒂芬·金的故事贩卖机》？"她盯着书，问道。

"是的。虽然斯蒂芬·金的书是写给小孩的，不过我是他的忠实粉丝。"利奥站起身，脸色微微发红，"我的妻子说我都是个成人了，还是个博士和宇航员，居然还看他的书。"

"巧了，我也喜欢读他的书。"她笑着说，"我读过他的每一部作品。"

利奥对她笑了笑："现在我们总算可以互相信任了。"他们都笑了起来。随后利奥指了指空出来的座位："坐吧，我帮你启动通信设备。"她坐了下来，利奥转身面向控制台，在触摸屏上打字。

"现在是休斯敦的凌晨两点，但肯定会有人值班。事先提醒你，由于任务是秘密进行的，所以，所有通信都是由当值的指挥官控制的，而且这些指挥官不是我们这边的人。"

"那是谁来控制呢？"吉莉安问。

"空间站还有这里的设备，有一部分是联合国赞助的。所以你很可能会与联合国那边的某位'知情者'谈话。"

"所以不是某个真实存在的人？"

"不，不是那样的。"利奥眯起眼睛看着屏幕，然后转向她，"我们会实时录屏，往上传输。"

这时屏幕中心出现了一个不断旋转着的半圆。吉莉安看着这个半圆，先是昏昏欲睡，随后又感到一阵恶心，直到她感觉自己离开了飞船，迷失在这个螺旋形的新月里。仿佛一切都在消失，就像比尔克说的那样。

屏幕终于有反应了，里面出现了一张男人的脸。他剪着利落的寸头，头发是金黄色的，脸色蜡黄，颧骨凹陷，仿佛刚经历了饥荒，正在恢复身体。隔着遥远的距离，他面无表情地观察着吉莉安，随后在他的屏幕前坐下："你好，瑞恩博士。"

听到一个陌生人喊出她的名字，她大吃一惊。过了一阵，她才反应过来，问："你是谁？"

他等了一会儿才回答："我叫约翰，是你们的联络人。"他声音低沉，毫无起伏。

"约翰。你姓什么？"

"叫我约翰就行了。"

"行吧，约翰。我想要正式起诉卡森·勒克鲁瓦、莉安，还有格雷戈里·廷斯利。"

"我想这和你要去的新目的地有关？"

她眯起双眼，回答："对。"

"如果有意外发生，你可以向我求救。如果任务受到威胁，我会采取相应行动。但其他的——"

"这么说，你也打算掩盖事实，混淆视听。"

"这样说吧，没有事情，我的意思是没有任何事情，比完成任务重要。"

吉莉安的脸涨得通红，她愤怒无比："但对我来说，也没有事情比欺骗我，把我和生病的女儿分开还糟糕！"

"但我手上的记录显示，你是自愿的。没人强迫你参加。"

"我本来是不同意参与这次任务的，而且我并不清楚此次任务的实情。我被骗了。你知道的。"

"我理解你的沮丧情绪，但恐怕我爱莫能助。"

她顿了顿，试图理清自己的思绪："我想和我的女儿还有姐姐说话，我要告诉她们发生了什么。"

"等到合适的时候，我们会告诉你姐姐你的情况。目前空间站的通信设备出了故障，我们正努力修复。"

"我要见我的女儿。"她声音沉重，听上去非常严肃。

约翰看向左方，逃避她的眼神。"很抱歉，那是不可能的。但只要你兑现承诺，协助这次任务圆满完成，你不仅会成为英雄，还能与卡丽永不分离。"约翰笑着说，像是在嘲讽她，"很高兴和你聊天，瑞恩博士。欢迎你再次致电，电话二十四小时在线。"

显示屏闪了几下，变成了黑屏。有那么几秒，吉莉安愣住了。约翰居然知道卡丽的名字。这让她非常愤怒。她看向利奥，只见他脸色苍白，眉头紧锁。他捏了捏她的肩膀，手都在颤抖，说："对不起，吉莉安。"

吉莉安哽咽了。"不是你的错。谢谢你的安排。我……"她的声音逐渐减弱，左侧太阳穴开始隐隐作痛。在这之前，尽管她明知希望渺茫，但还是抱有一丝希望。她甚至觉得美国国家航空航天局会同意将飞船掉头，让她回到地球，回到卡丽身边。但和约翰谈话使她陷入了恐惧的深渊，她对利奥说："我已无路可退。"声音中透出一丝绝望。

// 第十七章 //

飞船运行的速度超过了每秒十一公里。

随着每一次呼吸，他们和地球的距离越来越遥远。

清晨时分，吉莉安洗了个澡，慢慢穿上新的连体服。其间，她一直盯着浴室的药瓶，努力控制自己不去吃药。她坐在床上等待着，试图通过冥想平静内心的焦躁。

门边的一个小盒子里传来一阵谈话声，接着她听到卡森喊她："吉莉安，要出发了。"

她没有回答，听到他叹了口气。她不禁想，如果此时拒绝离开房间，卡森会采取什么行动。但是现在反抗已经没有任何意义，她必须另谋出路。此外，比尔克还在等着她。

她还是不习惯飞船走廊里那种异常的安静，就像是耳朵里被塞了棉花，让每一种声音听起来都柔和了不少。她还是不适应这种安静，或者说这艘飞船上的任何事物。转过比尔克房间附近的拐角时，她看到比尔克已经在门外等着她了。两人对视的时候，她吓得差点往后退。比尔克的眼睛里满是通红的血丝，眼白几乎消失不见了。他的脸像雪一样苍白，太阳穴附近不断冒着汗。

"天哪，你的脸色好差。"她在他面前停下。

"你还是那么善于鼓励我。"

"我是认真的。应该让利奥来看看你。"

"他今早来过。"

"然后呢？"

"他说现在这个状况，最好进入休眠状态。我不得不同意他的话。只要能摆脱……"他快速看了一眼关着的舱门。

"什么？"

比尔克犹豫了一下，低头看着地板。"我看到我的叔叔阿克塞尔了，醒来的时候，他就站在我的浴室门口。"他看向她，随后眼神又飘向别处，她留意到他的口音比以前重了很多，"在我还是小孩的时候，我叔叔常常打我。在我了解自己的性向之前，他就猜到我是同性恋。他打我的地方……他专挑可以用衣服遮住的部位下手。我不敢告诉任何人。还好我妈最后发现了，之后她禁止他来我们家。他十年前死于一场车祸。但是今天早上，我看到他了，他还……还对我微笑。"

吉莉安一时语塞，吞了下口水，把手放在比尔克的额头上："你发烧了。"

他点点头，一滴眼泪从他的鼻翼滑落："我也希望如此。"

"来吧。"说着，她领着他离开，转身看了一眼舱门。

进入第二区时，吉莉安失去了方向感。门口右边的墙和控制台都不见了，吉莉安看到了另一个房间，那里有一个拱形的天花板，向前伸展约二十米。暗室的墙壁上是十二个像棺材一样的、用厚塑料制成的圆形突出物，斜对着眼前的行走区域。其中有七个已经打开了，上半部分折叠起来，内部结构大致呈人形。卡森站在最近的一个前面，穿着紧身衣，肌肉一览无余，手里拿着一个电子笔记本。吉莉安和比尔克进来的时候，他将注意力从屏幕转向了他们。

"嘿。"他边说边走近他们。

"嘿。"吉莉安说。比尔克没有说话，但吉莉安可以感受到他的怒气。她还注意到，卡森站在离比尔克几步远的地方。

"好，休眠舱已经调适好了。你们的衣服在休眠舱对面的储物柜里。储物柜下面写着每个人的名字。"就在卡森打算继续说下去的时候，他们身后的门开了。莉安走了进来，伊斯顿和利奥紧随其后，廷斯利走在最后面。他们都和卡森穿着同样的衣服，但廷斯利的衣服似乎不太合身，因为他一直在摆弄自己左手的袖子。

"很高兴大家到齐了。"卡森说，"我正在向吉莉安和比尔克介绍休眠状态。一旦你们都换好衣服，利奥就会——"

"我不需要换衣服。"吉莉安说。

房间里鸦雀无声。卡森皱起眉头，问："什么意思？"

"我不会进入休眠状态。"

"听着，吉莉安，我知道你很难过，你也完全有权难过。但在这件事情上，你没有其他选择。"

"我已经决定了。"

"不，你听我说，还有整整两个半月我们才能到达联合国空间站，在这七十五天里，你都将是孤身一人。"

"谢谢你，卡森。我知道。"

"你没有接受过这方面的训练。"

"那你在骗我之前，就应该想到这点。"

卡森眨了眨眼，看向其他人，最后耸耸肩："对不起，那不可能。"

"在没有我的帮助的情况下，找出空间站那些人的病因，这才是真正不可能完成的事！"她朝他走近，"如果你想要我帮助那些人，我就要保持清醒，继续研究神经元绘制技术。况且，如果转移彻底失败，这项技术不能应用到我女儿身上，那该怎么办？我现在只剩下时间。你不能再占用我这两个多月。"

吉莉安盯着卡森，本以为他会反驳她。沉默了几秒后，卡森把目光移开，朝她身后做了个手势："利奥，给她介绍下医疗室吧，以免我们睡着的时候，她伤到自己。"

"你可以向我们两个介绍。"比尔克说，"我也要保持清醒。"

"但你的身体太虚弱了。"吉莉安说。

"我没事。"他说这句话的时候，身体轻微晃悠了一下。

吉莉安一手搭在比尔克的肩膀上："你需要休息。等你醒来，一切都会好起来的。"

"博士——"

"比尔克……"她捏捏他的胳膊，"没事的。"

比尔克被她说服了，低下了头。

"我马上回来。"她说。

利奥领着她离开众人，走向第二区对面的墙。经过廷斯利时，她与廷斯利对视了一眼。廷斯利靠近她，在她耳边低声说："记得慢慢减少药量。我听人说了，突然戒药并不可取。"吉莉安身子一僵，但他只是笑笑，"对了，如果你想找人说说话，约翰全天候在线。"他对她眨了眨眼。

吉莉安一拳打向他的头。廷斯利一个踉跄，试图保持平衡。大家尖叫起来。有人从后面抓住了她，她愤怒无比，也不管抓住她的人是谁，差点就一手肘直接往身后顶去，直到利奥说："嘿，别冲动。冷静点。"

廷斯利狠狠瞪着吉莉安，一手摸着自己被打的地方。伊斯顿扶好廷斯利，伸手站在两人中间："吉莉安，你他妈到底在干什么？"

她也想好好说话，但看向卡森时，她忍不住气上心头。"别装作你什么都不知道的样子。你们两个都有份。"

"你在说些什么？"

"在地面控制中心和我通话的男人不让我和卡丽或卡特里娜说话。"

卡森皱起眉头："你应该先让我和他们交代。他们的职责是阻止你们与地球有任何联系，除非你已经完全了解了这边的情况。"

"所以是什么情况？"

卡森没有回答，他转向廷斯利："你对她说了什么？"

"让她保持警惕。然后她就像疯了一样。"

"骗子。"吉莉安说。

"够了，你们两个。"卡森说。他看了他们一会儿，用手掌根按住自己的眼睛。"伊斯顿、莉安，帮廷斯利和比尔克做好准备。利奥，带吉莉安去医疗室。"

廷斯利厌恶地看了吉莉安一眼，才跟着伊斯顿走到休眠区的等候室。吉莉安感觉到利奥捏了捏她的手臂内侧。她抽出手，不想任何人碰她。怒气过后，她口干舌燥，嘴里还酸酸的，就像是舌头被电到了一样，肌肉也酸软无力。

"对不起。"利奥边说边指向他们之前走的那个方向，"这边。"

第二区另一端的墙壁，第一眼看上去是无缝的。利奥在缝隙一侧的嵌板上刷了下卡，墙壁从中间打开了。"所有人的门卡都可以打开医疗室。"说着，他走了进去。房间只有休眠区的一半大。左边是两张医疗床，床旁边是不锈钢橱柜，对面是一张长柜台，柜台末端是空心的，装了一个很深的水槽。

"一般的急救用品在那边。"说完，利奥把手放在第一张床对面的矮柜上，"如果你没办法来到这里，四大区的每一条走廊外都有急救箱。另外，如果你真的遇到了麻烦，你可以到休眠区叫醒我们其中任意一个或全部人。这个过程要耗费近一个小时，但如果有需要，请不要犹豫。"

"那要怎么做呢？"

"每个休眠舱旁边都有一个指令板。你只需要按下'叫醒'按钮，其他程序就会自动执行。"利奥打量着她，"你确定不休眠吗？"

她不确定，但她绝对不能显露出丝毫的犹豫。如果她已经无路可走，那么就充分利用已经争取来的每一秒。吉莉安强装冷静，挤出一丝笑容："确定。"

利奥点点头，看了一眼地板："很抱歉刚刚发生了那样的事。廷斯利和你说了什么？"

"他……"她瞬间噎住了，差点就说出药物的事，"他说如果我想找人谈话，可以找约翰。"

"那个混蛋。"利奥咬咬牙，"我一点都不喜欢他。"

"我也是。"

他们沉默了一会儿。利奥挺直腰，自言自语道："还有什么呢？食物都放在了休息室的小厨房里，食物量足够我们来回飞行，甚至有多余，所以你应该不会挨饿。飞行系统已自动设好并锁定，所以航线不会更改，你也不用绞尽脑汁将飞船掉头。"

"别担心，我不会掉头的。搞不好还会把我们带偏，撞入小行星带之类的。"

"嗯，那情况可糟糕透了。这里是一些说明书，它们会告诉你怎么和地球远端控制台联系。"他高举双手，"我知道你很有可能会和那个约翰，或像他那样的人谈话，但如果真有什么情况，我们的险境也是他们的险境，我们大家都有责任，记住这点。"

"谢谢你，利奥，真心的。"

"没事，我希望我能帮上更多忙。"

"说真的，我不知道我要在实验室里面待多久。接下来的这段时间，大概是我最专注的时候。"

"记得时不时休息一下。我知道来这里之前，你上过太空飞行速成班，但在实际的太空飞行中，与世隔绝的孤独感会来得更猛烈。你的大脑就像个无终点的迷宫，一个人很容易迷失。"

吉莉安考虑着要不要问利奥拿一些额外的药片，从而让她安然度过接下来的几个月。但她很快放弃了这一念头。她还有很多药片，况且这样问只会引起怀疑。"别担心，我要忙的事情可多了。"

利奥打量着她，然后笑了笑，说："那是当然。来吧，我带你看看休眠区，这样你就可以和大家说晚安了。"

"廷斯利一定很期待我的晚安。"

经过她时，利奥笑了起来。正当吉莉安准备跟着利奥离开医疗室时，一个东西吸引了她的注意。房间后面的墙上有一片发光的区域。过了几秒，她才反应过来，那是通向另一个地方的一扇无缝门。

"走吗？"利奥问。

吉莉安点点头，又看了一眼密封的门，才跟着他离开。

♦ ♦ ♦

廷斯利和莉安的休眠舱都已经关上了，他们名字的大写字母整齐地显示在休眠舱下面的显示器上。伊斯顿正爬进他的休眠舱，等他躺好后，一个输液器从他的左臂露出。他朝吉莉安点点头，表情难以捉摸。

"化学剂输入人体后，人的新陈代谢、心率、呼吸将会减缓，因此一切体征都会比正常水平稍低一点。"身旁的利奥告诉她，"从生物学上来说，接下来的七十四天其实相当于五天。"

"真神奇。"

"我们会感觉这是瞬间完成的事情，当然这跟转移不一样。"

"你会做梦吗？"她问。脚步在下一个休眠舱前停住了，舱底是比尔克的名字。

"做梦？当然，很多人都反馈了这一点，而且记录显示，大脑活动在休眠状态下更加活跃。为什么这样问？"

"只是觉得不做梦的话，应该就是永恒的感觉。"

利奥脸上闪过一丝奇怪的表情，他笑了笑。"我们赶紧把必需品准备好吧。"他朝卡森点点头说。卡森站在房间中央，在比尔克身边等着。

"我希望你可以再考虑一下。"她走近时，卡森对她说，"你应该进入休眠状态，那样对你最好。"

"我没事，谢谢关心。"说完，她转向比尔克。这个高个子忧愁地看着她，让她差点就重新考虑这个决定了。但她不能那样做。她绝不能因为惧怕孤独而浪费这些宝贵的时间和资源。

"博士，对不起。"比尔克说。

"因为你生病了吗？别说这样的话。休眠能让你的旅程过得更快一点。"

比尔克垂下眼睛，欲言又止。如果比尔克真的把话说出口，那么它一定会成为摧毁吉莉安本已薄弱的意志力的最后一根稻草。她踮起脚，轻轻吻了下他的脸颊。他的皮肤冷冷的，胡楂也很扎人。

"很快就会再见的。"她往后退了一步，说道。

比尔克低头，转过身去，有点费力地爬进休眠舱。他屈身侧躺下来，放松自己，空间只够他勉强躺下。利奥给他打点滴时，他的肩膀擦到了舱内边缘。一分钟后，休眠舱的盖子缓缓关上，吉莉安看着他消失在那不透明的隔板后。

卡森两手叉腰站在一旁，眼神恍惚了几秒后才说道："利奥，能让我和她说几句话吗？"

"当然，我现在去我的休眠舱里准备。"

等到利奥退到房间的另一头后，卡森看了她一眼："现在还有很多事情没有解决，原谅我很多事情不能向你坦白。"

"其实你什么都没告诉我。"

"不是的。"

"因为你找到我，我才来到这里。现在你却不能给我答案。"

"你以后就会知道你决定来这里有多么正确。"

"什么意思？"

他扬起下巴："选择你，除了因为你是这个领域的专家，还有另外一个原因。"

"是什么？"

"因为卡丽。你丈夫去世后，我无数次想要给你打电话，但我一直没有勇气拨通你的号码。得知卡丽的情况后，我找到你的实验室，但在门口时，我退缩了。最后没见到你，我就离开了。"

"你想说些什么？"

"你还不明白吗？我让你参与这次任务，并不仅仅因为你是这个领域的佼佼者，还因为我觉得这可以帮到卡丽。"他顿了顿，"还有你。"

卡森张张嘴想继续说些什么，但他又沉默了。他看了她最后一眼，转身爬进他的休眠舱。利奥为他插入滴管。一会儿过后，休眠舱的盖子关上了，发出短促的嗞嗞声。

随后利奥示意吉莉安跟着他，一起走向他的休眠舱。他在里面躺好，娴熟地给自己的左臂插入滴管。"记住我说的，每隔一阵子就休息一下。放轻松，为自己充电。如果有需要，叫醒我们当中的一个人。求助并不可耻。"他说。

求助并不可耻。这几乎是每一个戒毒所的宣传标语。每当她考虑走进戒毒所时，她都会想起这句标语，但很快她就会放弃这一想法。羞耻感就像一个牢笼，阻止她寻求帮助。她羞愧于自己不够坚强，无法挺过生活带给她的磨难。你知道吗？如果你是瘾君子，你一生都会感到羞耻。

"我会的。"她说。

"注意不要在这里迷路。"利奥敲敲自己的太阳穴，然后按下了舱内的一个按钮，"祝你好运。"盖子关上时，他对她说。紧接着休眠舱传来熟悉的嗞嗞声，随后是一阵沉默。

现在只剩她独自一人。

// 第十八章 //

独自一人。

有些词语的字面意思看起来是如此简单，如此微不足道，以至于常常让人们忽略了词语背后所代表的深层意义，从而变成了一句毫无意义的琐碎话语。例如"死亡"，抑或"独自一人"。

吉莉安凝视着窗外一闪而过的星星，陷入沉思。自机组人员进入休眠状态后，只要她醒着，她就待在实验室里。这样已经多久了？两天？三天？她已经记不清了。这样的日子到底还有多久？她努力想抛弃这些消极的念头。

她看着空无一人的实验室，叹了口气。吉莉安花了一整天来熟悉实验室：找到所有仪器摆放的位置，将她的数据传送到其中一台平板电脑上，整理好一切她所需要的材料，为继续生物发光实验做准备。但目前的进展依然为零。这已经是她第无数次希望,比尔克在她身边帮忙就好了。这并不仅仅因为他是一名得力助手,更因为他或许可以打破像茧一样包围住她的寂静。她以前从未自言自语过,但现在每隔几小时她就会这样做,为的只是打破沉默。

"现在得开始实验了。"吉莉安走到最近的工作台,坐在其中一面数字显示屏前。屏幕上是她和比尔克在地球上完成的最新的实验数据。她看了三遍数据。之所以看那么多遍,是因为她的眼睛一直忍不住瞟向实验室门口。

飞船这一部分的大门中间设有窗户。她想,这样的设计大概是为了方便人们在进来之前先查看一眼,里面是否有重要实验正在进行。

吉莉安将注意力拉回到数据和比尔克记下的笔记上。比尔克记录了锥体神经元活动和抑制神经元活动之间的时间差。但她的眼神又控制不住地瞟向门边,几乎提前感受到了前一天那种突然攫住她的恐惧。

她坐在和前天一模一样的位置上,整理着实验所需的药水瓶,可总感觉情况不对劲。很快,她就发现了问题。有人站在实验室门外。她猛地抬起头,心里七上八下。但那里并没有人。她呆呆地坐了将近一分钟,盯着窗户,让自己慢慢冷静下来。

是你想象出来的。你太紧张了。记住利奥说过的话。

话虽如此,但她还是忍不住小心翼翼地走到门口向外张望,内心笃定一定有人站在外面。结果,走廊空无一人,悄无声息,和她从房间里走出米时一模一样。不管她如何安慰自己,依然打消不了疑神疑鬼的念头。她努力尝试让自己停下脚步,但双脚依旧不自觉地走向休眠区,直到她透过屏幕确保每一个休眠舱内都有人。

之后,她吃了一片氢可酮,煮了一杯浓咖啡。她坐在休息室里的桌子旁,小口喝着咖啡,盯着最近的墙出神。实际上,她没有看到任何东西,但她的"蜥蜴脑"[1] 可不这么认为。这或许是紧张所致,又或许是对

---

[1] 出自美国传播学专家吉姆·柯明斯的《蜥蜴脑法则》,指的是人类作为一种生物最原始的本能。

环境的某些延迟反应——就像比尔克那样，出现了迟来的运动病[1]。

"或者你真的迷失了。"吉莉安回过神来，自言自语道。她又盯着门看了一会儿，收回视线，决定将这些抛诸脑后。说实话，在重压之下，她一直感到心力交瘁。在这种情况下出现某种幻觉也不是不可能，这很常见。

"很常见。"她喃喃自语道，又将注意力集中在笔记上。

音频文件转录——档案号 #179084.06/06/2028

我今天数了数剩下的药片。

我在实验室难以集中注意力，走神了两次。于是我把房间里的药拿到实验室，通过数药片让自己放松。我昨天吃了两片，帮助自己集中精神，并准备好对十五只老鼠中的其中一只进行实验。老鼠们待在自动清洁的小笼子里，食物会被自动分配到它们的碗里。一听到饲料掉落的声音，它们就会迈着小碎步跑过来，那迫不及待的样子和我听到药瓶摇晃的声音时的神态一模一样。

有一天，我试着不吃药，但到最后，我的身子开始发抖。没有药物的时候，我的状态很不好，我感觉自己的日子很不好过。

（短暂停顿）

有这样一个假象一直在欺骗着使用药物或酒精的人们……或者说被它们支配的人们——如果没有药物和酒精，他们就无法正常工作。比如：一个极度焦虑的男人整个早上都在办公桌前喝苏格兰威士忌，最终与一家大公司达成了交易。然后他会觉得，酒精才是他成功的唯一原因，与他的能力毫无关系。实际上是因为他心态放松才促成了交易。生活是一座我们必须攀登的大山，而美好的事物则是我们攀爬的动力。

（长叹一口气）

---

[1] 机体处于运动环境或模拟运动环境中引起以头晕、恶心、呕吐、皮肤苍白和出冷汗等为主要特征的症候群。

我到底想表达什么呢？也许应该睡觉了。我一直都睡不好觉。房间太小了，每一次醒来我都呼吸急促。我尝试在休息室的沙发上睡觉，但每隔几分钟就会惊醒。我觉得……我一直听到咚咚、砰砰之类的声响，我不确定。也许这只是飞船运作的声音，但我之前从没听到过这种声音，虽然我不确定自己是否真的听到了。

我以为自己已经习惯了这种与世隔绝的生活，事实上并非如此。我很想使用通信设备，我甚至开始四处寻找利奥提到的通信说明书指南，但我又想起了约翰的那张臭脸和他的声音。我宁愿下半辈子都不和人说话，也不要再听到他说一个字。

（长停顿。闷闷的笑声）

说到利奥，当我发现他放说明书的位置时，我笑了。他把说明写在纸上，将纸条对折塞在他的《斯蒂芬·金的故事贩卖机》里。这本书里的很多故事我都不记得了。鉴于我的精神状态，或许这并不是一本最好的读物，但它可以让我消磨时间。昨晚，我读了一个有关瞬间移动的故事，题目是《跳特》(The Jaunt)。如果我死了，而正在听录音的人还没有看过这个故事的话，小心被剧透。故事设定在遥远的未来，那时瞬间移动已成了司空见惯的事。故事的主人公和他的家庭准备去宇宙旅行。这位父亲讲述了这项技术产生背后的历史，以及人们在使用它时一定要保持无意识状态的必要性，因为每一个清醒的人在使用该技术后都会被逼疯，而且很快就死掉了。除了结局，让我印象深刻以至于根本不用重读便已烂熟于心的情节是，一个已经认罪的杀人犯如果同意在意识清醒的状态下进行瞬间移动，他就可以得到一个被赦免的机会。于是他同意了，但转移结束后，他苍老了许多，随后立即死掉了。对他来说，仿佛几秒钟就过完了一辈子。

（清嗓子）

没错，我知道——考虑到我们接下来几个月要处理的问题，这将是个很好的话题。尽管这样，我还是忍不住思考。在转移时保持清醒是什么感觉？我知道从来没有人尝试过——因为真空状态会让人在几秒内失去意识——当你身体内的每一个原子都在减速并被冻结时，那会是怎样一种感觉？时间静止到底是什么感觉？

（录音暂停。录音继续）

我在胡言乱语。我该去睡觉了，而不是对着一台录音机自言自语。明天是个重要的日子，我将在太空进行第一个神经生物发光实验！恭喜我自己！我会喝一些劣质咖啡，吃焦糖布丁来庆祝，尽管我很确定自己吃的并不是布丁。

（短暂停顿）

卡丽喜欢布丁。

（录音结束）

◆ ◆ ◆

音频文件转录——档案号 #179085.06/15/2028

选择来这里就是大错特错。不仅仅是因为那些显而易见的原因，更是因为九天过去了，实验仍颗粒无收。我不知道该如何是好。我将数据、笔记看了一遍又一遍，研究了过去三年神经学界的每一篇论文。但我还是在原地踏步，没有任何头绪。

抑制神经元才是症结所在，而且出于某些原因，它抑制了海马的激活。在绘制出清晰的地图之前，它们就已经停止激活生物发光。如果不能激活全部神经元，我们将永远无法定位神经元纤维纠缠。如果我找不到它们的位置……

（无法辨别）

（录音暂停。录音继续）

有那么几晚，我睡得不错，不过那是因为我睡前吃了药。快睡着前，我十分烦躁。不是因为周围悄无声息，而是因为我再也听不到那些声音了。我还是没搞明白，那些是我的幻觉还是真实存在的。我为此感到焦虑。我知道没有人在实验室外面监视我，但沿着走廊走时，我还是忍不住往身后看。我竟有点希望有人就站在那里，站在离我不远的地方。

我开始怀疑是不是一切都会搞砸。如果我不能激活所有神经元，到达空间站时会发生什么情况？我的价值在哪里？即使回到地球后，我拿到了经费，又会有什么不同？我现在拥有一个设备齐全的实验室，时间充裕，却仍停滞不前。

（轻声哭泣）

我想念她。我想念卡丽。我想念我们的房子，想念我们一起散步的时光。她常常会给我指出我从未留意过的事物。

我怀念我的生活。

（录音结束）

◆　◆　◆

音频文件转录——档案号 #179086.06/27/2028

我今天看到了人。

在第二区附近的走廊转弯时，我听到了一些声响，类似嘘声。与此同时，我还看到第二区的门关上了。我立马停住脚步，差点摔倒，心提到了嗓子眼。我不知道该怎么办，只能站在原地。几秒过后，我才反应过来，一定是有人从休眠状态中醒来了。我慢跑着穿过走廊，朝门口望去，满心期待地走进去，以为卡森或者伊斯顿就坐在其中一面屏幕前。但里面一个人也没有。

我又去了医疗室，确信他们一定在那里，或许他们去找水喝了，找阿司匹林之类的。但还是一个人也没有。我又跑回休眠区，检查每一个休眠舱。每一个人都处于睡眠状态，一切正常。

（呼吸急促）

所以我应该没有看到任何人。就……只是看到门关上了，门有可能坏了。我在第二区进进出出了好几次，仔细检查着。但门根本没坏。

之后，我在实验室里坐了好几个小时，但我无法集中精神，即使吃了药也不行。我的药量已经超标了，现在我一天最多会吃四片。

还有不到七周，我们就要到达空间站了，但实验还是停滞不前。有一只老鼠死了，似乎是自然死亡，甚至不是我用来做实验的那只。我走进实验室时，它侧躺着。或许太空并不适合它，或许太空不适合任何地球生物。我们不属于离地球如此遥远的地方。

我一直在思考我对大脑的了解。海马、记忆、情感，我们如何理解我们的经历，如何储存经验。到底是什么造就了我们，而那又多么脆弱。为什么记忆可以凭空消失，随后我们就徒剩一个躯壳，只会机械性地进食、呼吸，直至死去。

（沙沙声。无法辨别）

还有一件事。看到门关上后，我去了医疗室，那里面有一股味道，一种我不知道该如何描述的味道。但我知道我以前闻到过这种味道，并且出于某种原因，它让我感到害怕。

（录音结束）

◆　◆　◆

音频文件转录——档案号 #179087.07/04/2028

我昨晚梦到肯特了。

我跟着他来到一个毛骨悚然、毫无生机的星球。那里一片红色，周围环境荒凉。我只能假设那是火星。他穿着宇航服，我看不清他的脸，但我知道那就是肯特。我……我没有穿宇航服，但仍可以呼吸。他把我带到一个巨大的洼地，这里就像是一个裂谷。他站在洼地的边缘，回头看我。他的脸……他的脸……他（含混不清，无法辨别），我拦不住他。他掉下去了。

不，他跳下去了。

（无法辨别）

（录音暂停。录音继续）

去你的，廷斯利。去你的，卡森。我完全不在乎你们把我带到这里时在想什么。

（一阵长时间的沉默）

我已经好多天没睡觉了。我根本无法工作。每次转身试图逃往不同的方向时，我都感觉自己被困在一个笼子里。就像那些老鼠，跑到哪里都是死路一条。而且我总感觉不管走到哪里，都有人监视我。

（轻声哭泣）

今天是七月四日。我希望……我希望卡特里娜可以带卡丽去看烟火表演。卡丽喜欢烟火表演。（含混不清，无法辨别）……卡丽在想些什么呢？她会认为我消失了吗？就像她爸爸一样？或者说她一点也不记得了？

（录音结束）

// 第十九章 //

这已经是吉莉安今天早上喝的第三杯咖啡了。

这是近一个月以来她头一次没有在下午之前变得兴奋。咖啡因在体内游走。她神经高度紧张，感觉自己的脑袋就像是一块铁砧。肌肉酸软无力，像灌了水一样。她感觉糟透了。

因为吃药的缘故，她过去三周的记忆都很模糊。研究没有取得丝毫进展，本已减少药物用量的她又加大了药量。她吃了太多药，已经数不清一天里吃了多少片。现在，她不知道自己能否在到达空间站之前，完全摆脱药物依赖。还有四十八天。

"接下来一定很难熬。"吉莉安对着空荡荡的休息室说。现在她不再觉得自己是在自言自语，因为这已经是她的第二人格。有时她与现实世界的唯一联系便是，她的声音还有她说的话。在内心深处，她知道自己已经习惯了这种孤独，即使她对药物的依赖越来越严重。她阅读过大量心理学的研究，知道人们甚至不需要很长时间独处就能轻易崩溃。

"谁说你还没有崩溃？"她打了个哆嗦，后背和肩膀又起了鸡皮疙瘩。

被监视的感觉。

她安慰自己这是药物作用，她听到的声音可能是幻觉，是氢可酮对她感官的严重破坏造成的。但这并没有减少她的不安。

那么那扇自动关上的门呢？还有医疗室的那股味道？

吉莉安不愿再想那些问题，她再次举起咖啡杯，发现杯子已经空了。或许再喝一点咖啡，她就能开始工作了。不。她需要吃点东西。过去两个月，她瘦了很多，连体服就像是一块软绵绵的破布，挂在她身上。

过去的六十二天，她一直在桌子上独自吃喝。她起身走向小厨房。所有成员的食物都被一一分好，整齐地放在橱柜上，下面写着名字。刚开始，她觉得这种操作简直多此一举，很快她就理解了用意。如果谁吃得超量了，立马就会引起大家的注意。而她自己的分量几乎没有减少。

自从减少氢可酮的用量后，肌肉震颤带来的痛感就一直折磨着她。她又忍不住颤抖起来，手不小心碰到了旁边的一堆食物。食物堆向外倾斜，十多个餐盒散落在地。她伸手想抓住餐盒，却又碰到自己的食物堆，结果它们也掉到了地上。餐盒从她脚边弹开，散落到房间的各个角落。

"该死！"她骂了一句，手一滑，刚捡起的餐盒又掉了。

她站了一会儿，看着从储物柜里掉出来的一大堆餐盒。她止不住地开始大笑，笑得直不起腰来，同时泪水无声地夺眶而出。她又哭又笑，无法自已。

"还真多啊。"她喘着气，又大笑起来，直至肚子一阵抽筋。她慢慢蹲下身子，一一捡回餐盒，剧烈的头痛让她再也笑不出声。

捡了几个餐盒并把它们放回架子上后，她才发现自己碰倒的餐盒是比尔克的。而她已经分不清哪个是自己的、哪个又是比尔克的了。她看了下名牌，确认好之后才将餐盒放回橱柜。她知道比尔克在进入休眠状态前并没有吃多少东西，因此她按照每个人对应的份额放了回去。再说，又有什么关系呢？过去两个月，她是唯一一个吃饭的人。

吉莉安看了看卡森的份额，想象着自己可以用他的食物做些有趣的实验。然后她看到了廷斯利的。"可以用他的去吸收老鼠的小便。"她喃喃自语，咯咯地笑了起来。最后还是放弃了这个想法。她把剩下的餐盒一一收拾好，挑了一个加热，然后坐下来吃饭。

她实在没有心思抱怨食物难吃。她的烦心事已经够多了，不能再让食物扰乱思绪。吃完后，她离开第三区，走向实验室。一想到之前一次次的失败，她不禁放慢了脚步，还没走到大厅拐角，就泄气了。

她今天做的事情哪一件是她之前没做过的呢？现在又能产生什么不同的效果呢？没有。虽然她加大了药量，但她始终没有灵光一现，没有顿悟时刻，实验也没有取得突破性进展。

科学是将事实和理论在无数次测试和实验中慢慢研磨后的成果。只有你天赋异禀，又遇到了千载难逢的机会，才有可能排除万难，取得重大发现。即便如此，那也只是马拉松的一小步。科学创新是一个极其漫长的过程。

吉莉安耷拉着脑袋靠在墙上。她伸出手，在碰到通往飞船中心的梯子横档时，她愣了一下。梯子很窄，她想了一会儿才开始往上爬。因为爬梯子花费了不少力气，她更加虚弱了。她的呼吸越来越重，心跳也越来越快，耳朵里更是嗡嗡作响。

梯子顶端是一个简单的舱门。她刷卡打开舱门，来到一个小小的圆形房间。房间一边有一扇外形中规中矩的门。随着脚边的舱门慢慢关闭并上锁，她再次刷了一下卡。

随着一阵沉闷的金属声传来，整个房间逆时针地旋转起来，之后门便打开了。展现在她眼前的是一个巨大的锥形空间。一根根大梁把空间撑开，五颜六色被捆扎在一起的电线缠绕着导管，就像树根缠绕着一棵参天大树。在观察这个锥形空间的同时，她飘浮了起来。

吉莉安的双脚离开了地面，她不得不伸手抓住门边，以免撞上天花板。她忍不住笑了，朝飞船的开阔空间飞去。吉莉安滑过一道道墙壁，在离地板十五米左右的上方飘浮着。眩晕感来了又去，重力突然回归，她猛地下降，差点撞到坚硬的大梁。她忍不住倒吸一口凉气。但她没有摔倒，而是飞了起来。

有多少人体验过这种感觉呢？让人兴奋不已的失重的自由感。就像是小鸟离巢，离开鸟巢才发现飞行并没有受到想象中的重力束缚。

现在的感觉让她想起了自己当时躺在医疗床上，被推出产科病房，在医院走廊里移动时的感觉。她经历了巨大的痛苦才迎来一个神圣的小生命，才闻到卡丽身上新生儿的味道。卡丽被温暖地包裹着，在她的怀抱里熟睡。那时止痛药的药效还没过，她仍感到一阵疲劳，但她感觉自己被幸福包围着。她觉得自己犹如一名战士，与她的战友一起撑过了一场战斗。

胜利，凯旋，狂欢。

护士推着她们穿过走廊，乘电梯下到另一个房间。她仍然清楚地记得穿过门口时的感觉。肯特坐着轮椅在房间里等她们，他的双腿和腰部都被绑上了厚厚的束缚带，这样他就无法起身到处乱走。她们被推进房间时，他的眼神忽的一下亮了起来，但很快又黯淡下去。他没有认出她，没有认出他刚出生的孩子。

尽管医生警告过吉莉安这不是一个好主意，但她还是坚持要让肯特见一见他的女儿。不管他的意识是否清醒。当看护推着肯特靠近她们时，吉莉安紧张得心跳加速。

他们对视。肯特认出了她，眼神也不再迷茫，然后伸手想摸她。是出于本能还是别的原因，她已经永远无法得知。吉莉安紧紧抓住肯特的手，泪水浸满双眼，模糊了视线。

"吉莉安，亲爱的，你为什么躺在床上？怎么了？"肯特问她这些问题的时候，就好像他在几分钟前才见到她，而不是将近一周都没有见面。吉莉安泣不成声，无法回答他的问题。她只能举起卡丽，这样肯特就可以看清楚还被包裹在婴儿毯里面的她。

看到卡丽的那一刻，肯特僵住了。有那么一刻，吉莉安觉得医生是对的。这是一个错误的决定。她深爱的男人可能会后退，会躲起来，会像个局外人一样感到愤怒。因为他对周围的一切都感到陌生。而这种愤怒会不断扩大，会再次将他从她们母女身边夺走。

事实并非如此。即使被牢牢地绑在轮椅上，肯特还是尽力地伸出手，用指尖轻轻刮着卡丽的脸颊，温情脉脉。他突然哭了起来，不停地来回看着卡丽和吉莉安。

"我想起来。我想起来了。我想起来了！"他的声音说明了一切。自车祸以来，甚至是车祸前，他们之间失去的所有时间在这一刻得到了弥补。他回来了，她的丈夫真的回来了。这是他第一次看到他的女儿。他们是一家人，尽管只有短暂的一刻。

吉莉安的眼睛一下子睁开，晶莹的泪水从眼角滑落。往事如歌。回忆就像是她脑海里的多米诺骨牌。过往的一幕幕朝她袭来，仍旧清晰可见。

吉莉安抓住最近的大梁，在空中翻转身子。随即跳出锥形空间，沿着一条直线滑向入口。进去后，吉莉安刷卡关上入口。房间旋转起来，重力迅速回归。她撞到地上，跌跌撞撞地走了几步。她又身处在离心旋转产生的重力中。脚旁的舱门打开了，她爬下梯子，突然想到了什么，这一想法让她激动无比。

"一定是这样。只能是这样！"她一边说，一边从梯子上跳下去，快步跑下走廊，朝第四区走去。她刷卡冲进实验室，差点忘记换上工作服。她打开老鼠笼，把老鼠拉出来。小老鼠发出了一声短促的吱吱声，头骨上的小配件闪闪发光。她把老鼠放到桌子上时，它几乎没怎么挣扎。

"没事的，这一点也不疼。"她轻声说，接着用带子把老鼠固定在测试盘上。她从附近的一个冷却器中取出一瓶新鲜的萤光素化合物，将它注射到老鼠的颅骨接口处。当老鼠开始吸收后，她打开记录设备，将注射管与老鼠的颅骨接口连接起来，然后将按量配给好的萤光素酶装入注射器里。经历过这么多次实验，她对这一系列操作已经无比熟悉。现在她却抑制不住自己的兴奋，说不定这是一次千载难逢的好机会。

"你知道吗？萤光素的名字起源于路济弗尔，寓意为'光之使者'。很讽刺，对吗？"她一边对老鼠说，一边在离得最近的触摸屏上重置实验程序，"或许你也可以成为名副其实的光之使者。"吉莉安再次检查所有连接后，才向老鼠笼子走去。她拉出放着饲料的食物盘，记下时间，深吸口气，顿了一下，才伸手启动屏幕。这是第一百八十八次实验。差不多两百次试验，全都以失败告终。几分钟前她还信心满满，现在却忍不住怀疑自己。为什么麻醉不起任何作用呢？为什么保持清醒，接受外部刺激才是关键？

她的下巴绷得紧紧的，自我怀疑已经快要把她吞噬。"因为我们都记得。"说完，她按下屏幕上的按钮。随着注射器发出"咔嗒"一声，萤光素酶通过导管流入老鼠的颅骨接口。老鼠脑部的突触瞬间亮了起来。成千上万个。数百万个。

吉莉安紧盯着屏幕，看着萤光素酶流过导管，进入老鼠的大脑，逐个激活神经元。它离海马越来越近。距离萤光素酶到达海马还有几秒时，吉莉安走到老鼠身边，将碗放在它的鼻子前，往里面倒饲料。独特的叮当声充满了整个房间。老鼠的耳朵竖了起来。它吱吱地叫了一声，挣扎着想要去吃眼前的食物。

吉莉安冲回屏幕前。她的眼睛睁得大大的，一手捂住嘴巴。在她眼前，海马逐渐亮了起来，如波浪一般，神经元接连被点亮。先是锥体神经元，然后是抑制神经元，直至整个大脑都淹没在火红的亮光中。她紧盯屏幕，大气都不敢喘，一动也不敢动，害怕稍稍一动就会打断现在正在发生的事情。最终，萤光素酶穿过海马的最后一部分，流向了大脑的其他部分。

她成功了。她真的成功了。

"成功了。"吉莉安轻声说，放下了捂住嘴巴的手，"成功了。"她欢呼雀跃，"成功了！"她尽可能大声地喊道，声音在实验室里回荡。她感到前所未有的兴奋，这是任何药物都无法带给她的。终于，她终于等到了梦寐以求的这一刻。这不仅仅是一小步，而是一个飞跃。一个里程碑式的突破。

从此以后，很多问题都会迎刃而解。事实上，当看到神经元被点亮时，她的脑海里只有一个想法：我可以找出卡丽的问题，我能找出来。我很快就可以解决这个问题。她想要跳舞庆祝，她先将老鼠身上的带子解开，然后解下它头上的仪器。老鼠立马俯下身，开始吃起来。

"你应得的，你太棒了。"她边说边抚摸着老鼠的毛，"你想吃多少就吃多少。你会变得又胖又出名，路济弗尔。"她笑了，"可能要告诉记者们一个新名字，但对我来说，你永远是一名光之使者。"

吉莉安往后退了一步，看着老鼠吃东西，随后又转向屏幕，再次看了看数据。数据清晰明了，这项技术是绘制出大脑中任何异常的关键所在，要靠记忆本身激活。海马这一部分一直都是一个未解之谜：它是如何储存空间记忆的，它是如何将短期记忆转化为长期记忆的，还有情感在其中发挥了什么作用。总的来说，你的经历、你对这些经历的反应，还有与这些经历相关的感情，造就了你是谁。

记忆是打开海马储存库大门的钥匙，也是外部刺激发挥作用的地方。有多少次，人们看到某些事情，或闻到一个味道，就会想起过往的记忆？对吉莉安来说，她每次一走进家门，往事就会一一涌现，令人撕心裂肺。那时候肯特身体还健康，他们的生活充满欢声笑语，未来一片光明。正是这些记忆让神经通路像大门一样打开，让生物发光成像发挥作用。而在这一案例中，是饲料掉在碗里发出的声音，激起了老鼠有关吃东西的愉快回忆。这一变量让实验对象保持意识清醒。

原来一直以来，答案都近在眼前。她感受到了一种前所未有的成就感，随之而来的是疲乏无力和恶心。大概兴奋过度都会这样吧，而且她今天还没有吃氢可酮。

"就一片。"吉莉安迫使自己从屏幕前走开，去拿放在实验室里的药瓶。就在手离瓶子只剩几厘米的时候，她停住了。盖子没拧紧，一边高于另一边。她昨晚忘记拧上瓶盖了吗？不。她总是将盖子拧到最紧，直到听到"咔嗒"一声，以防孩子打开药瓶。她拿起药瓶，盖子掉落在地。其实在她拿起瓶子之前，她就知道，瓶子是空的。

// 第二十章 //

吉莉安搜遍了整艘飞船。

为了找到这个"人"，她对飞船进行了全面搜查。从航天飞机停靠的气闸舱到所有区域，她逐个房间翻找，把她最熟悉的地方都找了一遍，之后她才意识到自己在做什么。她必须让自己清醒过来：这不是正常的行为，这是典型的妄想症。现在除了她，机组人员都在各自的休眠舱里（她首先检查的就是休眠区）。除了他们，飞船上没有其他人。

吉莉安背靠着墙，感受着飞船的震动，听着嗡嗡的声响。她现在在做什么？期待找出一个秘密乘客吗？

或许机组人员中有她不认识的人呢？一些在先前就跟利奥和伊斯顿登船的人？不可能，利奥会告诉她的。万一利奥也不知道呢？紧接着，她马上甩掉这个念头。她没有放弃阴谋论，甚至倾向于这个念头。如果她对一切可能性都让步了，那么这事会如何收场？事情不会结束。在这种情况下，每一个稀奇古怪的想法似乎都是合理的、有价值的。

或许你头脑混乱，记错了药片的数量；或许你真的打翻了药瓶，但心里又希望继续依赖药物，所以选择性忘记。你必须要承认一个事实：若不逐渐减少用量，或接受其他治疗，直接戒药的下场就是如此。你注定要受此折磨。

"别想了。"她说。她的声音在走廊里听起来病恹恹的，了无生气。她不可能打翻药瓶后没有任何记忆，也不可能把药全部吃完。不可能。

吉莉安继续沿着走廊往前走，每经过一扇门，她都会朝里扫视一圈。空荡荡的床干净整洁，没有使用过的痕迹；小小的浴室里充斥着一股淡淡的消毒剂的味道。她最不想查看的是衣橱。里面的空间很小，很难挤进去一个人。于是她把衣柜放到最后检查。她一边往后退，一边迅速地拉开，每一次都感觉会有一只手伸出来抓住她。但什么也没有。

她甚至走到了飞船的零重力区域，以防有人在她身后原路折回，躲在大梁和电缆之间飘浮着，等到她累了，睡着了，他们就悄悄爬下梯子，悄无声息地走到她躺着的地方……

吉莉安紧紧捏着自己的手腕内侧。她要停下来，不能再胡思乱想了。要现实点、专注点。她把手伸到连体服的口袋里，翻找并不存在的药片，这时，她摸到了她妈妈的念珠。一定是卡特里娜在她们吵架后偷偷放进去的。她那固执的姐姐成功将念珠偷渡到了飞船上。

吉莉安掏出念珠，用大拇指数着珠子。她曾多少次依赖这些假象，以寻求慰藉？宗教实质上也是一种让人不能自拔的瘾头。除了宗教，还有什么东西可以鼓励你忏悔，让你重拾善心呢？还有谁会倾听你无处可说的话，倾听你所犯的错，宽恕你受到的质疑和犯下的罪恶呢？毕竟，再也没有比憧憬光明与正义更让人积极向上的事了。

即使在冥想的时候，每一颗珠子的祷文也会自动浮现在吉莉安的脑海里。即便她不愿意承认，重复的声音的确能让她平静下来。她需要平静，理性是她现在最需要的东西。

但情况变得越来越糟。吉莉安不仅思绪混乱，烦心事也是一件接一件。更麻烦的是，当她把念珠放回口袋，走向休息室时，她才意识到以前偶尔发生的肌肉震颤现在几乎成了常态。距离她上一次吃药已经多久了？差不多十五个小时了，或许更久？从现在开始，情况只会越来越糟，她必须做好准备以防……

吉莉安在休息室门口停下脚步，匆匆跑向第二区。进入医疗室后，她开始了新一轮搜索。这一次，她是在寻找止痛药，任何一种都可以。为应对突发情况，医疗室一定备有止痛药。她打开橱柜的门，随后又关上。在抽屉里翻找完之后，她感到一丝绝望。不管药片是如何消失的，她都不想再忍受这种戒药的痛苦。

等翻到最后一个橱柜时，她已经汗流浃背。她的心怦怦直跳，指尖一阵刺痛，就好像她在冰天雪地中待了很久。她盯着里面的两个架子。棉垫、蓝色纸质礼服、胶底拖鞋。没有药。她只找到两瓶布洛芬。

肯定有的。一定有的。美国国家航空航天局不可能将七个人丢弃在太空里，而不备齐常用医疗药物。他们不会不给利奥留下他所需的药物，假如有人关节扭伤，或是手臂骨折。他们绝不会——

突然，她注意到最远的工作台上方的墙上，有一块狭窄的嵌板，旁边是一块扫描板。"他们不会把药放在随手能找到的地方。"说完，她朝着那个方形走去，看到嵌板的一侧是密封的。她拿出门卡，将它放到扫描器上。哔的一声过后，扫描器闪过一片红光，然后开始重置。

吉莉安又试了一次。她再次感到胃里一阵绞痛。她有预感，比布洛芬药效更强的药物就在里面。但是她打不开。或许只有利奥的门卡可以打开。她记得，利奥将他的门卡和连体服一同放到了休眠舱对面的储物柜里。

几小时前实验取得突破而带来的兴奋感已经消失，取而代之的是绝望。吉莉安又盯着密封的隔间看了一分钟。接着，她双腿发软，坐到了地上，肩膀靠在床边。她瞥了一眼左边几乎被隐藏起来的门，几天前，利奥带她参观的时候她就发现了。但那是一扇门吗？旁边没有扫描板，也看不见门把手。那也可能是通往竖井的入口。不管是什么，她都无法到里面一探究竟。

她感到喉咙一阵刺痛，开始哽咽，直到视线模糊。她该怎么办？她握紧拳头，重重捶打着膝盖，直到她看到膝盖同步跳动。最后，她捂住脸，哭了起来，希望泪水可以释放所有恐惧。

// 第二十一章 //

窃窃私语。

有人在窃窃私语。吉莉安听到一阵沙沙声。虽然听不清他们的谈话内容，但是她听得见声音。她隐约听到他们在说有些事情……形势不妙。就像警告一样。

吉莉安呻吟着，试图予以回应，想让他们说得更大声一点。即使她正在努力与睡意抗争，准备——

她头晕得厉害，不禁倒抽一口凉气。她睁开双眼。眼前的房间倾斜着，在奇怪的地方折断了，就像是墙壁被套上了铰链，来回移动。她靠在休息室的软垫长凳上，控制不住地开始呕吐，把吃过的饭菜全吐了出来。她感觉自己的胃在强烈地抽搐着，就像是有人踢了她一脚。接着她又开始咳嗽，把胆汁都咳了出来。

她艰难地坐直身子。身体的每个部分、每一块肌肉都很痛。坐起来后，她又感到一阵眩晕。她只得闭上眼睛，但是头晕的感觉并没有减弱。她身体前倾，再次吐了起来，但这次是干呕。

"天哪。"她说。她感觉自己睡着时，心脏已经移位到了头骨中央，在那里剧烈跳动着。她感觉嘴巴里又苦又干，像是吃了粉笔灰。但只要一想到喝水，她的胃就翻江倒海。

吉莉安深吸一口气，把腿搁在长凳的一边，就像是站在一艘船的甲板上。水。她要喝水。不能脱水，这是她渡过难关的唯一方法。特别是，如果她接下来还会遇到这种状况的话。

她走到桌子前，抓起前一天晚上用过的水瓶，拖着脚走到水龙头旁边。水声听起来就像砂纸摩擦的声音。她再次呻吟起来，全身上下痛得不行。她把瓶子拿到嘴边，啜了两小口，直到喉咙紧紧绷住，胃又开始绞痛。

　　简直就是置身地狱。她难以说清自己现在的感受。但她一定要解决问题，一定要离开这里。她必须做点什么。"静下心来，好好想想。"她轻声说，一只手抓着水槽。唯一可以减轻痛苦的方法就是接受药物治疗，不然就是服用更多的阿片类药物。她十分确定飞船上没有任何戒断药物，但阿片类……

　　吉莉安离开水槽，房间里的一切从她视线中滑过。她走到门口，往走廊里看了一眼。走廊里的灯光看上去似乎比休息室里的更耀眼。现在，她要往哪个方向走呢？她实在有点摸不清。

　　右边似乎有动静，于是吉莉安朝那边看去。有那么一瞬间，她似乎隐约看到有什么白色东西从角落消失了。她揉揉眼睛，强忍恶心。"幻觉。"她喃喃自语。尽管如此，她还是朝那个方向走了过去，"视觉和听觉上的双重幻觉。"

　　不，那是错的，即使在这种精神状态下，吉莉安也清楚产生幻觉并不是戒除阿片类药瘾时会出现的症状。尽管明确知道这一点，但她已经头晕得不行，无法分辨幻觉与现实。她只能跟着感觉，沿着走廊走，不管这是否是正确的方向。

　　转过拐角，吉莉安僵住了。因为卡丽正站在走廊中间，看着她。吉莉安一阵摇晃，左腿发软，倒在最近的墙边。她盯着女儿，希望这个图像赶快消失，但是没有。卡丽穿着平时睡觉时穿的那件长睡衣，那是她最喜欢的衣服。即使隔着一段距离，吉莉安也能辨认出点缀其上的粉红色小船的图案。

　　"卡……卡丽？"吉莉安说。

　　女孩的脸上毫无表情，似乎完全没有听见。卡丽转过身，迅速走下走廊。

　　"卡丽！"吉莉安尖叫起来，试着向前追去。但她两腿无力，直接跪倒在地，双手也在地上蹭了一下，痛得厉害。她爬向卡丽，卡丽在门口停了下来。

这是真的。怎么回事？卡丽怎么会在这里？吉莉安重新站起身，跌跌撞撞地向前走。这时，门开了，卡丽消失在视线中。然后门又关上了，发出咝咝的声音。"卡丽！"她向前冲了四步，迎头撞在对面的墙上，然后滑倒在地，停在了卡丽消失的门前。

这是通往航天飞机的气闸舱。卡丽所在的地方不是他们刚开始进来的舱门，而是另一扇更大的。她伸出手，按了下控制面板，听到了三声短促的哔哔声，然后是一片寂静。半秒过后，吉莉安才意识到发生了什么，她尖叫起来。当卡丽转身面向她时，外舱门慢慢打开了，氧气被吸走了。吉莉安看到气闸舱的环境变了。卡丽抬头望着她。吉莉安大力地敲击着窗户，此刻，她的每一根神经都希望这一切不要发生。

卡丽笑了。一股看不见的力量将她小小的身体从舱门吸走。她消失了。"不！"吉莉安沉浸在无尽的恐惧和悲痛中，不断用力拍打着门，双手已经血迹斑斑。她朝控制面板刷卡，等她意识到自己的错误时，已经太迟了。她也会被拉入虚空。不过一切都无关紧要了。卡丽已经消失了。

但她没有像预期中那样感受到骤然的减压。吉莉安眨了眨眼，站在气闸舱的门槛上。舱门已经关闭，闭得紧紧的。所有人的宇航服全都整齐地排列在一个架子上，头盔在衣服的上方。她走进隔间，双脚依然无力。为了不再感到恶心，她透过小玻璃窗向外望。外面，行星旋转而过。

一片寂静。

吉莉安把手伸向舱门旁的控制板，碰了碰它。屏幕闪了下，变成红色，然后出现了一行字——"请插入门卡，输入密码"。这一定都是假的。一切都是她胡思乱想的，都是幻觉。吉莉安感觉自己像是从很远的地方突然回到了自己的身体里。她深吸几口气，待思绪稳定下来后，她才放松下来。

这当然不可能是真的。卡丽在地球上。这样的心理安慰让她感到平静，似乎给刚刚经历了风暴的自己盖上了一条毯子，温暖而安心。即便这样想，刚刚发生的事情还是让她感到后怕。她似乎再也不能相信自己的眼睛。

她无法相信自己。

◆ ◆ ◆

　　吉莉安发现撬棒和其他工具一样，都被用泡沫包着放在工具箱里。工具箱被固定在第二区和第三区走廊墙上的小壁橱里。不同形状、大小的工具被仔细分好类，放在多层的盒子里，大部分应该都是用于太空漫步和飞船外部的维修的；几根长度不等的编织电缆证实了她的猜想。但这些工具对吉莉安来说毫无用处。她只需要撬棒。她踉踉跄跄地走在走廊上，握着冰凉的钢柄，端详着撬棒宽大扁平的一端，还有手柄末端的圆形钢球。

　　吉莉安头昏眼花，在去往控制中心的途中不得不几次停下来。她感到肚子里一阵绞痛，让她只想躺在地上。但每一次，她都努力重新站稳。她的脑海里不断回放着卡丽被吸走时的画面，这足以让她重新站立起来。

　　她刷了门卡，走进控制中心，走向医疗室，最后在小嵌板前停住了脚步。她确信里面肯定有药物。她举起撬棒扁平的一端，试着将它塞进隔间密封的边缘。她用力一撬，不料撬棒却从手中滑落。"该死的。"她骂了一句，再次把撬棒塞进边缘，试图找到受力点。施力的时候，她感受到了一股反作用力。起作用了。于是她加大力度，呼吸变得沉重。

　　撬棒再次滑落，她撞到了柜台上。汗水顺着她的额头流下来，她的头发都沾在脸侧。吉莉安调整自己的姿势，用力将撬棒塞进缝隙。撬棒被弹开了，墙上的一块水泥脱落下来。一次又一次的失败使她跌坐在地，她拿起撬棒较重的一端砸向嵌板中央。板子嘎嘎作响，却丝毫没有破碎的意思。

　　她再次撬动起来。

　　再次。

　　再次。

　　每一次尝试，双手和手臂都传来阵阵疼痛，撬棒就像一个响铃一样在她手里震动。她又一次捡起撬棒，呼吸急促。嵌板上满是刮痕和缺口，却没有变形。她推了推板子，板子也没有晃动。

　　"行，行，你赢了。"她喘着气说，走出医疗室。接着她刷卡进入休眠区。休眠区的一切还和她最后一次见时一模一样。她没有直接检查休眠舱的情况，而是走向过道对面的储物柜。如果不能通过暴力拿到药物，她或许可以智取。

利奥的储物柜斜对着他的睡眠舱，门口和框架之间的缝隙甚至比医疗室隔间的嵌板还要狭窄。尽管如此，她还是将撬棒塞了进去。但一点用也没有，只刮下来了一点油漆。

"该死的！"她又刮了储物柜两下，之后才掉转撬棒，用手柄用力砸着柜子。吉莉安化悲愤为力量，用仅剩的力气敲打柜子，每砸一下都会发出震耳欲聋的哐当声，每砸一次她就忍不住眨眼。

吉莉安沮丧极了。一气之下，她转身离开储物柜，准备撬开廷斯利的休眠舱。她往前踏了一步，尽可能用力地撬。直到撬棒从休眠舱的盖子上弹落，弹到附近的门口。她气喘吁吁地站着，耷拉着的双肩上下起伏，全身不受控制地颤抖，就像一条正在游动的鳗鱼。她敲击着廷斯利的休眠舱，但一点痕迹都没有留下。当她迷迷糊糊地在原地摇晃时，她才意识到自己做了什么。如果廷斯利当时站在那里，她可能会把他的脑袋打开花。

吉莉安转身离开，吐出了一口胆汁和黏液。她咳嗽着，泪水和从鼻尖掉落的汗水混合在一起。她到底在做什么？她为什么会变成这样？她需要离开这里，远离她所做的一切。

她努力站直身子，试图离开。经过撬棒时，她犹豫要不要捡起它，但是拿起它就得花费很多力气。对目前的她来说，走路都格外吃力。她跌跌撞撞地走着，难以站稳。突然，她一下子又跌倒在地，脸贴到了冰冷、无菌的地板上，眼前只剩下明晃晃的地板。她索性趴在地上，融入这一片白茫茫当中，就像一个融入迷雾中的鬼魂。

// 第二十二章 //

吉莉安顺着走廊向下爬行。

她首先看到了自己乱糟糟的头发，一团团的就像厚厚的蜘蛛网，遮住了眼前的一切。她想站起来，但每次一用力，双手都会止不住地颤抖。可能是因为她敲打气闸舱窗户时用了太多力气，或是因为撬棒的反作用力。

她只好先爬到墙边，靠在墙上。她想起过去几小时发生的事情，不知道自己是如何失控的。她一定要站起来。但眩晕感像黄蜂一样盘旋着袭击她。她需要水。需要食物。

试了三次后，她终于站起身，迈着沉重的步伐走到休息室。她从橱柜里掏出一个餐盒，没有加热就吃了起来。虽然现在无比饥饿，但一想到进食，她就忍不住感到恶心。专心致志、意志坚定。她吃下一勺又一勺的高卡路里混合物，小口小口地喝着水，其间一直抑制着自己想要呕吐的欲望。吃到一半时，她推开桌子，瘫坐在长椅上。她裹着毯子，瑟瑟发抖，汗流浃背。

吉莉安的意识一会儿清醒一会儿模糊，发烧使她噩梦连连。恶魔假扮成她认识的人，或者她可能认识的人，在她脑海里游走。她听到从沙哑的喉咙里传出的邪恶的尖叫声，感到全身滚烫，烫得皮肤仿佛起了水泡。随后她又感到极其寒冷，冻得血管仿佛是寒冬腊月的溪流。

吉莉安醒来，听到了窃窃私语的声音。她想睁开双眼，好让这声音和噩梦一同消失。突然，房间猛地向右偏。吉莉安虽然头晕目眩，但她还是看到通往休息室的门关上了。

她猛地弹起身，头部仿佛穿过了一股电流，心脏不受控制地怦怦直跳。她看到了，看到门关上了。除了脉搏跳动的声音，她还听到了别的声音。走廊上的脚步声渐渐远去。很轻，但她还是听到了。吉莉安确信自己十分清醒，没有睡着。但内心有个声音对她说：刚刚你还看到你的女儿在气闸舱被吸走，你能相信你自己的眼睛吗？

吉莉安费力地站起身，再次聆听。她身子摇晃了一下。她努力站直身子，全神贯注地侧耳倾听。什么也没有。不，就在那里。不是又有一扇门开了吗？她走到休息室的入口，犹豫着要不要打开门。如果刚刚那个在外面的人此时就在休息室里等着，等着她一开门就把她抓住，该怎么办？她想她能辨认出那是谁，但是透过屏障，她几乎听不到他们激动的呼吸声。

她刷了下门卡，门开了。里面空无一人。吉莉安沿着走廊走，听到声响时，她停住了脚步。一定是隔壁走廊的门关上或打开的声音。她感觉自己就像田野中的一只老鼠，此刻，老鹰正不断地在她上空盘旋。她要逃离走廊。她突然想到一个主意，随即朝声源的反方向走去。

刷卡进入控制中心后，她在其中一个控制台前坐好，碰了一下屏幕，心里咒骂自己为什么没有早点想到这一点。她找到摄像头控制装置，然后接入多视角摄像系统，按下选择键。这中间她歇了两三次，以免头晕。屏幕被切割成了几个部分，分别对应飞船的不同区域。

实验室的各个角落都显示出来了。在笼子里乱窜的老鼠，还有住宿区空荡荡的走廊。而牢牢抓住她注意力的是外部摄像机视角下的那颗飘浮在黑暗虚无太空中的火星。这颗行星看起来依旧很小，模糊不清。但她能辨认出笼罩在外层的红色光圈，还有较暗的斑块。她看不清那是什么，只能猜测是陨石坑或是裂缝。

这一幕让她目瞪口呆。她不再感到眩晕和恶心，甚至不再担心自己是否产生了幻觉。想到马上就要去往另一个星球，而目的地此时近在咫尺，她感觉自己心中油然而生一种敬畏感。原来夜空中那些遥远的、闪烁着的星星是一颗颗星球。她不禁想知道人们第一次发现这些星球时是什么感受。

屏幕右下方的动静将她的注意力拉了回来。是气闸舱。她盯着屏幕，发现通往航天飞机的舱门已经复位。她的胃猛地下沉，这与戒药一点关系也没有。有人刚刚关上了舱门。不，你又产生幻觉了。她的目光慢慢离开屏幕，看向休眠区的大门。难道他们当中有一个人醒了？是谁，他又在做什么？

她犹豫地站起身，正准备刷卡时，她停了下来。如果其中一个人醒了，他可以操控其休眠舱的显示器，让她误以为他仍处于休眠状态。这就能解释一切了。那他的目的是什么呢？

她转向左边，脚碰到了撬棒。撬棒向前滚去，发出轻轻的咣当声。吉莉安将撬棒从地板上捡起来，掂了掂重量。这些人对她撒谎，给她下药，将她从她的心肝宝贝身边带走。不管他们在做什么勾当，一定都不是什么好事。

她紧握撬棒，往走廊走去。

2030 年 2 月 5 日

在"探索六号"灾难发生十八个月后。

美国国家航空航天局前任务运营项目经理詹姆斯·康罗伊，接受《科学律动》杂志采访

《科学律动》（以下简称"《科》"）：康罗伊先生，十分感谢您能接受我们的采访。

詹姆斯·康罗伊（以下简称"詹"）：我的荣幸。

《科》：我知道，由于"探索六号"任务引起的争议，您去年的行程很忙。如今您已不再在美国国家航空航天局工作，还写了一本回忆录。

詹：是的。一部分来说是回忆录吧，但很大一部分是在讲述"探索六号"——我知道，大部分人会因为这一部分而买我的书，他们对我的职业生涯并不感兴趣。

《科》：嗯，这是一个很好的出发点：您的职业生涯。您在海军部队担任信息技术专家已经七年了。在接受美国航空航天局的工作前，您在硅谷工作过一段时间。您在美国航空航天局一待就是十七年，是五个任务的项目经理。我想说的是，您去年发表的言论引起了很大争议。即使您的职业生涯没有任何丑闻，很多人也因此贬低您的成就，您对此有何看法？

詹：这样说吧，我就跟那些刚刚取得新突破的人一样，他们的进展与现存理论是相悖的，由此，他们一定会受到批评。一些人会称他们是骗子，然后就会有人说这是阴谋论。这都是意料中的事。

《科》：在书中，您这样写道："联合国聘用了几个无名的合同工，他们直接负责探索任务。一切都由这些人负责。而我们就像是城郊房前的尖桩栅栏——一个可以掩盖他们秘密的政府机构。"

詹：没错。我可以对上帝发誓，我遇到的每一个任务联络官都

叫约翰。他们都面无表情，公事公办，不是那种下班后可以一起喝酒的人。

《科》：所以您的意思是，这些人在将任务交给您解释并操作前，已经将信息过滤了。

詹：是的，没错。

《科》：您认为他们为什么这样做呢？

詹：说实话吗？因为除了文件上公开的，还有很多其他任务。

《科》：比如？

詹：那是一项革命性的技术，会改变人们从一个地方到另一个地方的方式。我只能这样猜想，因为有很多限制。不过我确实看到一些备忘录，上面提到了高级转移系统。

《科》：所以这才是联合国参与的真正原因？

詹：可以这样说。

《科》：除了这个可能存在的转移系统，你能否透露任务其他方面的信息，比如更不为人知的信息？

詹：（笑）你是说俄罗斯媒体报道的"太空病"？

《科》：没错，这是其中一方面。

詹：我不确定到底是什么导致了那场灾难，但疾病很可能是主要原因。据我所知，有关"太空病"，目前没有任何与瑞恩博士所观察记录的病症相一致的医疗诊断。

《科》：这是另一个十分有趣的话题：吉莉安·瑞恩博士。你相信由美国航空航天局副局长安德森·琼斯成立的调查委员会于两周前发布的官方报告吗？

詹：你是说他们暗指她是导致事故的部分或直接原因吗？

《科》：是的。

詹：（一阵长时间停顿）我不知道。当她打来那个求救电话时，我也在场。她听起来完全不像是一个刚刚造成一场事故的人。她听上去非常恐惧，但思路十分清晰。但那才是可怕之处，不是吗？谁又知道一个人在那种情况下能够做出什么事来呢？

// 第二十三章 //

吉莉安往气闸舱走去时，她的脚步声在走廊里显得格外大。

过去两个月，她已经越来越习惯飞船的寂静，习惯了只能听到自己呼吸的声音、自言自语的声音。但是，她现在要找出飞船上的那个人，所以不能发出任何声音。她试图悄悄靠近气闸舱门，还要强忍着不让自己吐出来，同时保持身体平衡，防止跌倒。

吉莉安在门外停了下来，鼓起勇气朝里面看了一眼，又立即往后退。一切都很正常，没有人站在观察窗的另外一边。她深吸一口气，试图镇静下来。光滑的撬棒冷冰冰的。如果她抓到了里面的人，那该怎么办？用撬棒打他的脑袋？当然不行。问他在飞船上鬼鬼祟祟地做什么？当然，必须的。

她又看了一眼窗户，再次确认气闸舱空无一人。不管是谁在里面，他一定还在航天飞机里。这里一定有些不对劲。此刻所有的机组人员都应该处于休眠状态，除非有人一直醒着或者已经偷偷醒来，或者有她不认识的人在背着大家做什么事。警钟在她的脑海里响起。吉莉安试着找出问题所在，但无论如何也无法确定，就像是只听过一次的歌词。

也可能根本一个人也没有。你生病了，你与现实脱轨了。"我看到了。"吉莉安低声说，她刷了门卡，将门猛地打开。一片死寂。吉莉安强迫自己往前走，她紧盯着通往航天飞机的舱门。或许她可以待在这里等那些鬼鬼祟祟的人回来，然后与他们对峙。如果他们认为她还在休息室里睡觉，那么他们在飞船里行动时就会放松警惕。她颤抖着，胃一阵痉挛。不管是谁，她都要与他们对峙，然后质问他们在做什么。

吉莉安打开门闩，拉开舱盖，看到了通往航天飞机的梯子。但她没想到里面会这么黑，也没想过要带个手电筒。随着黑暗吞没了第三级阶梯，她越发感到不安：在这么黑的地方，他们在做些什么？

她舔了舔干裂的嘴唇，准备大叫一声。她应该说些什么吗？毋庸置疑，不管那是谁，他们肯定在干坏事。他们被抓住时又会有什么反应呢？吉莉安想象不出任何一个机组成员变得暴力时的样子，但她想起了廷斯利把针扎进她肩膀的时候。老实说，除了比尔克和卡森，她并不了解其他任何人，而卡森的行为也没有获得她对他更多的信任。

她朝黑暗中张望，想看看里面有没有动静。下面有东西在动吗？吉莉安向前倾，紧紧地抓住梯子。她张开嘴，最后决定喊出来。突然传来的声音，让她停止了动作。

她全身紧绷，起了一身鸡皮疙瘩。因为那个声音不是来自她的下方，而是背后。

她转过身，看向整齐地挂在衣架上的一排宇航服，内心的不安急速飞升。之前她在控制中心看监控时，其中有一个衣架是空出来的。但现在衣架又满了。而离她两步远的那套宇航服居然动了起来。她尖叫着跌跌撞撞地往回走，擦着脚下打开的舱门的边缘而过。宇航服朝她伸手，试图抓住她的连体服衣领。她打掉那只手，撬棒差点从手中滑落。紧接着，宇航服从墙边向她走来。会动的宇航服已经够可怕了，但是头盔里的东西更骇人。

肯特那张腐烂了的脸，正在头盔里盯着她。

他的眼珠不见了，只剩下黢黑的空洞，皮肤像一张皮质羊皮纸，覆盖着突出的颧骨。几条黑色的蠕虫趴在他的嘴唇上，他的牙齿枯黄。在他扑向她的那一瞬间，她知道自己看到的就是他被长埋地下八年后，在坟墓中的样子。

肯特抓住她的手腕，她大声尖叫起来，转身跌倒在地。试图起身时，撬棒刚好滑到了她眼前。一个毛骨悚然的想法闪过她的脑海：一旦她丈夫的尸体把她按倒，他会对她做什么？

此时，他戴着手套的手抓住了她的脚踝。

吉莉安的理智就像是一盏在暴风雨中忽明忽暗的灯。她拼命往前跑，从他的手中挣脱出来。随着肾上腺素的飙升，她一把抓起撬棒，转身挥舞着重重地朝他砸去，击中了他的胸口上方。他疼得咕哝了一声，摇摇晃晃地走到一边。一方面，她希望他继续这样跟跄下去。最好能把头盔撞开，然后她要将里面的东西击成碎片。因为都是令人厌恶的东西，是从地狱逃脱出来的邪恶与罪恶。另一方面，她想要立刻逃跑。

吉莉安跌倒在气闸舱门前，她手指僵硬，在感应器上笨拙地刷门卡。感应器扫描门卡的这一秒钟令她痛苦万分。舱门打开的时候，她感觉有什么东西从她头发上擦过，于是她尖叫着冲向走廊。

她奔跑的时候就像个猎物，心中只有恐惧。她该去哪里？这里无处可躲。

吉莉安在角落急得团团转，每一次呼吸都极其难受，腿上的旧伤还传来阵阵疼痛。前面左转就是第一区。她忽地停下脚步，回头看着来时的方向，手里的门卡没有对准扫描器。走廊里空无一人。她试着不看走廊，直接刷卡，但她就是无法将目光从最近的角落移开。如果这一切都是她想象出来的呢？她的所见所闻——那怎么可能。它不是——肯特穿过拐角，向她这边跑过来，双臂在两边晃来晃去，五官因为面罩反光看不到了。谢天谢地。吉莉安疯狂大叫，刷了一下门卡后，转身快速从门缝冲了出去，飞快地跑过廷斯利和比尔克的房间，拐过转角来到她自己的房间前。她刷卡开门，快步冲进去，准备锁上房门，但是还需要输入四位数的密码。因为害怕，她已经看不清屏幕了。

刚才冲进房间时，她脚底一滑，腿疼得发抖，撬棒也从手中滑落，在地上滚了几圈后，消失在床底。没有时间去捡了。她听到他已经来到走廊里了。他的脚步声越来越近。她迅速起身，钻进小小的浴室，砰的一声关上门，然后用力抓住门锁。但手指根本不听使唤，她无法转动机械装置。她听到她的房门被打开了。

赶紧锁门！他就在外面。赶紧锁门！

她转动门锁，伴着咔嗒一声，门被锁上了。

半秒过后，门嘎嘎作响。吉莉安紧紧地贴在门对面的墙上，恐惧稍微减少了点。门再次晃动起来。他会闯进来吗？他会找到撬棒，强行闯进来吗？还有，天哪，如果他进来了，他会做什么？天哪，拜托，让他走开，拜托，拜托。吉莉安除了能听到自己的呼吸声和紧张的心跳声，她还听到了轻微的脚步声。之后就是一段漫长的停顿。

那一刻，她已经被折磨得精神涣散。她迫切地想伸手打开门锁，直接出去结束这一切，她看到自己的手正颤抖着伸向旋钮。她收回手，十指交叉，将双手紧紧地握在一起，祈祷着。

"拜托，拜托，拜托。"她低声说。

房间里传来了其他的声音，她屏住呼吸。门开了，又关上了。他走了吗，还是只是静静地在外面等着？她吞咽了下口水，鼓起勇气把耳朵贴在浴室门上，默默听着。什么声音也没有。吉莉安等了差不多五分钟，才放松下来。他似乎已经走了。但他真的来过吗？

是的。她看到他了，撬棒击中了他的胸部。即使是现在，这段记忆也开始像梦境一样，慢慢变得模糊起来，就像是一幅油画被泼上了松节油。

吉莉安再也站不住了，瞬间跌倒在地，不断往后退，尽量远离门口，躲到浴室的最里面。她蜷缩起来，缩成一团，全身颤抖着。或许这只是另一个幻觉罢了，就像她看到了卡丽。或许她现在根本就不在浴室；或许她就像其他人一样在休眠舱里沉睡着，过去两个月所发生的事情不过是一场噩梦。

她呜咽着，用手掌根揉着眼睛，感到右手腕隐隐作痛，于是抽开手，向下看。她的手腕红红的。肯特在气闸舱那里抓住了她的手腕。她没有产生幻觉，这就是证据。但她真的能相信自己的眼睛吗？她丈夫的尸体攻击了她，追她追到房间里，还试图闯进浴室？房间开始旋转起来，泪水从她的眼角滑落，她抱紧自己的膝盖，回想着过往，至少她知道那是真实的。吉莉安汗流浃背，浑身发抖，她回想起和卡丽最后一次拥抱时的情景，轻声说着她松开卡丽时说的最后一句话：

"一切都会好起来的。永远，永远，永远……"

音频文件转录——档案号 #179088.08/05/2028

我想我又看到他了。

肯特，就在控制中心附近的走廊。我不……不知道。

有人在那里。我无法……（沉重的呼吸声）已经无法分清梦境和现实了。我一路跑回我的房间，再次锁上浴室门。

我至少在那里面待了一天。而我离开那里仅仅是因为，我需要食物，我得吃饭。

　　我一直在发抖，糟糕透了，我根本不能集中注意力。好晕啊，不知道这一切会不会结束。

　　我……（无法识别）很对不起，亲爱的。我不应该离开你，不应该。我好想你。如果我回不去了，我想让你知道……

　　我所做的一切都是为了你。

　　（录音结束）

// 第二十四章 //

　　吉莉安走出浴室，擦干身子，用手指梳理着头发。

　　水槽上方的正方形镜子映出她脸上过去两周的伤痕。她黑眼圈很重，脸色蜡黄。看到镜子里的自己，吉莉安感到很羞愧。她想大多数瘾君子或多或少都会有那种迷幻的感觉，但她的情况似乎有所不同。她的情况到底糟糕到了什么地步，才会产生那些幻觉？

　　短时间内吃了大量的氢可酮，却完全记不起来，你说你有多糟糕，博士。在某个时候，她一定是忘记了时间，比以前吃了更多的药。也可能把剩下的药撒到了水槽里，而她没有意识到这回事。这是突然戒药后产生的副作用，也是唯一能解释这一切的原因。

　　天哪。她现在甚至都不愿意去想这件事。她上次呕吐已经是一天前的事了，她还是感到很虚弱。但和精神方面的折磨相比，生理上的痛苦根本不值一提。

　　这些幻觉都太真实了。

　　吉莉安回想着那些恐怖又感觉很清晰的场景，但此时的记忆仿佛都带着高烧做梦时会看到的那种梦幻的光圈。这一切都讲不通，也不像现实会发生的事。她看到卡丽打开外舱门，然后被吸走了。宇航服试图袭击她，而头盔里是肯特腐烂的脸。还有断断续续的砰砰声、幽灵般的脚步声、重重击在宇航服胸口上的那一棍和她手腕上的红印。

这一定是她意识不清时产生的幻觉。不想了，现在一切都消失了，她自由了。

她走出浴室，开始检查休息舱的其他部分。地上散落着六个食品包装袋和两个水瓶。脏衣服堆满了房间的一个角落，床上的毯子乱糟糟的。她想起自己当时饥肠辘辘、精疲力竭，于是匆忙离开了房间，先是跌跌撞撞地冲进休息室，随后又跑了回来。那时候她真的以为有人在走廊，结果又是疑神疑鬼罢了。之后，戒药的副作用开始慢慢减弱。她一天比一天精神，直到可以安心在床上睡觉，而不像之前那样必须把自己锁在浴室里才能睡着。

她深吸一口气，换上最后一套干净的连体服。拉上拉链时，她感觉掌心传来阵痛。她的手掌上有一道浅浅的伤口，不知道什么时候弄伤的。可能这又是一段丢失的记忆，就像过去两周里的那些记忆。当然，不只是过去的两周。这么多年来，因为药瘾，她又虚度了多少时光呢？太多了。吉莉安叹了口气。这是事实，她现在能做的就是义无反顾地奋勇向前。彻底戒毒给了她一次改过自新的机会。现在她的思维比任何时候都更加清晰。

她慢慢捡起散落在房间的垃圾，几乎被自己衣服的气味呛得作呕。她不知道怎么处理它们，只能把它们塞到衣柜底层。接着，她扯下床单，把床单、毯子和她的衣服放在一起。这样看上去确实像个正常人的房间了。当她弯腰捡滚落到床底下的水瓶时，她僵住了。撬棒不见了。

她皱了皱眉头，绞尽脑汁地回想。她记得逃跑的时候，撬棒掉到这里，她看着它滚到了床底下。她还记得自己没有捡回来，甚至出去拿东西吃的时候也没有捡回来。转念一想，如果一切都是幻觉，那么她没有捡回撬棒这个记忆也可能是错误的。撬棒去了哪里，关于这个问题可以有很多种解释，她已经没有精力去分析她因为药瘾到底做了些什么事了。

吉莉安把房间的其他地方里里外外收拾了个遍。尽管房间并不算完美，但如果有人朝里看，至少不会感到恶心。虽然房间里还是有股怪味，但就现在来说，这是她能收拾得最干净整洁的程度了。

吉莉安将门卡挂在脖子上。戒药的副作用还没有完全消失。眩晕感来了又走。她离开休息舱，一手撑着墙，在走廊里慢慢走着。走廊和房间的寂静对她不再有影响。对她来说，它们现在就只是走廊和房间。这些寂静的空间与她大脑所想象出来的东西相比，根本算不上骇人。

她刷卡进入控制中心。踏入房间后，担忧又涌上她的心头。根据利奥在笔记上写的日期，机组人员会在今天醒来。吉莉安朝医疗室的方向瞥了一眼，脑海中浮现出她曾想要撬开的嵌板。她尽可能将空间站打扫干净了，但看起来仍逃不过一番解释。至少她可以向他们展示她在神经元绘制技术上取得的重大突破。这可以证明她是清醒的。

吉莉安在其中一面屏幕前坐下来。自她试着撬开利奥的储物柜，想要拿走他的门卡那天后，她就再也没有去过休眠区。她从座位上起身，并不打算走向隔壁的房间。或许她应该进去，清理房间里的一片狼藉。事实上，她根本无法掩饰自己所造成的破坏。她必须为这一切负责，就像她要为自己所做的每一个决定负责：这是解决问题的唯一办法。至少她没有造成更大的破坏，只是刮花了墙壁，损坏了一块嵌板。

当她坐回到椅子上时，她感到一阵心潮澎湃。等所有人都醒来，她就可以向大家解释清楚这一切，展示自己的成就；或许她还可以以此说服卡森，让她与卡丽和卡特里娜通话。至少，这是他欠她的。

接下来的半个小时，她一直抱着这个想法，觉得自己真的能看到卡丽，幻想着自己可以听到她的声音，告诉卡丽自己有多么爱她。

正当她准备去休息室喝点水、吃些东西的时候，休眠区传来了声响。吉莉安从椅子上站起来，走到另一个房间的门口。是的，她可以清楚地听到盖子打开时那种独特的咝咝声。

吉莉安做好准备。她刷了下门卡，门开了。房间里面，休眠舱正像一个个巨大的嘴巴，慢慢打开。她首先看到了比尔克，他在舱里翻了下身子。吉莉安无比激动。直到现在，她才意识到自己有多么想念他。随着大家纷纷从休眠舱醒来，她越发激动。他们动作迟缓，像是仲冬时节的家蝇。过去几个月，她所承受的孤独和恐惧瞬间都消失不见了，尽管她看到卡森时还是感到生气，但当卡森从房间中央走向她时，她不禁激动得落泪。

吉莉安往前走了一步，想要开口打招呼，但又停住了。卡森一脸警惕。她不知道发生了什么，直到她顺着卡森的视线看去。廷斯利的休眠舱还是关着的，她花了几秒才明白为什么。

她在工具箱里看见过的两条粗拴绳紧紧地绕着整个休眠舱，盖子根本无法打开。她不禁感到困惑，但她的目光只停留了一会儿，就被休眠舱旁边地板上的那根长长的、闪闪发光的东西吸引了注意力。她向右走了两步，看到了休眠舱后面的情况。撬棒被放在一堆乱糟糟的供应管和电线旁，供应管和电线顺着房间的墙一直延伸到休眠舱的后方。这些电线被从中间截断，里面的铜线都暴露出来，弯曲的铝线在闪闪发光。

吉莉安盯着眼前的一切，视线从密封的休眠舱转到被砍断的电线上，再移到地上的撬棒上，最后又回到密封的休眠舱上，直到她被推到一边。卡森从她身边挤过去，跪倒在休眠舱底部。他试着解开拴绳，用力弓起肩部和背部。这时，房间里的噪声似乎在质问她，越来越多的成员聚集到他们身边。

吉莉安的脑袋嗡嗡作响：眼前的这一切不是幻觉。这不可能。她吞了吞口水，紧张而口干舌燥。她的视线从卡森身上移到撬棒上，撬棒的把手上有暗红色的污渍，已经风干了，颜色接近黑色。供应管和电线上有更多的污渍。是血！她慢慢看向自己右手上那个正在痊愈的伤口。一切都如同梦境般不真实，她不禁想自己是不是又因为戒药而产生了错觉。这是否只是又一个可怕的梦。

她听到了咕哝声和金属掉落在地的叮当声。卡森站起身，一把扯下两条拴绳，抓住休眠舱的盖子，将休眠舱打开。瞬间，一股味道传来，她脑海中不禁涌现出一幅画面：太阳下的腐肉，还有爬行的蛆虫。这是死亡的味道。当吉莉安往前走时，有人捂住了嘴巴，迅速转身。

廷斯利双眼圆睁，眼睛胀出了眼眶。他大张着嘴，嘴里有一团黑乎乎的东西，那应该是他的舌头。他脸上有结血的抓痕。他貌似把自己抓伤了。吉莉安的视线从他的五官移开，注意到他的手指蜷缩着，指缝里都是血，指甲也都磨损了。他死前曾为了逃离这个被锁上的休眠舱棺材而奋力挣扎过。

眼前的景象让众人惊呆了。有那么一瞬间，他们似乎又进入了休眠状态。卡森最先反应过来，他把手伸进舱内，用手指按住廷斯利下巴的下方。他那样站了一会儿，随着他的转身，吉莉安心中那渺茫的希望也消失了。休眠舱现在俨然已是一口棺材。卡森的眼神掠过其他人，直接落到吉莉安身上，狠狠地盯着她。

"我的天，吉莉安。你做了什么？"

机密文件

音频文件转录：吉莉安·瑞恩博士与一位匿名联合国官员的对话录音

2028 年 8 月 6 日——与联合国空间站会合前的第十一天。"探索六号"灾难发生前的第十五天。

瑞恩博士：你可以听到我说话吗？

联合国：吉莉安，我没有想到你会再打来。

瑞恩博士：这里有其他人，在飞船上。

联合国：飞船上当然有其他人，他们是机组成员。吉莉安，你没事吧？

瑞恩博士：他们现在应该在沉睡。有一个人醒来了。我知道。卡森说谎了，廷斯利说谎了，他们还在撒谎。我可以听到他们在窃窃私语。

联合国：（长长的停顿）你没事吧，吉莉安？

瑞恩博士：（无法识别）地板上有血，到处都是血，都要从门缝渗到我房间里了。（无法识别，笑声）

联合国：你最好先躺下来，以免伤害到自己。这个项目涉及多方利益。还记得我们之前说的吗？

瑞恩博士：记得。你不让我和她说话。卡丽。

联合国：吉莉安，我认为你——

瑞恩博士：你将她从我身边夺走了。

联合国：吉莉安，你的女儿没事。

瑞恩博士：我要杀了你，我要杀了你们所有人。

（转录结束）

112

// 第二十五章 //

吉莉安本以为失眠是氢可酮戒断反应里最糟心的地方，但眼下的情况更糟糕。

她控制不住地乱想，而记忆和理智就像是一套齿轮，有时咬合在一起，过去两个月所发生的事情似乎都说得通；有时又互相脱离，记忆被撕成碎片，脑子里乱成一团。

吉莉安想起和肯特靠着熟睡的时候和他留在她脖颈处的温热的呼吸。在卡丽两岁生日那天，卡丽不费吹灰之力就在冰箱里发现了蛋糕，然后开心地整个脸都扑到了蛋糕里。在吉莉安阻止她之前已经咬了六口。卡丽坐在地上捧腹大笑，她被蓝色糖霜覆盖着的小脸蛋让人忍俊不禁。然后是老鼠的神经元被一一激活，它的海马就像是烟火一样闪闪发光。最后是廷斯利浮肿的尸体，他眼睛大睁，从休眠舱里盯着她。大家都在责怪她，诅咒她。

吉莉安从床上坐起身，在地板上方晃动着双腿。她用鼻子吸气，用嘴巴呼气，想尽最大努力摆脱脑海里的最后一个画面，但她竭尽全力也无法摆脱。它就像是你盯着一个发光的东西之后眼前迟迟难以消散的光斑，只不过在她的脑海中，这光斑似的记忆不会逐渐暗淡，让她解脱。

她看到了所有事情，记得所有事情。休眠舱被从墙上切断，原来维持廷斯利生命体征的化学剂停止输送。这也就意味着当他在黑暗中醒来，没有食物，没有水，还被拴绳困在了休眠舱里，就像是被活埋一样。他只能不停地用手指抓着盖子，把手指都抓出了血。不知道过了几天，他因脱水而死。

她想象不出比这更加惨绝人寰的死法。想到这个男人所经历的一切，想到她所做的一切，她的胃就一阵翻搅。

不，她没有。她不可能做出那样的事。不可能——

吉莉安注意到她左手的大拇指正刮着右手掌上那个正在痊愈的伤

口。她不禁攥紧双拳。她不是杀人凶手。是的，她是个瘾君子，但她还没有杀人的本事。她试图安慰自己，但她还清晰地记得自己敲击廷斯利的休眠舱时的画面。在那一刻，她是可以杀了他的。对于这一点，她不能自欺欺人。

她真的这样做了吗？吉莉安将自己下意识的自我保护的念头放到一边，她试图梳理一切，整理自己的思路。是的，她讨厌廷斯利，从他们第一次见面起，她就不喜欢他，但就要因此让他遭受如此大的痛苦？就那样杀了他？

大家都看到你在他进入休眠状态前打了他。你看起来就像个彻头彻尾的精神病人。而且现在他们都知道你是个瘾君子。一切都是因你而起，你只是没有意识到罢了。

她尽量保持冷静，好让脑海里的暴风雨慢慢平静下来。她回想过去几周的记忆，试图找到一个可以百分之百确定是现实的例子。但大部分只是模糊的图像，还有她所感受到的恐惧，以及那些会让她起鸡皮疙瘩的恐怖幻觉。

吉莉安从床位前走过去，在桌前转身，走了四步，然后在浴室门前掉头。她已经被锁在房间里三天了。自发现廷斯利惨死之后，卡森就把她带回了这里，伊斯顿则安静地跟在后面。她恳求他们两个听她解释。但卡森板着脸，不愿意和她说话，就像她不存在。而抓着她手臂的那只手，石头般又冷又硬，把她钳得死死的。门逐渐关上了，吉莉安眼前只剩下卡森那双不带丝毫感情的眼睛，和他进入休眠状态前的样子截然不同，和他试着告诉她……告诉她……

吉莉安不再踱步，听着走廊上的声音。或许是利奥又来给她送饭了。自从被监禁后，这位医生就是她唯一能见到的人了。起初，他只是例行公事地给她简单地检查一下身体，抽采血样，询问药瘾，了解症状。当她提起廷斯利的死时，他身体一僵，马上离开了房间，任由她一个人胡思乱想，疑惑不解。

"我会想起来的。"说完，她又开始踱起步来。事实上，她完全不确定自己能否记起来。在那一刻，吉莉安心里除了孤独，还有恐惧。她害怕自己可能做出了那样的事情，她从未像现在这样如此想念卡丽和她们曾经的生活。

有人走近她的房门，她放慢脚步，等待着，看着门慢慢打开。比尔克站在门口，高大的身躯填满了整个门框。"我可以进来吗，博士？"吉莉安松了一口气，当他进来时，她抱住了他。比尔克像往常那样拍着她的背。当他松开她时，吉莉安注意到比尔克不是一个人。利奥也进来了，他快速向吉莉安点点头。

"对不起，我没能早点来，我被禁止和你接触了。"比尔克说。

"卡森需要一点时间才能——"利奥一边说，一边用手比画了一下，又放下了手。

是时候决定怎么处置我了。吉莉安坐回床上，比尔克坐在桌子前。空气中弥漫着一种尴尬的气氛，直到比尔克清了清嗓子，说："我完全不知道你……博士。"

吉莉安看了一眼地板，她之前不想让任何人知道这个秘密，想完全靠自己摆脱药瘾。但现在……"没有人知道。"她说，"或许有人曾怀疑过，但是没有人知道。"

"多久了？"

"肯特死后一年半，我染上了药瘾。后来我戒掉了。直到卡丽被确诊患病，我才旧瘾复发。"她举起手，放回到膝盖上——一切就毫无节制了。

"你现在不吃药了？"比尔克的视线从她身上转向利奥。

"没有。我……我几周前就戒掉了。尽管身体还是很虚弱，但是我已经停药了。"房间里一片死寂，比尔克和利奥一动不动，于是她继续说，"我没有杀他。"

比尔克舔舔嘴唇："博士，他们让我看了医疗室和储物柜的损坏情况。"

"我知道。我知道那是我造成的。我记得。但是……"

"但是什么？"

"摄像机。"她说的同时内心又燃起希望，"利奥，飞船上有监控，对吗？"

利奥与她对视，又迅速收回视线看着双脚："对。"

听到他的语气，吉莉安知道，她的希望又破灭了。

"就在我们进入休眠状态后不久，内部摄像机的档案就被清空了。现在没有任何记录。"

"什么？不，那怎么可能。我没有碰控制中心的任何仪器，绝对没有。"她感到自己整个身体仿佛都被注入了普鲁卡因[1]。这绝不可能。"一定是别人干的。我甚至都不懂如何操控那些摄像机。"利奥和比尔克都没有看向她。"该死的！我没有碰过任何仪器！"她的声音在房间里回荡，满是绝望，听起来都不像是她自己发出的声音。

吉莉安吞咽了一口口水，试着让自己保持冷静。"我看到其他人了，飞船上有其他人。或者你们当中的一个人醒了。一定是这样。我以为我出现了幻觉，但是现在我知道那不是幻觉。一定是他们关掉了摄像机，是他们杀死了廷斯利。"

"吉莉安，那是谁？我们全都在休眠。"利奥说。

"我不知道。但这是有可能的，不是吗？如果有人醒着呢？他们可以离开休眠舱再爬进去，这样就可以瞒天过海。"

利奥看上去有些犹豫："没错，是有这个可能。问题是，在过去两个月的时间里，那些人是怎么做到频繁进出休眠舱，且在外面的时候不被你发现的。"

"我曾经看到通往控制中心的门关上了。我以为是有人提早醒了，于是我跟着他进去。我闻到医疗室里有一股味道，就像刚刚有人来过。"

"吉莉安，你在胡说些什么。"利奥皱着眉说，"撬棒上的血迹，是你的。"

一种超现实感席卷了她。"不，那是——"她本来想说"不可能"，但又不自觉地低头看了看自己的手，看着那正在愈合的、依旧是红色的、结痂的伤口。

"我认为，是戒药导致你产生了视觉和听觉上的幻觉。而且……"
吉莉安摇摇头，眼睛里噙着泪："戒药不会让人产生幻觉。"
"情况因人而异。可能对你的影响不一样。"

---

[1] 一种弱效、短时、安全、常用的局部麻醉药。

116

所以一切都尘埃落定了。吉莉安被锁起来时，每一个人都认定了她有罪。她感到很空虚，就像是周围的一切都在慢慢枯竭。

利奥清清嗓子："我们要去控制中心了。飞船很快就要和空间站对接。"

"一旦我们到了那里，我会受到什么处分？"她问。

"我不知道。"利奥朝门口走去。她站起身，希望自己不要跟上去。但她没有停下脚步，她看了一眼比尔克。比尔克垂头丧气，脸色苍白，最让她伤心的还是他紧绷的下巴。很明显，他对她很失望。

吉莉安和他们一起离开了房间，利奥走在前面带路，比尔克跟在他身后。吉莉安一边走，一边思考着，想象着接下来几个月会发生什么，直到回到地球，他们着陆后又会发生什么？她大概会被正式起诉吧。还有卡丽。她要如何向她解释这一切？

吉莉安哽咽了，她快速眨了眨眼睛，不让眼泪掉下来。她觉得这一切充满了讽刺。她来到这里是要解开谜团的——解开一桩疑似的凶杀案。现在她自己却被指控谋杀。但那些摄像机……她知道她没有关掉录像。如果不是她，那么一定另有其人。他们当中一定有人没有进入休眠状态。但为什么？那个人为什么要杀掉廷斯利，又嫁祸于她呢？

他们来到控制中心门外，利奥刷卡让比尔克和她进去，她的思路被打断了。踏入中心时，房间里充斥着机器运转的声响。只见数十面屏幕闪烁着各种数据，发出此起彼伏的哔哔声。头顶某处传来了机器人般的声音。莉安和卡森坐在最近的两个控制台前。她踏进房间时，莉安和卡森都看向她。她迎上他们的目光，感觉自己就像是显微镜下的危险病毒。

"大家都坐下吧。"卡森将注意力拉回到他眼前的屏幕上，"我们将在十分钟内进行对接。"

利奥把吉莉安带到房间里最靠后的座位上，告诉她像其他人那样，把两套安全带系在腿上和胸前。比尔克坐在她的左边，她一直盯着比尔克的左脑勺看，比尔克却拒绝与她对视。

几分钟后，伊斯顿出现了。他匆匆扫了她一眼才向卡森汇报："气闸舱已启动连接，所有外部装置也已经提前检查完毕。"

"谢谢。"卡森说着，朝身旁的座位点点头，"还有两分钟进入对接程序。"

一排屏幕在指挥区闪着光，红色的灯光笼罩着整个房间，散发着朦胧亮光的火星填满了整个屏幕。尽管发生了很多事情，但吉莉安还是再次被眼前的景象所震撼。这颗星球如今距离他们如此之近，如此逼真，赫然出现，她越发感到自己的渺小与孤独，敬畏感油然而生。

卡森和莉安两人戴着耳机来回对话。吉莉安注意到，星球表面有什么东西。不，不是表面，是星球上方。这一物体形似金字塔，底座很宽，呈圆形，上面还有相叠的两层，逐级变小。四根方形支撑柱从基座向上延伸，在第三层上呈钝角相接。随着他们靠近，空间站变得更加清晰。支撑空间站的支架就像钢丝网，横跨各个部分，每一部分上面都覆有反射板。吉莉安猜想那应该是阳光防护窗，同时也是能量收集点。

空间站越来越大，直到遮住了摄像机的整个视野。卡森快速地说出一系列检查事项，莉安则负责一一确认。此时飞船开始急转弯，完美地与空间站最近的一个倾斜的支柱平行。

"开始对接。"卡森说，似乎有人从他的耳机里对他发出了指令，"确认，准备对接。五、四、三、二、一。"

地板轻轻地震动，摄像机的屏幕一闪一闪的。

"连接装置固定好了。"莉安说。

"同步气闸舱。"卡森说道。

"同步完成。"

飞船震动了一下，随后恢复平静。

"对接顺利。"莉安说。

卡森环顾四周，看到吉莉安后，他解开安全带站起身，告诉她："欢迎来到火星。"

// 第二十六章 //

他们通过气闸舱来到空间站，她就是在这里看着卡丽被吸走的。

幻觉而已，吉莉安提醒自己。经过气闸舱时，吉莉安瞥了一眼那排宇航服。当她看到那一套曾被肯特穿过的宇航服时，她不禁颤抖起来。

气闸舱通往另一个房间，这一房间和他们之前的相差无几，只是这一间更大，配有铰链式的储物柜，墙下方装有长椅。身后的门砰的一声关上了，几秒后，眼前的一扇门开了。

一条宽阔、弯曲的走廊出现在他们面前。两个身着深灰色连体服的高个子男人分别站在走廊两侧等待他们。他们两位都是整齐的寸头，面无表情。

"勒克鲁瓦长官？"其中一个人对卡森点了点头。

"嗯。"说完，卡森与他握了握手。

"我是斯蒂芬·瓦斯克斯。"瓦斯克斯的眼神瞟向吉莉安，她站在原地一动也不敢动，"是她？"

"是的。"卡森边说边往旁边站，瓦斯克斯和另外一个人向吉莉安走近。

"跟我们走吧，女士。"瓦斯克斯指着气闸舱左边说。

"你要带我去哪里？"她问。

"暂时找个安全的地方。"卡森说道。他不再是冷若冰霜，而是彻底面无表情。吉莉安感觉自己就像一件被拖着走的家具。

"博士？"比尔克问，朝她的方向走了一步。

"没事，我会没事的。"吉莉安回答道。此时瓦斯克斯将他的手搭在腰带上，那里挂着一把迷你电击枪。

他们沿着走廊出发，瓦斯克斯在她的左边，另一个男人走在她的右边。两人都没有碰她，但她似乎感觉到两人的手就搭在她的手臂上，如果她一动，他们就会立马将她拿下。

他们沿着走廊右拐。吉莉安看着被嵌上板子的墙壁，它们白得闪闪发光。每隔一段距离就有一扇窗户，整齐划一。她脚步轻盈，脚底轻飘飘的，感觉自己都能飞起来了。她猜空间站上的重力和飞船上的应该相差无几。她回头，想看队友最后一眼，但他们已经离开了。

一扇门板在前方挡住了他们的去路。瓦斯克斯刷了一张门卡，与吉莉安她们在飞船扫描器上的用法相似。门滑开一定距离，他们又走了十几步，停在左手边的一扇门旁边。瓦斯克斯再次刷门卡，门开了。

房间里面很窄——她很确定，如要她举起手臂，她的指尖肯定会碰到墙壁。一扇宽敞的窗户下面是一张低矮的床，窗户外是浩瀚的太空。火星散发出的淡淡红光划破一片漆黑，一层模糊的光圈在其表面飘浮着，就像在水中漫延开的鲜血，它的存在给房间染上了污点。

"角落里有个洗手间。如果你有什么需要就敲门。"她走进房间时，瓦斯克斯说。

"我什么时候才可以——"还没等吉莉安说完，他就砰地将大门关上，离开了。门在关上的瞬间，仿佛变成了横向放置的断头台。

一片死寂。

吉莉安走到洗手间，打开灯，接着又关上灯。她走到窗前往下看。距离这么近，她可以看到火星表面峡谷的锯齿状轮廓和撞击坑形成的黑洞。一切都被染上了血色。既让人昏昏欲睡，又让人感到不安。

她又转了半圈，环视了一下房间。没有什么特别的，就是一间牢房。或许这里才是她的归属，毕竟这里是一个既不会伤害自己也不会伤害他人的安全的地方。

她疲惫不堪，感觉自己在不断下坠，随时都会倒在床上，倒在地板上，甚至会倒在那颗红色的星球上。但她知道，她无法入睡。现实就是如此残忍——她想要的，最需要的，都远在千里之外。

和身体的疲惫相比，吉莉安的大脑异常活跃。她回想着过去几个月发生的一切，随后又试图抹掉所有记忆。除了一直想吃氢可酮外，她一直在想着摄像机的事情。摄像机被关掉了。她非常确定自己没有那样做，但其他事情就没有那么确定了。但这能证明一件事。"有人醒了。"她对着房间轻声说，在火星红光的照耀下，闭上了眼睛。

◆ ◆ ◆

大门打开的声音将吉莉安从睡梦中吵醒，她没想到自己竟然睡着了。

她睁开眼，看到卡森站在走廊上，瓦斯克斯站在他左边。卡森看了她一会儿，对瓦斯克斯说："我一会儿就出来。"

他走进房间，门在他身后关上了。吉莉安眨眨眼，试图赶走睡意，

120

尽快清醒过来。

"你感觉怎么样？"卡森靠在门边的墙上，问道。

"像个困兽。"她指着狭窄的房间说，"至少环境还不错。"

两人沉默了一会儿。她等待着，不想打破沉默。

"你不必那样做的。"最后卡森开口，声音小得几乎听不见。

"卡森，我——"

"我知道我们误导了你，但是……"

"我没有杀他。"

"你的血在撬棒上，吉莉安。别试图狡辩了。"

她伸出手："我完全不知道这道伤口是怎么来的。"

"利奥和我说，你什么都不记得了。"

"我记得。只是……朦朦胧胧的，难以辨认清楚。"她深吸了一口气，"我知道我有幻觉，但是大部分事情我都记得很清楚——做萤光素实验，试着撬开医疗室的嵌板还有利奥的储物柜。但廷斯利……"她摇了摇头。

"这是我的错。我知道。我真不该带你来这儿。"

"你应该和我实话实说。"

"然后呢？你只会拒绝我，死守着你的实验室，耗尽所有经费。卡丽最终也会死去。"

"谁说的。"她说，他的话让人反感，"而且你清楚地知道你无权带我来这里。"

"是我的错。"他重复道，"但这也改变不了一个人已经死了的事实。"

"我没有杀他！"

"那么是谁杀的，吉莉安？是谁？"

"机组成员中的其中一个。有人醒了。我看到了。"

"谁？"卡森不再靠着墙，他没有看向她，"你看到谁了？"

"我不知道，但在那艘飞船上，有人醒了。"

"行吧，反正不是廷斯利，因为他已经死了。"卡森指着她说，"我很确定你的高个子助手不是嫌疑人。我猜你也不会怀疑利奥。所以还剩下谁呢？莉安、伊斯顿和我。"他看向她，"你认为是我杀了他？"

"既然我不知道你为什么带我来这里，我只能说一切都有可能。"她从床上起身，怒火中烧，"你到底想说什么？"

他盯着她："我升职了，是空间站的指挥官。"

"所以你不想让廷斯利关掉空间站。"

他摇摇头："你知道吗，你真是一点也没变。"

"你也是。"

他们互相打量着对方，吉莉安一直盯着卡森，直到他看向别处。

"妈的，小吉。说真的，到底是怎么一回事？"

卡森的声音听起来疲惫不堪。听到他沮丧的声音，吉莉安的怒气稍稍消解了一些。

"听着，"过了一会儿，她说，"我不知道飞船上具体发生了什么，但是利奥告诉我，有人对摄像机动了手脚，而我确定自己没关掉摄像机。我甚至都不知道该如何操作。"

"有六个人看到你打了他。"

"我知道。我讨厌那个家伙，但是我并没有杀他。"她看着他朝窗户走了一步，向外望去。

"这一切都太……荒唐了。一切都偏离了正轨。"卡森丧气地说。

"现在怎么办？"吉莉安问。

"我不知道。我没有其他选择，只能将你关在这里。"

"那任务怎么办？"

卡森笑了笑："怎么办？"

"我们来这里是解决问题的。我可以帮忙。"

卡森看了看她，回到门口："不，那可不行。"

"你可以让人时刻监视我，我没有武器。"

"吉莉安——"

"让我帮忙吧。"她说，"拜托了。回到地球后，你可以将我锁起来，对我进行审讯，对我怎样都可以，但让我试试吧。那样至少卡丽……"她喉咙哽咽，但还是坚持说完，"至少我可以帮她。"

卡森在门口停住了脚步，他顿了顿，一拳打在门上，指关节都变白了。"对不起。"他说完便敲了敲门。房门打开，他走了出去，把她一个人留在了牢房里。

◆ ◆ ◆

几个小时过去了。时间无比漫长。

吉莉安一直看着火星，她认为他们并不是在绕火星轨道运行，而是被固定在了某个地方。不然，在行星上方，他们不可能一动不动。这一点触发了她脑海中的科学常识：这是什么新科技吗？就像最初把他们带到这里来的科技一样？但她又开始想所有事情背后的原因：为什么会发生这一切？

她躺在床上玩着手指，拇指在手掌的伤口上摩擦。廷斯利来这里的目的是什么呢？为了评估情况，重新审核任务和安德转移技术的发展前景。他的原话是什么？

我的职责便是评估这个项目是否还要继续，抑或是将其终止并带回地球进行进一步研究。现在廷斯利死了。看来是有人不想让廷斯利履行职责。吉莉安快速回想了一下飞船上的每个人。谁会希望廷斯利失败呢？谁会愿意不惜一切代价让这个项目继续下去呢？

吉莉安绞尽脑汁地思考。虽然她对其他人一无所知，也不了解他们的动机或立场，无法下结论，但她会知道。她可以观察。

不知道过了多久，走廊传来了一阵声响，她的思绪被打乱。门开了，卡森正站在门口，一只手撑在门框上。他环视了一下房间，目光最后落到吉莉安身上。

"跟我来，我告诉你我们为什么在这里。"

// 第二十七章 //

"电梯。这鬼地方到处都是电梯。"卡森看着电梯顶部说，瓦斯克斯像个幽灵般站在他们左后方的角落里，格外警觉。

"这难道不是一种不必要的风险吗？更多可移动部件？"吉莉安一边揉着手腕一边问。卡森还没来得及反对，瓦斯克斯就解开了紧紧扣着吉莉安的手铐。脱下手铐的时候，她的手上已经有了勒痕。

"没错，空间站需要这样的设计，我们不能爬楼梯。"

他们安静地走完了剩下的路。在这里，电梯上升时不会像地球上的电梯那样让人产生失重感，因此吉莉安感觉自己仿佛飘浮在天空中。

电梯忽地停下，没有发出一丝声音。电梯门外是一道走廊，两边都是死胡同。前方是一道拱门，门廊边站着一个黑发女人。她坐在一张简约的办公桌后，前面是触摸屏。

"勒克鲁瓦长官，很高兴看到你。"看到吉莉安时，她的笑容消失了，"还有你的客人。"

"我想，安德博士应该在等我们。"卡森说。

"是的。直接进去吧。"女人碰了一下触摸屏，门口发出哔的一声，然后他们走了进去。

还没走几步，他们就被组合式的沙发挡住了去路。三张沙发被歪歪扭扭地拼在一起，沙发围起来的宽阔空间形成了一个大休息室。一面巨大的屏幕挂在远处的墙上，从地板一直延伸到天花板，至少有六米宽。他们走进去的时候，屏幕上是一串潦草的法文，吉莉安好像在哪里见过这个短语，但她一时想不起来。右边是一面毫无特色的墙，墙中间是双开门，左边是一个呈"L"形的柜台，上面堆着杂乱的纸张。一排触摸屏，还有飞机模型，整齐地排列在一张小讲台上。

一个头发花白的老人坐在一把转椅上，面对着离他最近的触摸屏。他们只能看到他的背影。门关上时，他转过身来，阴郁的脸上现出一丝笑容。

"卡森！天哪，见到你真是太好了！"埃里克·安德快速从转椅上起身，动作敏捷得完全不符合他的年龄。他和卡森握握手，然后抓住他的前臂。"很抱歉，直到现在才有时间见你。"

"没事，博士。我知道你很忙。这位是吉莉安·瑞恩博士。"卡森介绍道。

"很高兴认识你。"吉莉安边说边伸出一只手。

安德低头凝视，犹豫了一会儿才握了握她的手。他迅速地看了吉莉安一眼。他的表情让吉莉安一头雾水。之后他对卡森说："你确定这样做吗？"

"我也不确定。但是我们现在必须竭尽全力。"

"很好。"安德说，"我会提供必要的信息。"

安德示意他们坐到其中一张沙发上。他们这样旁若无人地议论她，吉莉安感到很生气。

房间右边的门被打开时，卡森跟吉莉安坐到了最近的座位上。一个和他们年龄相仿的男人出现了。他穿着一条黑色休闲裤和一件礼服衬衫，袖子卷了上去，露出肌肉发达的前臂。他轮廓分明，深色的头发修剪得很整齐，眼睛是蓝色的，眼神锐利，下颌线明显。安德从触摸屏前转过身来，注意到朝他们走来的男人。

"奥林，这是卡森·勒克鲁瓦指挥官和吉莉安·瑞恩博士。这是我的儿子，奥林。"

奥林在他们面前停下，先握了握卡森的手，然后又握了握吉莉安的手。奥林的耳朵前有一道长长的白色伤疤，一直向上延伸，消失在发际线中。吉莉安看过他的档案，他曾在海外服役，直接参与过作战行动，回国后被授予勋章。奥林松开她的手时，吉莉安才意识到自己一直盯着他看。

"很高兴见到你们，我——"奥林说着，看向她时，他的眼神变了，"哦，你是……"

"她是来了解情况的。"说完，卡森清了清嗓子。

奥林的目光从卡森转到吉莉安身上，随后点点头："了解。"

巨大的屏幕亮了起来，出现了一张彩色线形图。他们都坐到了沙发上。

"开场白我就不说了，博士，我们还是直奔主题吧。"说完，安德起身走到他们面前，"如今，人们都知道了污染率上升所产生的影响。以前从未有过雾霾的城市现在都开始出现空气质量问题，水质下降问题日益严重，灾难性的暴风雨变得越来越常见。而仅在过去十年，记录在案的物种灭亡数量就增长了将近三倍。"他碰了碰屏幕，"这是环境保护组织最近向公众发布的温室气体读数。该组织与美国航空航天局进行了为期两年的合作研究。这是他们的研究结果。"

安德点点屏幕中央，屏幕中显示的图表上，中间的柱子比之前增加了一倍。

"在二十世纪，地球温度上升了约一华氏度[1]，这已经造成了巨大的环境问题，但和我们接下来所要面临的情况相比，那根本不算什么。总而言之，他们的研究指向了一个毁灭性的结果：在未来一百二十年内，全球气温将再上升三华氏度。而上一个冰河时期只比地球现在的温度低了五华氏度。"

　　吉莉安皱起眉头。"清洁能源不是取得了很大进步吗？我上次听报告——"

　　"政府夸大其词罢了。"奥林插话道，伤心地笑了笑，"进展缓慢，而且也来不及了。"

　　"但还是会有所改善吧。"

　　"远远不够。"安德说着再次点了点屏幕，屏幕上出现了一张时间曲线图，"到二一三五年，不仅极地冰盖会消失，海水的蒸发速度也将超过正常的水循环速度，干旱、疾病、食物供应链破裂等灾害将会频发。"他顿了顿，"据我们所知，那将是地球生命终结的开始。"

　　吉莉安眨了眨眼，试图消化这些信息。但信息量实在是太大了，她难以理解。"你在说些什么？一点希望都没有了吗？"她看向卡森，卡森的嘴唇毫无血色，苍白无比。

　　安德皱起眉头："人类有可能开发出其他类型的技术来对抗这场灾难，但迄今为止，所有技术都失败了。部分原因在于污染增长的速度不断加快。试想一下，这就像是一个人想要停住一辆正在急速下坡的卡车，但他只是抓住了它的后保险杠。这就是人类截至目前所做的努力。"

　　"我不明白。"吉莉安说，"这一切和你取得的突破有什么关系？我们为什么会在这里？"

　　"地球化。"

　　"地球化？你是在说火星吗？什么——"

　　吉莉安无法组织语言，脑海里慢慢拼凑起来的碎片，逐渐形成一幅她无法想象的画面。"我们要抛弃地球。"她终于说出了口。她看着卡森。卡森眨眨眼，转而盯着地板："等到地球化完成，我们就要用到瞬间转

---

[1] 温度计量单位，符号为℉。华氏度 =32℉ + 摄氏度 ×1.8。

移，对吗？把人类运送到火星。"

"你的思路是对的。"安德说，然后又碰了碰触摸屏。屏幕上是一颗正在发光的、明亮的深红色球体，它的熔液表面起伏不定。

"这是比邻星，一颗红矮星，属于离地球 4.2 光年远的半人马座阿尔法星系。早在二〇一六年初，南美洲的天文学家就证实，宇宙中存在一颗类似地球的系外行星，而这颗系外行星绕着比邻星公转。其轨道距离和围绕此次发现所记录的所有情况都表明，这颗行星，即比邻星 b 上，可能存在液态水，甚至可能存在生命。"安德用手捋了捋他那乱蓬蓬的头发，"事实上，火星不是一颗适合居住的星球。虽然上面有液态水，但都是咸水，而且昼夜温差极大。换句话说，火星不是我们的目的地，只是我们的试验场。"

"现在火星表面有三个生物圈在运作。"站在吉莉安身旁的奥林轻声细语地说，"地球化的实验进行得很顺利。空间站定位的目的就是，看看我们能否在没有可用资源的最恶劣的条件下，创造宜居的环境和生命。"安德点点头。

"所以离开地球时，我们不会去火星。"她缓缓说。

"不，我们去的是那里。"卡森盯着屏幕说，"比邻星 b 上很有可能存在水、可呼吸的空气，甚至是消耗性的动植物群。所以那里才是我们的首选，火星则是第二选择。或许两颗行星我们都可以居住，但火星并非最理想的居住地。"

房间里陷入一片死寂，吉莉安试图消化她所听到的一切信息，但信息量实在太大了。她吞了下口水，感觉自己头很晕。

"信息量确实很大。"卡森说，"这是一项全球倡议，每个重要国家都参与了进来。而且空间站上和飞船上的工作人员都是经过联合国同意，精心挑选出来的。这些都是高度机密。"

"现在我们正向比邻星 b 输送自组装的仪器和最尖端的生物技术，它们正在以百分之七十的光速航行。"安德说，"如果是已经组装好的飞船，则要花三到四倍的时间才能到达目的地。"

"你的其中一台机器也会被传送到那儿。"吉莉安说，"你要将人们从地球传到飞船上？"

"没错。在适当的时机。当飞船和机器成功组装完毕后，我们会选出一位勇敢的探索者。他将收集数据，并将数据传回以供分析。这要耗费一定时间，因为即使是用光速，也就是我们输送数据和转移的方式，也需要四年多时间才能到达比邻星 b。"

"设备是在什么时候发射的？"

安德笑了笑："两年多以前。"

"大众对此一无所知吗？"吉莉安问。

"我们担心大众会和你现在一样，感到来自末日的恐惧和压抑，所以我们选择保密，只有参与本次任务的人知情。"安德说着朝她走近，"在破坏人们的希望之前，我们要找到问题的答案。"他看向地板，"这就是我们现在的工作目的：帮人们找到希望。"

"但是你担心转移出了差错。"吉莉安脱口而出。安德和奥林身体一僵，卡森犀利地瞥了她一眼。

"我们并不完全确定那些症状是否是由转移造成的，"安德说，"但仍不能忽略这其中的相关性。经历过转移的研究人员中，有将近百分之三十的人都出现了相关症状，但是 CT 扫描和核磁共振成像显示一切正常。"

"博士，你认为这有可能是罗斯综合征吗？"奥林轻声问。

"有可能，但这种病从未出现过群体发病的情况。只有神经元测试才能找出问题所在。"吉莉安说。

"嗯，好吧。"安德说，"不管是什么原因，你是对的，瑞恩博士。在我们找到根源并解决问题前，我们不能再进行进一步试验。"他打量她，"你还愿意参与这项任务吗，鉴于目前的……情况？"

吉莉安与安德对视，凝望着他："愿意，我必须这么做。"

// 第二十八章 //

"我会让所有愿意接受检查的人员签署一份授权协议书。"当他们离开安德的办公室，经过外面的一张桌子时，卡森说道。

"好，我需要一间专门的实验室，还要比尔克担任我的助手。"吉莉安皱着眉说道，"如果他愿意。"

"利奥应该会再给你做一次检查，以确保——"

"戒药之后，他已经检查过了。我没事。"

卡森沉默了一会儿。"不在实验室的时候，你仍然需要关禁闭。"

"我早就想到了。"电梯快速下降，停在她房间所在的楼层时，卡森瞥了她一眼。

当他们走出走廊时，卡森对瓦斯克斯说："你去喝一杯咖啡吧。"瓦斯克斯有点困惑地挑了下眉毛，直到卡森朝他点点头。

"是的，长官。"瓦斯克斯说完，最后看了吉莉安一眼，然后大步走开了。

卡森和吉莉安随后朝相反的方向走去，走向她的房间、她的牢房。

"你知道，我别无选择。"在一段漫长的沉默后，卡森说道。

"我怎么敢违抗长官的命令呢？"

卡森的下巴绷得紧紧的，他再也没有说话。他们在她的门前停下。卡森刷卡打开门，吉莉安走了进去。

"一切都准备就绪后，我会通知你的。"说完，卡森转过身去。

"卡森？"

卡森停下脚步，手放在门框上，没有看向她。

"谢谢你。"

他点点头离开了，房门再次关上。

吉莉安又一次独自一人。

◆ ◆ ◆

一觉醒来，吉莉安又想吃氢可酮了。这种欲望比性欲还要强烈。一片药带来的感官刺激，就像是高潮前的欢愉前戏，让她如痴如醉。

当她从床上坐起来时，这种欲望便减少了。她已经完全摆脱药物依赖，一切都结束了。一想到会再次陷入那种恶性循环里，她就不寒而栗。这并不是因为她害怕药物，还有药物引起的副作用，她害怕的是和自己的心瘾做斗争。

吉莉安洗了个澡，洗掉自己的汗水与尘垢，试图让自己清醒过来。她不知道今天几号，现在是几点几分。在火星红光的照耀下，时间不再与工作、课程表、就寝时间和闹钟联系在一起。

在这里只有睡意的拉扯和一个名为疲惫的时钟。

洗完澡后，她走出浴室，换上干净的连体服。她用手指梳理头发时，门口传来一阵敲门声。一秒后门开了，是奥林·安德。

"哦，对不起。"奥林说。她连忙拉上连体服的拉链。"勒克鲁瓦长官身体不适，所以他让我护送你到实验室。我……我在外面等你。"

门嗖嗖地关上了，她盯着门看了一会儿，把头发梳起来，扎成一个紧紧的球。准备好后，她敲了敲门，房门向一边移动，走廊里只有奥林一个人在等着。

"对不起，我不应该贸然进去。"他说，声音和以前一样轻声细语，"他们告诉我你准备好了。"

"没事，就是把我吓了一跳。"

他们沿着走廊走。途中遇到过几个人，都朝相反的方向走去。这些人向奥林问好，吉莉安能感受到他们的目光在她身上游走。走到第一个检查站时，奥林扫描门卡，然后朝他们来的方向点点头。"我刚到的第一个月，他们也是这样看我的。不把我当宇航员，而是个局外人。"

"我猜你当时没有被指控谋杀罪。"

奥林做了个鬼脸，继续向前走。走进电梯后，吉莉安又偷偷盯着他头部一侧的疤痕看。那个伤疤很深，就像是被闪电击中的，肌肉上都是褶皱。他瞥了她一眼，她转过脸去。

"所以，如果你不是宇航员，那你是做什么的？"吉莉安问，试图打破尴尬。

"我是伟大的埃里克·安德的儿子。"他笑着说。

"就是他的帮手？"

"其实是他的机器人。我负责大部分实操，不过也参与部分设计工作。"

"你在火星上工作过？"

130

"不算吧。刚来的时候，我做了些样本采集研究。"

"所以你参与过转移？"

他点点头："参与过几次。"

"感觉怎么样？"

"说实话吗？害怕得要死，那可不是我喜欢做的事。不过，别告诉我爸这点。"奥林又对她笑了笑，"只要有机会，我就会选择在宇宙飞船里工作。当然了，那是在一切都还没……"他的声音渐渐减弱。她正要问他另一个问题时，电梯门开了。

奥林带着她穿过一条短短的走廊，走廊上都是窗户，向窗外望去，行星就在下方，散发着铁青色的光芒。这一景色让她知道，他们在安德办公室的楼下。

穿过另一扇门，他们来到了一个凹室，四周都被玻璃围着，室内有成排的触摸屏，还有两把躺椅，这让她想起上次带卡丽去看牙医时的情景。比尔克站在房间中央，靠在工作台上。上面摆满了他们从飞船上带来的设备。听到他们进来的声音，比尔克抬起头来。

"博士。"比尔克的声音里听不出任何感情。他听上去既不像是很轻松，也不像是怀恨在心。

"嘿。"随后，吉莉安看了一眼奥林，奥林站在门边。她继续往里走，比尔克则继续布置他们的工作台。

"这是个巨大的突破。仅仅两个月，实验对象就从老鼠变成了人类。"比尔克说。

"比尔克，我……"她犹豫了，"谢谢你愿意帮我。"

这个高个子停下手上的动作，猛地抬起头。"别忘了，这也是我来这里的原因。"

"你知道我说的意思。"当比尔克伸手拿起一段橡胶管时，吉莉安抓住他的手。

比尔克盯着他们叠在一起的双手。"从一开始你就应该对我说实话的。你本应该如此。你应该尊重我。"

"你说的没错。对不起，我只是……"吉莉安叹了口气，"开口求助对我来说实在太难了。而下定决心后，再想说又觉得为时已晚。"

"我能理解。"比尔克顿了顿后说道。当他抬起头看向吉莉安时，他的眼神变了。"我相信你，博士。"他的声音极其低沉，吉莉安几乎无法听见，"我不知道发生了什么，但肯定不是大家想的那样。"

吉莉安听到这话，既兴奋又不安。正当她想回答时，实验室的门开了。

卡森大步迈进实验室，安德紧随其后。卡森看起来好像没有睡觉，安德似乎还穿着上次见面时穿的衣服。

"一切都准备好了？"卡森问道。

吉莉安清了清嗓子："是的，准备好了。"

"行，那开始吧。"

◆ ◆ ◆

此次实验的对象是一位生物学家。这位生物学家名叫丹尼斯·凯尼森。他个子不高，身材瘦小，发际线后退严重。他脖子上系着一条绳子，绳子一端系着眼镜。他不停地摆弄着绳子，在实验室门口徘徊。凯尼森依次看了他们一眼之后，朝奥林笑了笑。奥林热情地与他握手。他们相互打完招呼后，凯尼森的注意力回到了躺椅上，吉莉安将它摆在了早就安排好的设备旁边。

"去吧，丹尼斯。"安德边说边拍了拍他的肩膀。

凯尼森犹豫了一下，又看了吉莉安一眼。吉莉安并不怪他，空间站里的所有人都知道她做了什么。当他走近时，她尽可能热情地朝他微笑。"你好，博士。谢谢你愿意见我们。"

他点点头，快速坐到椅子上。吉莉安在他旁边坐了下来。两人靠得很近，她可以看到他水汪汪的双眼。他环顾四周，眼神闪烁，显得惶恐不安。

"所以这一切意味着什么？"凯尼森说道，他的声音完美地切合了他惊恐的神情，"做一些脑部扫描之类的事，还有呢？"

"首先，我会问你一些问题，然后我们会在你的颅骨上接一根小导管，之后才会进行神经分析。"吉莉安说，同时按下离她最近的平板电脑上的"录音"键，"你在这里负责什么工作，博士？"

"主要是解剖植物。我研究生物圈的植物结构，确保它们没有突变，没有生长抑制基因或养分缺失的情况。"

"你是第一批到达这里的人？"

"是的。空间站完全组装完毕前就到了。"他一边说，一边指着他们周围的房间。

"你第一次转移是什么时候？"

凯尼森在椅子上扭了扭身子。"一号生物圈被封存后两个月，我……"他看了看安德才继续说，"我从这里转移到了星球表面。"

吉莉安看着他。"感觉怎么样？"

"就是……就像重获新生。"

"重获新生？什么意思？"

凯尼森清清嗓子："你睡过一个很好的觉吗，不仅让你得到了足够的休息，醒来时你还会觉得自己焕然一新？就是那种感觉，而且感觉要强十倍，是纯粹的兴奋感。"

"你总共经历过多少次转移？"

"六次。"

"你是什么时候注意到不对劲？"

"第二次还是第三次。"他沉默了一会儿，只剩下手指拨弄眼镜的声音，"我的脑子总嗡嗡作响。我好像总忘记什么事情，就像是你刚离开杂货店，然后想起来还有东西没买。"

吉莉安看了一眼比尔克，比尔克微微皱起眉头。"你能跟我说说，最近感觉如何？"她问。

凯尼森折起眼镜腿，又打开它们。"焦虑和疲惫。我无法像往常一样专注于工作。有时候我坐着就会睡着，甚至是站着的时候，然后我会突然醒过来，发现自己的位置有了轻微的移动。"他紧张地笑了声，再次擦擦嘴唇，"这究竟是为什么？"

吉莉安笑了笑："我相信很快我们就能找到答案。还有别的症状吗？"

凯尼森快速地眨眨眼："我常常忘记事情。"

"什么事情？"

"我应该记住的事情，大部分都是无关紧要的琐事。比如我家的房子是什么颜色的。我记得家里的地址，记得里面有多少间房，房间是什么样的，但就是不记得颜色。"他摇摇头，"就是不记得了。我不知道它是蓝色的、黄色的，还是红色的。"一瞬间，他的双眼泛起泪光。吉莉安这才意识到自他们开始谈话后，他就一直在努力忍着不让自己哭出来。

　　"我不应该为这些事担心，对吗？但这还不是全部。我的妈妈五年前去世了。我一直和她一起生活，照顾她到最后。"凯尼森咬着牙说，好像说出这些话让他十分痛苦，"可是我竟然想不起来她长什么样了。如果你给我看一张照片，我都不确定我能否告诉你那就是她。"说到最后，他当众号啕大哭起来。

　　吉莉安起身走到最近的墙边，从纸盒里抽出几张纸巾。折回来的时候，她瞥了卡森和安德一眼，他们俩的表情讳莫如深。奥林皱着眉头，好像陷入了沉思。吉莉安将纸巾递给凯尼森，他将自己的眼泪擦干。

　　"不好意思，我失态了。"他说，"忘记事情的感觉实在太令人害怕了。"在那一刻，他就像一个受到惊吓的孩子，而不是一个中年男性。

　　"害怕是正常的，重要的是我们要找出问题所在。知道吗？"吉莉安安慰道。

　　凯尼森静静地吸了吸鼻子，点点头："我有时也会生气。"

　　"生气？"

　　"当我想不起事情的时候。就像是你想找眼镜的时候，你明明记得自己之前把它们放到了眼镜盒里，可它们就是不在那里。这也是我一直这样拿着眼镜的原因。我之前丢过好几次了。我试着去回忆一些不会发生的事情，但有时还是会莫名生气。这种感觉常常会让我觉得是别人疯了，而不是我。"

　　吉莉安觉得头皮刺痛："当人们想不起事情时，生气是正常的。这在我看来很正常。"

　　凯尼森又揉了下眼睛，轻轻点点头。

　　"如果你准备好了，我们现在就可以进行检查了。"说着，她走向设备旁的桌子，上面整齐地摆放着各种仪器。她拿起一管注满麻醉剂的注射器。

"你不会是要把我麻醉吧？"凯尼森看看她又看向安德，最后又看着她，"他们说，我可以保持清醒。"

"不，不会有任何麻醉。你好像不太想麻醉？"

凯尼森吞了下口水，在椅子上调整了下坐姿。"我一直在做梦。"他说，"噩梦，所以最近没怎么睡。"

"介意和我们说说是什么梦吗？"

他摇了摇头。"像……像一个洞，但又不是洞。就像一个缺口，而我站在缺口的边缘……"他的声音渐渐变小。

"慢慢来，不要紧。"

"我往下看，看不到尽头。里面什么也没有，就像一个无底洞。当我跌进去时，我就醒了。"他擦了擦上唇的汗珠。

吉莉安转转手中的注射器，试着稳住双手。"我们不会给你全身麻醉，让你失去意识，只会在接下来需要开颅骨接口的地方注射小剂量的麻醉剂。"

凯尼森稍微放松下来，向后靠在椅子上，露出他秃了的头顶。比尔克递给吉莉安一根利多卡因 [1] 棉签。吉莉安先给凯尼森头皮上的一小块区域消毒，再用棉签擦拭。几秒后，她斜着推入注射器并按下活塞。

"这会痛吗？"当她转身回到工作台，拿起与颅骨接口大小无异的小手术钻时，凯尼森问。

"不会，你什么都感觉不到。如果你需要镇静剂，只要和我——"

"不，不，我没事。"

吉莉安深吸一口气，将手术钻对准凯尼森的头皮。她飞速地看了一眼比尔克，才按下按钮。手术钻呜呜作响，尖锐刺耳的声音充满了整个房间。她闻到一股骨头被烧焦的气味。钻头快速地旋转着，待它在接口处转了一次后，吉莉安拿开了手术钻。终于完成了。

"可以了。"她说。卡森在她开始钻孔时朝她走近了两步，但她没有给他回应。她朝比尔克点点头，比尔克将一根导管和神经监测线连接到接口，然后才往凯尼森的头骨里注射了一剂量萤光素。

---

[1] 一种中等效能和时效的局部麻醉剂。

凯尼森调整了下坐姿。"感觉还好吗？"吉莉安问。

"嗯，不过我的头感觉有点冷，还有点刺痛。"

"那是萤光素化合物。如果你觉得太痛了，就告诉我。我们要等几分钟，所以尽量保持放松就行。"

她看了一眼卡森，他已经转过身去，正在门口和安德、奥林讨论着什么事情。

比尔克坐到屏幕前的凳子上，开始记录凯尼森的生命体征。"目前为止，一切正常，博士。血压和心率略有升高。"他看了她一眼，低声说道，"如果我是第一个人体实验对象，我也会这样。"

"所有化合物都是有机的。"吉莉安回答，绕过他以便更好地观察屏幕，"最差的情况就是，注射部位会受到感染。"

"但我们怎么知道它是否有效呢？"他低声继续说道，"如果这只是大海捞月呢？"

"大海捞针。"吉莉安自动纠正比尔克。"因为我们都记得。"卡森看向吉莉安，安德对他说了些话，拉回了他的注意力。

几分钟后，他们加大了萤光素剂量。吉莉安再次坐到凯尼森旁边。"感觉还行？"

"当然。"

"很好，听着，凯尼森博士。几秒后，我会问你问题，但我并不想让你感到难过。我想让你回忆你最开心的时刻。"这位生物学家眨了眨眼，然后紧紧地闭上了眼睛。"当我让你这样做时，我希望你集中注意力，想象自己再次置身于那个场景，可以吗？"凯尼森点点头，没有睁开眼睛。

吉莉安指了下比尔克，比尔克点亮了其中的一面屏幕。萤光素穿过导管，消失在接口中。她已经可以看到凯尼森的神经元在她那边的屏幕上亮起。她即将要看到另一个人的实质被点亮，此刻她只想静静地看着神经元的活动，这是一个无比亲密的时刻。这种神圣感很像她第一次近距离看到火星时产生的敬畏感。现在她看到的不仅仅是数百万个细胞在发亮，而是数十亿个。

她把目光从屏幕上移开，再次将注意力集中在凯尼森身上。"博士，你想起来了吗？"

"嗯。"他低声说，右眼角落下一滴眼泪。

"很好，请一直想着那段记忆。"

化合物穿过凯尼森的海马，整个区域都被激活，发出亮光。奏效了。神经元发出更亮的光芒。神经活动变得越来越活跃，她都快看不过来了，各个神经元的亮光最终会聚在一起，成为一颗超新星，占据了大脑的其余部分。

吉莉安激动得忘记了呼吸。她盯着凯尼森，可他对自己大脑里的"光风暴"似乎毫不知情。神经元逐渐暗淡下来，由化合物引起的光亮逐渐变少。她看向比尔克。比尔克的嘴巴微微张开，和她对视时，他的双眼湿润了。他点点头："奏效了。"

吉莉安几乎从椅子上蹦了起来，她感到异常兴奋。其实她自己也在怀疑，说实话，她心里也很没底。她暗暗担心实验对象从动物转向人类到底能不能奏效。现在他们成功了，也有了切实的证据可以证明，她的理论和研究是正确的。如果这项技术在凯尼森身上奏效了，那么它在卡丽身上也会奏效。

她碰了碰凯尼森的手，他环顾四周，用一只手摸了摸自己的脸。"我晕过去了吗？"他问。

"没有，你做得很好。检查结束了。"

"一切都那么充满生机，就像是个梦，但是……"他摇摇头，"太不真实了，就像重获新生。"他脸上露出一丝微笑，"太美好了。"

"我很高兴。"

"结果要多久才能出来？"

吉莉安走到他身后，开始取下接口处的监测线和导管。"不超过一天。一旦结果出来，我们会通知你的。"她用镊子轻轻将接口处缝合，然后用棉垫盖住伤口，"伤口很快就会愈合。"她边说边扶着凯尼森站起来，"绷带要十二小时后才能拆下来，还有你的头，两天不能沾水。"

"没问题，这里不常下雨。"

吉莉安笑了，凯尼森又笑了。

"谢谢你，博士。"凯尼森点点头，他看上去很冷静。他站在她面前，

137

拿着眼镜的双手微微颤抖。

"你确定你没事吗？"吉莉安问。突然，他的脸色煞白。

凯尼森舔舔嘴唇，歪着头，好像听到了什么无法辨别的声音。她怀疑他是不是快要昏过去了。"他们有些不对劲。"他小声说。

吉莉安朝他身后看去，看着站在门边的三个人。他们还在说话，没有看向他们这边。"谁？"她和这位生物学家一样低声问道。

凯尼森突然往前倾，把她吓了一跳。他的嘴唇动了几下，与其说她是听到的，倒不如说她是读唇语读出来的。

"每一个人。"

// 第二十九章 //

吉莉安看着凯尼森朝门口走去。她思绪混乱，正试图弄清楚刚才发生了什么。

凯尼森走到门口时，安德和他握了握手，低声对这位生物学家说了什么，凯尼森皱了皱眉头。吉莉安努力想要听清楚安德在说什么，但是卡森正朝工作台走来，奥林紧随其后，这让她分了神。

"成功了。"卡森说。

"是的。"她试图保持冷静。

"其实你也不确定，对吗？"

"嗯，人类的大脑处理起来充满了不确定性。"

"这难道不是事实吗？"

奥林绕过桌子，站到比尔克身后。"所以你每一个神经元都定位了？"他目不转睛地盯着屏幕问。

"应该是的。"她回答，看到安德在凯尼森离开前拍了拍他的肩膀。

"然后你就可以知道转移是不是患病的原因？"

"扫描结果会告诉我们是否有神经元受损，以及它们在大脑的位置。"

"我之前没有说过，但这一突破确实很了不起。"说着，安德站到卡森旁边，开始研究屏幕的读数。

"发明出瞬间移动的人能这样说，我就当这是在称赞我了。"吉莉安说。

这位老人脸上掠过一丝笑意。"不是我发明的。我只是使这个概念变得完美。"

"那可不只是完美。"奥林说。安德看了一眼他的儿子，表情变得阴沉起来。

卡森捂住嘴，咳嗽了一声："你说结果要二十四小时才能出来？"

"差不多吧，我猜。至少我们最初的估计是这样的。"吉莉安说。

"胡说，"安德说，"把你的程序上传到空间站的主机里。那是台量子计算机。不用一天就可以得出结果。"

"需要多久？"比尔克在键盘上打着字问。

"几分钟，或许更快。"

比尔克愣了一下，摇摇头，然后才继续打字。"那好吧。"

吉莉安将监视器的电缆和管子绕成两圈，放在桌上，回想着凯尼森最后对她说的话。"有办法让我们去星球表面吗？当然，我说的是不用瞬间转移。"她补充道，观察着安德和卡森的表情。

"为什么？"安德问。

"我想要参观生物圈，看看能否排除导致病症的外界因素。此外，观察他们的工作环境也能让我们将心理因素考虑进去。我们无法在这里了解到这些。"

"我们已经对每一个去过星球表面并回来的人都做了巨细无比的扫描。"安德说，"就身体上来说，他们一点事也没有。"

"心理方面呢？"

"一直是本德雷克博士负责评估的，直到……那件事后。"安德顿了顿，流露出一丝痛苦的表情，"除了那些症状，大家的精神状态都很好。"他最后说。

"或许是这样，但患病的人只有两个共同点：第一，他们都经历过多次转移；第二，他们都去过星球表面。"

"我也是，但我一点事也没有。"安德说，"奥林也是。"

"但大部分人都有事。"

"她说得有道理。"奥林说，"而且，星球表面那边有两个人明天也要转移到这儿了，对吧？"

"嗯。"他想了想，"卡森，你怎么看？"

卡森盯着地板。"我觉得必须全盘考虑，仔细排查。我们已经到这一步了，万万不能出错。"

"好吧，少数服从多数。着陆器早上出发。我会通知飞行员，你们会陪同机组人员一起出发。"

吉莉安转向最近的屏幕，看着数据汇总，又想起了那句话：他们有些不对劲。凯尼森离开时，安德对他说了什么？她看着眼前这个老男人，发现他也在打量她。

"哇，这也太快了。"比尔克的话吸引了大家的注意力。他敲了几下键盘，将屏幕转向他们。

凯尼森的大脑神经元地图在屏幕右上方循环播放，下方是一行行汇总数据。吉莉安从卡森身边走过，眯眼盯着屏幕。她飞速地浏览数据。

"所以呢？"一阵沉默后，奥林问道。

"一切正常。"说完，她转身面对大家，"一切都很正常。没有受损或神经元纠缠的现象。"

卡森眨眨眼，转了转眼珠子，而安德则走近了一些，研究屏幕上的数据。

"这意味着什么？"奥林问。

"他的神经元没有受到任何物理损伤。"比尔克说。他的话让吉莉安打了个冷战。

"这样。"安德的话听起来好像在说"胜利"。

卡森交叉双臂，又松开，就像凯尼森不断折叠着他的眼镜，"所以这是最终结论？"

"这让核磁共振成像看上去就像是蚀刻素描板。"吉莉安心不在焉地说，她咬咬嘴唇，"不过，这排除了罗斯综合征的可能性。"

"那是转移的原因？"

"不一定。"

"什么意思？"

她皱起眉头："转移可能还有其他我们没有发现的问题。"

"但是没有神经元受损。"安德插话道，"你自己说的。"

"我知道。只是……"

"只是什么？"卡森轻声问。

她又眯起眼看了一遍数据，最后还是摇了摇头。

卡森又看了她一秒，然后说："既然我们在这方面有进展了，我们就应该考虑一下其他可能性。接下来我们要怎么做？"

"或许是瑞恩博士之前提到过的毒素或外界因素。"安德说着从屏幕前后退几步，"一些实验中忽略了的因素。"

吉莉安看着被盘成一团的监视器的监测线和导管。她心里有种感觉，只是还不甚明朗，甚至都不足以被称为念头。不知为何，她似乎听到了一列火车行驶的声音，看到它嘎吱嘎吱地从眼前驶过。

"我想检查他们。"她说，目光从监测线转向卡森。

"谁？"安德问。

"症状最严重的那两个人。我想见见杀害你的搭档的凶手。"

// 第三十章 //

当安德和卡森在一旁的桌子边低声商量着什么时，吉莉安和比尔克在重置仪器。

每隔一段时间，她就会听到卡森的音量稍稍提高。就她的经验来看，她知道卡森正在据理力争，并且不会让步。

"我不是很喜欢那个男人看你的眼神，博士。"站在旁边的比尔克说。

她抬头一看，发现奥林正坐在房间另一头的座位上盯着她。他眼神呆滞，若有所思，就像是天文学家在观察天空中的一颗新星。

"他没什么。"她小声说，"我觉得他只是太久没看到新面孔了。"

比尔克咕哝了一声。他手上拿着一小瓶萤光素，操作娴熟。"我还没来得及问你，你醒来后感觉怎么样？"

他停下了手中的动作，想了想才回答："说实话，感觉很好。起初我还有点头晕，但没有之前那么难受了。"

"再也没听到什么声音或者……看到什么东西了？"

比尔克脸红了："没有，我想你是对的，博士。我只是睡眠不足，压力大而已。很可能还脱水了。"

"你没事就行。"她笑了笑，差点就误以为这是他们在实验室里平凡的一天，就像是她没有被指控谋杀，他们也没有离家十万八千里。

离卡丽十万八千里。

过去几小时，她一直让自己不要去想卡丽，一旦思念冒头，她就会极力将它甩掉，让自己专注于工作。但思念始终萦绕在她心头。现在实验结束了，紧张感和兴奋感也消失了，一想到女儿不在身边，她的内心就隐隐作痛。

吉莉安想到，她可以找到瞬间转移舱，转移回地球。这一想法就像是一记重拳，让她心神不宁。据她所知，转移舱还在正常运作，其中一个就在佛罗里达州的美国国家航空航天局里等待信号。这么说来只要几分钟，她就可以回家。但她不知道这会对她产生什么影响。也许根本不是转移引起的症状。也可能是外来病原体，一些科学界还未发现的病毒或化学物质，一些任何实验都没有记录到的因素。

回家的诱惑令人兴奋，但吉莉安强迫自己忘掉这一想法。在弄清楚情况之前，她都不能让自己冒险，让卡丽冒险。她不能以身试法去排除是否有传染病的可能性。

天哪，她需要氢可酮。

"博士，没事吧？"比尔克问。

"没事。"她继续在屏幕上重新设置程序。

"好吧，这是我们的安排。"卡森边说边走向他们，"我们会把玛丽·克兰斯顿带来，她是第一个受影响最严重的组员。如果一切顺利，我们就能检查戴弗。"

"为什么她的检查会出问题？"吉莉安问。

"你看的报告并没有提到，但是克兰斯顿也袭击了一名同事。虽然没有造成什么实质性伤害——只是几处浅伤口——但她也是个危险人物。"

"报告还有什么我们应该知道的事情吗？"卡森看了她一眼，吉莉安继续问，"她为什么要那样做？"

"不知道。"卡森说，"没有目击者，但是被玛丽袭击的同事说，他在空间站底层的走廊看到她时，她就像迷路了一样一直转圈。当他问她有没有事时，她就用玻璃碎片割伤了他，在这之前，她砸碎了一扇窗户。"

"有点意思。"比尔克说。

"别被她的外表骗了。她可能会伤到你。"卡森还想在说些什么，但他停了下来，回到安德身旁。安德严肃地站着，双臂交叉在胸前。

不到十分钟，玛丽·克兰斯顿到了。当时护送吉莉安回宿舍的瓦斯克斯和另外一个男人抓着玛丽的胳膊，将玛丽带进实验室。她弱不禁风，一头金发像一团白雾环绕在头上。如果要吉莉安猜，她会觉得玛丽应该在四十五岁左右，但她皮肤很光滑，所以应该要更年轻些。一副牢固的手铐铐在她瘦骨嶙峋的手腕上，冷硬厚重的手铐与她的纤弱形成鲜明对比。

警卫让她坐到椅子上，然后往后退了几步。玛丽环顾四周，眼睛半睁着，仿佛还在做梦。吉莉安坐在她旁边，按下录音机。

"你好，克兰斯顿女士，我是瑞恩博士。我应该称呼你克兰斯顿女士，还是玛丽呢？"

玛丽嘴角微微一笑："吃晚饭的时候别忘了叫我。"

"好吧，那我就叫你克兰——"

"'晚饭（supper）'，或许这个词起源于'sup'，喝东西的意思。也有人认为它起源于法语，'souper'或'soup'。没有人能百分百确定。"克兰斯顿不再看她，她转向奥林，脑袋侧到一边，"你是个帅小伙。如果没有那些伤疤，你就完美了，真想睡你。"

奥林在座位上尴尬地挪动了一下。克兰斯顿朝他眨眨眼睛。

"克兰斯顿女士，我们想要问你几个问题。"吉莉安继续说。

"答案。问题的反义词。"

"没错。据我了解，您是位通信专家，对吗？"

"或许吧，或许是别的。"

"你不记得了吗？"克兰斯顿一动不动地坐着，沉默了将近一分钟，吉莉安朝她靠近，"你来自哪里？哪个州？"

"很多州。我四海为家。应该这样说，我是个中间人。"

"介于什么中间？"

"所有事情。"

吉莉安靠在椅背上："你的档案上说，你丈夫叫雅各布，对吗？"

克兰斯顿点点头。

"你可以和我说说他的事情吗？"

"我现在想去。"

"我们还有几个问题要问你。"

"在隧道。那是个好地方。永恒的隧道，永无止境。"

"什么隧道，玛丽？哪个隧道？"

"唯一的一个。那一个，我想要的那一个。我现在就想去。"

吉莉安看了一眼卡森，他微微耸肩。安德盯着玛丽，眉头紧锁。"你还记得之前到地面时的情景吗？在火星上？你协助建立了生物圈的通信网络，对吗？"

克兰斯顿开始左右摇晃身子。她声音微微颤抖，开始轻声唱道："在黑暗中坠落，坠落，坠落。寒冬已早早来到我的心田。你离我远去，留下我独自一人。为什么你从来不找我，亲爱的？你总爱离开，伤透了我的心。在黑暗中坠落，坠落，坠落。"

刺耳的歌声结束了，吉莉安起了一身鸡皮疙瘩。克兰斯顿不再摇晃，下巴抵着胸口。

吉莉安试着舔舔嘴唇，舌头却无法动弹。"玛丽？"

没有回应。

"你可以听到我说话吗？"吉莉安往前凑，"玛丽？"

克兰斯顿猛地抬起头，转向右边。她咬牙切齿，离吉莉安的脸只有两三厘米。

吉莉安大声尖叫起来，往后缩了一下，从椅子上摔了下去。两名警卫赶紧大步向前，将克兰斯顿按回座位上。比尔克起身，用一只大手顶住克兰斯顿的额头。

"隧道！"克兰斯顿怒喊道，脸色狰狞。

吉莉安站起身，全身颤抖着。她快速走了两步，跑到桌子旁，拿起萤光素瓶和萤光素酶药瓶旁的注射器，一个箭步冲到身体正在抽搐的克兰斯顿旁，把针头扎进她的肩膀，按下注射器。

克兰斯顿滑倒在椅子上，还在挣扎，咬着离她最近的守卫的手臂。卡森走到她脚边，抓起她瘦小的脚踝，紧紧按住她。

"抓住她！"安德在房间的另一边喊道。

克兰斯顿最后一次剧烈地扭动身体。然后，就像是渐渐减弱的风暴，她渐渐平静下来，最后倒在一边，松开了拳头。

"她晕过去了。"其中一个守卫说，把她从座位上扶了起来。

"天哪！我就知道此路不通。我不是都和你说了？"安德指着卡森说。

但卡森并没有听。他站在吉莉安身旁，一手搭在她肩膀上。"大家都没事吧？她伤到你了吗？"

"没，我没事。"吉莉安说着，突然感到一阵恶心。她一手撑在桌子上，忍住想吐的冲动。

"你有事。"

"我会没事的。让我喘口气。"

卡森测了下她的心跳，然后才朝安德走去。安德看上去随时都可能再次爆发。奥林站在克兰斯顿的椅子的另一边，向吉莉安点了点头。"没事吧？"

"嗯，我没事。"这不完全是谎话。她的双腿和手臂已经恢复了一些力量，心跳也慢慢平稳下来。她发现自己在连体服的口袋里摸索着，她在找根本不存在的药瓶。

"带她回房间吗？"其中一个警卫问卡森。

"既然她服了镇静剂，那我们就开始检查吧。"吉莉安说，很庆幸自己的声音没有颤抖，"我没有给她注射很多镇静剂。几分钟后她就会清醒过来。"

卡森看了安德一眼，安德把头往后仰，闭上双眼，长舒一口气。

"行吧。"安德说，"但你的手不能碰她的嘴。我不希望任何人失去一根手指。"

◆ ◆ ◆

"正常。"吉莉安一边说，一边旋转屏幕，好让大家都看到数据。警卫离开房间仅仅几分钟后，量子计算机就反馈了数据。克兰斯顿被两个警卫拖着带走了。克兰斯顿一直迷迷糊糊地重复着吉莉安在检查中对她说的话，试图唤起记忆。

隧道。隧道。

"我不懂。"吉莉安说，低头看着双手。

"你希望找到什么东西吗？"奥林问。

"就她的反应来说？当然。她有典型的痴呆、失忆、脱离现实的症状。"吉莉安想了一会儿，继续说，"或许是鱼肉中毒。"

"我记得我的一个战友被派到太平洋时，曾患上过这个病。"奥林说。

吉莉安点点头。"当人们吃了以真核细胞为食的鱼类时就会得病，因为它们会产生毒素。这种毒素会造成各种各样的身体疾病，也会导致短期记忆丧失等神经系统问题。但是玛丽的症状远不只这些。她既不能理解问题，也完全不记得答案。"

"你是说她可能摄入了某种毒素？"卡森问。

"我不知道。从实验结果看，没有任何神经损伤的迹象，所以神经毒素说不通。如果事情超出了我们的经验范围，我猜测星球表面可能存在问题的源头。"

实验室里的所有人都理解了她这句话所暗含的意思。

"你是说外星生命吗？一些生物学上的东西？"安德说。她耸耸肩，随即安德大笑起来。"抱歉，博士，但这很难让人信服。"

"无意冒犯，但几个月前，对我来说，瞬间转移还只是科幻小说里才有的东西。"

安德打量着她，又把目光移开了。

"而且我说的不一定是生命，也可能是我们不熟悉的矿物质。类似汞中毒。"

"为了方便讨论，就假设是生物学上的原因吧。"卡森说，"五十五名人员中只有十八人出现症状，而五十五名人员中有四十八人都经历过转移，也到过星球表面。如果是传染病，这说不过去。"

"说到数量，玛丽·克兰斯顿只经历过四次转移。"安德说，"比丹尼斯少，但是她的情况严重得多。"

"那戴弗呢？"吉莉安问。

"只有九次。我们还有经历过两倍以上转移次数的人员，但他们一点症状都没有。我不觉得这和次数有什么关系。"

吉莉安试图回答，但每一次都被安德驳倒。"那她一直提到的隧道呢？空间站有类似的地方吗？"

奥林和安德互相看了对方一眼，然后摇摇头。

"据我所知，没有。"奥林说。

"那火星上呢？有钻孔或者挖掘的工程吗？"

"没有。"安德说，"但一号生物圈和二号生物圈之间确实有一条拱形走廊，它有点像隧道。"

吉莉安点点头："好，那儿可能有点什么。"

安德看了一眼最近的屏幕。"不好意思，我有些事情要处理。"

"那今天就到这儿。"卡森说，"伊斯顿和莉安明天可以陪我们到地面协助调查。之后，我们会检查其余所有有症状的人员。"

吉莉安有点想反对，告诉他们应该现在继续检查有症状的人员，但是她更想离开实验室，即使那意味着她要待在那个狭小的房间里。

和比尔克握手告别后，她又想起了凯尼森的话，一时间思绪万千，但毫无头绪，就像是用舌头不停地舔一颗已经不见了的牙齿。除此之外，这位生物学家的检查结果也一直困扰着她。凯尼森的神经元没有受到任何物理损伤。

没有物理损伤。

"你今天在实验室的表现让我印象深刻。"卡森说，将她的思绪拉回现实，他们来到了走廊的连接处。

"谢谢。"

"如果我们能解决这个问题，我希望你知道，一旦回到地球，我会尽我所能帮助你。"

"如果我们不能呢？"

"你当时的所作所为并非你所想，我可以作证。"

"我没有碰那些摄像机，卡森。我没有杀他。"

他们沉默地走完了最后一段路。空间站就像是一个人造子宫，嗡嗡作响。当他们在她房间的门前停下，卡森刷卡打开门时，吉莉安转身面向他。

"我不担心我自己。请你帮我的女儿。"

她走进房间，等着他的回答，但只听到身后房门关上的声音。

她的双眼湿润了。她眨眨眼睛，努力不让自己哭出来。她朝浴室水槽走去，用冷水洗脸，直到自己完全清醒过来。她正准备脱下衣服上床睡觉时，注意到薄毯子的一角向上翻着，而毯子下面，床的中央，有一个小小的鼓包。吉莉安抓起毯子，扔到一边，心跳顿时停了一拍，然后又加倍跳起来。

药瓶是深琥珀色的，即使透过深色的药瓶，她还是认出了氢可酮的形状。

// 第三十一章 //

吉莉安看着卡森手中的瓶子。

她没有意识到卡森刚刚问了他什么，等她回过神来，打算开口回答时，他又问："你在听我说话吗？"

"嗯。"

"你是在哪里找到这些的？"

"跟你说了，我回房间时它们就在那儿了。"

"有人放到了你的床上？"

她点点头。

"为什么？"

"因为人人都知道我是个瘾君子，他们在逼我。"

"逼你做什么？"

"再次嗑药。"她犹豫了一下，"过量服药。"

"这完全说不通。"

"如果我把它们偷偷带到这儿，然后再告诉你，也完全说不通。"

"所以有人想让你自杀？"

"我不知道他们想干什么。"她从床上起身，然后指着药瓶，"但这证明我不是当时船上唯一醒着的人。"

"这证明不了任何东西，只能说明你设法在实验室拿到了药。"

"我什么时候有机会这么做？"她的声音因愤怒而有点紧张发抖。

"在安德博士和我到达实验室之前。或许是比尔克偷偷给你的。"

她感到很生气："你是认真的吗？恕我直言，你他妈的迟钝。"

卡森眯眼盯着她："飞船上没有人醒着。此外，我愿以生命为他们担保。"

"你无法真正了解一个人，卡森，你不能。"

"起码这件事上我们意见是一致的。"他最后看了她一眼，"睡觉吧。我们十小时后出发。"

吉莉安看着房门在卡森身后关上。她灰心丧气，想要大声叫喊。但她只是转过身去，看向窗外的火星。一抹红色划破漆黑的太空。

吉莉安离开床，走到浴室，握着水槽跪在地上。她捏着不锈钢水槽墙上的一颗螺丝，扭了好久螺丝才有所松动。被螺丝固定的嵌板一角从墙上脱离弹开。她撬开嵌板，把手伸进去，从里面扒出几片氢可酮。

吉莉安迅速从水槽旁溜走，背靠马桶坐在地上。掌心里的药片粉粉的。这是吉莉安在把药交给卡森前，偷偷倒出来的几片药。她又不假思索地将它们藏了起来。虽然在这期间，她内心里一直有一个声音在尖叫，你在做什么？

她要保留一些证据，一些证明她没有疯的证据，证明飞船上发生的一切不是她凭空想象出来的。

还有什么?

心瘾让她藏起了药片。虽然否认这点就像是否定太阳的存在,但她不会吃药。她现在已经不是瘾君子了,她摆脱了药物依赖,她可以专心致志,冷静思考。

"如果你能专心思考,你就不会留着它们了。"她喃喃自语道。她强迫自己动起来,向前爬了两步,把药放回隐蔽的角落。她扭紧螺丝,回到床上,双肘支在膝盖上,双手托着下巴。

到底是谁?利奥可以拿到药,但她无法想象利奥锁死廷斯利的休眠舱,夺走他生命的情景。那就剩下伊斯顿和莉安了,因为卡森一整天都和她一起做实验。

不。那也不对。卡森是在奥林把她带到实验室后才到达的。他可以很轻易地将药放在她的房间。还有安德。这位科学家知道飞船事故的细节。在凯尼森离开实验室前,安德对他说了什么?很显然,那位生物学家不喜欢听。她要和凯尼森谈谈,而且不能让别人听到。

她感觉自己的脑子就像一团糨糊,所有信息碎片都无法让她推断出任何结论。

吉莉安长长地呼出一口气,躺回床上。她抬头凝视着低矮的天花板,上面闪烁着行星的光芒。

"必须保持警惕。专心致志,意志坚定。"她不断重复着这句古老的咒语,直到入睡。

◆ ◆ ◆

"着陆器不像你想的那样。"走在队伍最前的奥林说。众人走出空间站最底层的电梯。"它的功能非常多。从空间站到地面,它更像一艘飞船。"

吉莉安听着奥林讲述着陆器的各个方面,还有这次飞行要多长时间,但对她来说那只是聒噪的背景音。随着队伍行进,她在仔细观察着队里的其他人。

卡森径直跟在奥林身后,她跟在卡森后面,伊斯顿和莉安分别走在她两侧。那天早上，卡森几乎没有认出她来。但和莉安相比，卡森的沉默寡言就显得没什么了。莉安在楼上邻近的走廊碰到吉莉安时，只是稍微侧了个头，就当是打招呼了。伊斯顿则是个例外。他不停问奥林有关空间站的问题，还讲了几个笑话，虽然没有人留意，但他还是放肆大笑。吉莉安觉得他们每一个人都有可能把药瓶放到她的房间里，她试图从他们的表情里看出一丝内疚。

"所以着陆器是'探索者三号'？"伊斯顿在他们拐过一个角时问，他的右手边是一条交叉走廊。

"没错。"奥林回头说。

"我们之前做了一些模拟训练，因此对这次操作很有信心。"

"那是当然。"奥林在分岔的走廊入口处放慢了脚步，指着一排密闭的门，"这里是高程控制中心，可以保证我们在星球上有条不紊地进行研究。"

"我也在想这点。"吉莉安说，所有人都看着她，"我注意到我们没有绕轨道运行。"

"全都在里面了。"奥林回答她，"从本质上讲，最强大的磁力场就在这些门后面，足以对抗行星磁场还有携带磁场线的太阳风。整个区域周围还有一个反向磁场，用于保持空间站的完整性。我爸爸对我解释过一次，但如果你想知道更多细节，你得亲自去问他。我所知道的就是，如果你身上有任何金属，最好离那个区域远点。否则，后果不堪设想。"

他们继续行进，吉莉安看着双开门，注意到门旁边有一个读卡器，上面用黑体字母写着进入该区域的一些注意事项。

他们穿过接合点后，停在了一个不起眼的门口。奥林刷卡开门，让大家走进去。室内是一排齐腰高的窗户。窗户外的景象让她放慢并停住脚步。她一手按住玻璃。

瞬间转移舱和她之前在安德的视频中看到过的那个一模一样，只是它看上去更大一些。舱内约宽 1.2 米，与量子计算机连接在一起。计算机同时连接着房间里的其他所有设备。

"这边，瑞恩博士。"奥林一边说着一边为她开着走廊里的一扇门。其他人已经进去了。

"不好意思。"她从他身边走过。

"没事。你应该是第一次亲眼看到这些吧？"

"嗯。"

"知道它们的作用后，觉得有点不真实，对吗？"

"非常不真实。"

下一个房间是间狭小的等候室，墙边放着几把椅子和几条长凳。一个剪着平头的高个子男人站在一道拱门旁边，拱门通向一排排高耸的隔间。

"这是我们的飞行员，拜伦·格思里。"奥林说，"现在，由他接手一切。"

奥林从他们身边经过，离开房间时快速对吉莉安笑了笑。格思里轻轻挥手，然后把手放在了他的屁股上。

"通常不会有这么多人同行。一般每隔几周只会有两个人轮换。偶尔换换节奏也好。"

隔壁房间传来嗞嗞的声响，一缕蒸汽似的烟雾从墙上冒出，弥漫在天花板下。

"按照规定，这里有两个净化站，分别在左右两边。每次只能进一个人，别要花招，伙计们。"没有人笑。于是他清清嗓子，一脸严肃地说，"因此，一旦你们通过净化站，就要换上干净的连体服和宇航服。等你们穿好衣服后，我会……"

吉莉安用鼻子深深地吸了一口气，闻到一股熟悉的味道。绝不可能。她往后退了一步，看着其他人，大家的注意力都在格思里身上，格思里在讲有关气闸舱的注意事项，但她并没有在听。她的心怦怦直跳，几乎盖住了格思里的声音。

那股味道。那股熟悉的味道。她之前为什么没有想起来。她迅速吸了口气，伊斯顿瞥了她一眼，表情从惊讶变为担心。

"博士，你没事吧？"他问道，但她没有回答。她喘不过气来了，伊斯顿抓住她的前臂。"嘿，长官，她有点不对劲。"

大家聚集在吉莉安身边，她四处张望，想要找到气味来源，答案很明显了。是那一团团蒸汽。一定是。

"吉莉安，怎么了？"朝她走来的卡森问。

她使劲吞了下口水："我和你说过飞船上的气味。我现在想起来了，我知道它是哪儿来的了。"

// 第三十二章 //

吉莉安几口就把塑料杯里的水喝完了，水里散发着含氯的金属味。

她和卡森面对面坐着，那股气味依旧从房间另一端的净化站入口飘出，让她的胃一阵难受。其他人静静地站在通往瞬间转移舱的门边谈话。

卡森等着，看着她把水喝完。"还要喝吗？"她放下杯子时，他问道。

"不用了。"事实上，她的嘴巴已经又干燥起来，她还是像之前一样感到恐惧，喝水并不能让她镇静下来。卡森继续盯着她看，她往后靠，肩膀靠墙。"肯特死之前，有一次我在医院探望他，他用一把剪刀捅伤了我。当他生命走向终结的时候，他不知道自己身处何方，也不知道自己是谁。他也没认出我来，就只能大发雷霆。"

"天哪，吉莉安。"卡森说，"我不知道还发生了那样的事情。"

"没有人知道，除了那些给我缝针的护士和医生。"她瞥了一眼净化站，"肯特以前身上也是那种味道。他们给他涂了一些抗菌药，这样他的褥疮就不会受到感染。我讨厌那股味道。他们试图把它做得没那么刺鼻，做得就像是香草和薰衣草的味道，但一点用也没有。臭死了。"吉莉安的目光回到卡森身上，"你们都在休眠状态时，我在飞船上闻到了这股味道。"

"或许你不应该去星球上。"

"我很清醒。"她俯下身子，压低声音说，"卡森，有人醒了。我没有杀廷斯利。"

卡森的下巴动了动。他沉默了将近一分钟，一动也不动，只是来回看着脚下的地板。最后他说："你觉得你能撑过去？"

"嗯。"

"也能穿过净化站？"

她犹豫了一下："嗯。"

"那我们走吧。"

◆ ◆ ◆

吉莉安试着用嘴呼吸，但她仍能闻到那股净化剂的味道，闻起来就像是葬礼用的鲜花正在花瓶里腐烂，让人直倒胃口。她在重重迷雾中匆匆穿过迷宫一样的地方，尽可能地用毛巾擦掉身上的味道，然后换上全新的连体服。现在，她坐在着陆器上，扣好了安全带，戴上了头盔，但她还是能闻到那股味道，而且气味越来越浓。她每吸一口气，都会感觉自己把那股味道吸进了肺里。

小小的飞船晃了一下，坐在她对面的每一个人也跟着晃动起来。两个到地面换班的同事看上去很无聊，吉莉安可以透过头盔看到他们的表情。她试着记起这两个男人的名字，但无论如何也想不起来了。

"好了，各位，一切准备就绪。我们离开空间站时会有一点坠落感，之后进入大气层，则会感到一丝颠簸。但在那之后，就是一片坦途。"格思里通过头盔里的耳机说。

离开空间站时，飞船猛地下坠，由此产生的坠落感，比她坐过山车或接受抛物线飞行训练时的感觉都要强烈得多。她咬紧牙关，身体的每一处神经都紧绷起来。旁边有人骂出声来，随着重力慢慢回归，把她压在座位上，她逐渐放松下来。

飞船在半路翻转，然后又恢复原位，随后再次下降。窗外，空间站的宽阔基座不断远离他们，眼前只有浩瀚的太空。飞船震动起来，即便他们身上紧扣着安全带，身子还是不由自主地往前俯冲。

"哇。"格思里喃喃自语道。

"不好意思，各位，但我还是想说呜呼，太爽了！"伊斯顿尖叫起来。

"伊斯顿。"卡森说。

"对不起，长官。"

"我倒没觉得你不好意思。"莉安带着笑意说。

"抱歉，我没有觉得不好意思。"伊斯顿回答。

飞船再次颠簸起来，外面的大气层经过舱门时，变成了一层白纱。

"安德安排了两个植物学家带我们参观。我们着陆后会分成两组。"卡森说，"这样我们的检查范围会更广。"

又是一次自由落体，随后飞船激烈地震动起来，这是最为激烈的一次。随着飞船慢慢平稳下来，重力也回归了，大家也都安静下来。

"抱歉。"格思里说，"有时候降落会平稳一些。"

"你他妈的敢再说一遍。"其中一个人低声含混地说。

"我想他在称赞你。"伊斯顿说。

"你真是个变态，你知道吗？"莉安说。

"要懂得享受飞行的刺激，它能让你兴奋无比。这才是'生活'。你应该懂得体验生活。"

莉安陷入沉默。尽管吉莉安稍有迟疑，但当伊斯顿看向她，朝她眨眼时，她还是对他笑了笑。

着陆器迅速下降，不到五分钟，他们向右急转，她感到飞船慢到几乎停了下来。片刻后，飞船收起轮子，其间颠簸了两次。他们成功降落了。

大家纷纷解开安全带，一分钟后，飞船前面的进口港朝外转动，滑向一边，他们眼前出现了一个宽阔的气闸舱。随后，他们穿过气闸舱。"我们现在在加压，所以要脱掉这些衣服。"格思里脱下头盔说，"你们会先参观一号生物圈和二号生物圈，之后才会出发前往三号生物圈。把你们的衣服放到门外的手推车上吧，我会让人送到下一个会合点，方便你们在圈外走动。"

吉莉安解开头盔，转了几下才把头盔脱下。身旁的伊斯顿也做着同样的事情，吉莉安开始拉下衣服拉链。

"我们要出去吗？"吉莉安问伊斯顿。

伊斯顿转过头去："之前你没听到奥林说的吗？"

"没有，我走神了。"

"技术简报确实无聊得要死。"

她用力扯下最后一件衣服，叠好放在手臂上。"你在空间站似乎很开心。"

伊斯顿咧嘴一笑："那是我来这里的唯一原因，博士。我喜欢太空旅行。飞行速度总是比我在军队的时候快一点。那时我总梦想着可以去太空旅行。如果他们允许，我希望可以去探索宇宙的未知领域。"

"你们俩准备好了吗？"站在气闸舱门口的卡森问。

"带路吧，长官。"伊斯顿说。

卡森打开门走了进去。一股潮湿的空气扑鼻而来，夹杂着新鲜泥土的气味。气闸舱的另一边，生物圈出现在眼前，吉莉安眨了眨眼，开始观察周围的环境。

环顾四周，到处都绿意盎然，各种各样的植物生长在白色塑料地板上凸起的花坛里，矮的只有几厘米高，高的将近两米，有的还有浓郁茂盛的树冠。圆顶和圆顶之间相距约一百米，顶部高高拱起，上面交叉装有洒水器的管道。在一排排植物之间，一个长方形的池塘一直延伸到最远的墙边，那里种着一排小树，让人误以为那儿是森林的边缘。

卡森推推吉莉安的肩膀，将她的注意力从眼前的景象上拉回来。他指指附近装着其他成员衣服和头盔的手推车。吉莉安将衣服和头盔放到它们旁边，格思里随后把小推车推走，朝池塘的另一边走去。

"外星入侵者。"一个声音从最近的一排灌木丛中传来，一个中年男子拿着一个长塑料袋出现了。他身材矮小，肩膀粗壮，昂首阔步地走出来。他朝众人咧嘴一笑，露出一排整齐的牙齿。

"每次换班的时候都是这样。"一个空间站的工作人员在经过吉莉安的时候闷闷不乐地说，"来点新意行不行，小弗。"

小弗笑容依旧。"大家好，我是弗农·菲格。"他一边说，一边和他们握手，"我是负责这里的生物学家，也是你们今天的导游。大家都叫我小弗。"他看了一眼正在一排排的植物中穿行的轮岗人员，"伙计们，行程更新了。确保你们检查好清单后再——"

"行了，知道了，小弗。这又不是第一次。"大伙继续走，其中一个人回头说。

小弗看着他们的背影，微微皱着眉头，然后拍了下手："好吧，我听说你们需要四处看看。我带你们参观一下。"

"菲格博士？"卡森说，"据我所知，为了提高效率，当我们参观时，你团队的另一个成员本会给我其他的同事做简报，是吗？"

"哦，看来我没收到这个通知。他现在没空，他正在三号生物圈。"

"没关系。他们可以穿好衣服到那边去。"卡森转向莉安和伊斯顿，"看看所有的样本数据，确保它们和我们在空间站上看到的一致。如果我们完事之后你们还没回来，我们就在那儿见面。"

伊斯顿和莉安穿过一排排植物，沿着格思里消失的方向走去。他们的鞋踩在人造地板上嘎吱作响。

"我还以为我们所有人会待在一起。"小弗说，"不过没关系。我相信本会照顾他们的。这边请。"

小弗带他们走到左边。空间站的人也是朝这边走的。行进过程中，一个洒水器喷头被打开了，牛毛细雨般的水洒在几排植物上。

"先从生物圈本身说起。"小弗边走边说，身体微微侧向他们，"它看上去是不透明的，但外壳上的太阳能电池板可以吸收一定量的太阳射线，照射到植物身上，同时可以收集足够的能量来维持设施的运转。"

他们发现左边墙上有一扇门，门旁边是一个键盘和扫描器。

"里面是什么？"小弗经过时，吉莉安问他。

"哦，那是转移室，反正我是这么叫的。里面是转移设备。不过自从发现问题后，这里就被封锁了。"

"你经历过转移吗，博士？"

"请叫我小弗。转移过十几次吧。"

"我注意到你不像其他成员那样，你没有任何症状。"

小弗笑了，圆形拱墙下沙沙作响的树叶掩盖了他的笑声。"不，不，我的记忆力可好了，还没有出现什么问题。说实话，那还挺让人兴奋的。你转移过了吗？"

"不，还没有。"

"真可惜，那种体验真的妙不可言。"

他们继续往前走，来到了一道拱门前，拱门通往一个小小的工作间。

那里面有两张折叠桌，桌上杂乱地堆着电脑和几个托盘，托盘上有正在发芽的植物。桌子另一边是一个小厨房，两个空间站的工作人员正靠在那里喝咖啡。

"这里是我们主要的工作站。虽说像猪圈一样，但并不影响工作。我按照你的要求收集并打印了所有资料，长官。"小弗说着从最近的桌子上抓起一个大活页夹，这些资料和空间站上的电子读数是吻合的。

"自你首次探索后，你们还从星球表面取过其他样本吗？"卡森接过活页本问。

"没有。自奥林·安德乘着巡视器来到这儿后，就没有了。这不是我们的专业范围。我们来这里只是为了检验我们能否在最不宜居的环境下创造一个适合居住的生物圈。"小弗又咧着嘴笑了，指了指墙壁，"我们已经成功了。生物圈里，植物产生的氧气可以养活十五个人。我们不再使用二氧化碳洗涤器。这是我们的重大成就。"

吉莉安一边听着一边从他们身边经过，走进房间，然后开始仔细观察墙壁和工作台面，也不管空间站的工作人员正盯着她看。在这个封闭的空间里，咖啡的气味几乎盖过了温室的气味。谢天谢地，她再也闻不到身上净化剂的味道了。

"你们两个都经历过转移？"吉莉安盯着白板问，白板中间草草地画了一张柱状图。

"嗯。"其中一个男人回答，"十二次，十四次。"

"记忆有问题吗？有意识模糊、易怒的情况吗？"

"只在小弗吃光了最好吃的冻干食物的时候。"另外一个男人窃笑了一下，喝了口咖啡。

"你们两个遇到过什么奇怪的事情吗？看到过或听到过什么不寻常的事情吗？"

"拜托，这里是火星。这里就没有寻常事。"

吉莉安转过身来面对说话的工作人员："此话怎讲？"

"我们在与世隔绝的环境中工作，一个微小的错误就可能立刻置人于死地。心情紧张是我们的常态，就这样。只是有些人适应力要更强罢了。"

"你的意思是，出现症状的人是心理失衡，他们内心很脆弱？"

他耸耸肩，歪嘴一笑："我的意思是，这个地方能让人抓狂。"

吉莉安看了他一会儿，然后点点头："我看得出来。"

小弗拍了拍手："我们继续吧，行吗？"

空间站的工作人员笑了笑，盯着吉莉安。她转过身去，跟着卡森和小弗离开了房间。离开时，她感觉那两个人还在死死地盯着她。

"我代表他们向你道歉。他们都很擅长植物学，但不善于与人相处。"小弗一边说着，一边领着他们穿过一排盛开的兰花，旁边是一台种植机，专门种植穗子饱满的玉米棒子。

他们走得越来越远，仿佛进入了绿色植物的迷宫。一种幽闭感笼罩着吉莉安，她想，这就是在荒无人烟的森林里游荡的感觉，人类在其中显得异常渺小。唯一的差别就是，这里没有猴子，也没有鸟儿叽叽喳喳的声音。相反，除了脚步声，这里非常安静。

"过去六个月，这些银白杨茁壮生长。"小弗说，当他们经过池塘尽头的那排树时，他拍了拍其中的一棵瘦高的树，"其中有些是嫁接过来的，不是由种子发芽而成的，所以它们才长这么高。"

树林后方倾斜的球体墙面上有一个开口，一条矮矮的拱形走廊一直通向远方，消失在视野中。

吉莉安用手肘碰了下卡森。"隧道。"她低声说，卡森点点头。

穿过走廊时，她仔细检查了墙壁和天花板，但它们的结构很正常，并没有什么问题。和生物圈一样，它们是用同样的材料制成的：头顶是等距的、细细的光带。如果玛丽·克兰斯顿说的隧道就是这个，那吉莉安看不出它有什么不同寻常之处。

他们来到另一个生物圈，像是他们刚刚离开的主区域的迷你版。一个圆形的小池塘坐落在一排绿植中央。很多植物都被还原得很好，还有几盆又茂盛又健康的蕨类植物，叶子的边缘非常锋利，以至于吉莉安在想，如果碰到那些结实的叶片，手指会不会被割伤。

"其实二号生物圈也是同样的结构，只是植物和保养工作要少点。"小弗说，"实际上，我们在这儿除了保持土壤中适当的矿物质含量，记录下相关数据外，就没有什么别的工作了。有时候我们看重播的老情景喜剧来打发时间。你们看过《宋飞正传》吗？"

卡森没有理会这个植物学家，他朝池塘走去，瞥了一眼吉莉安，像是在问，看够了吗？

既看够也没看够。生物圈让吉莉安大开眼界，一想这儿之外的世界的样子，她就肃然起敬：数万里外一片荒芜，没有生命，没有真正的大气层，只有无尽的虚无，和远方太阳照射来的时有时无的光线。现在，就她目光所及之处，她没有看到任何会引起病症的事物或者危险的迹象。如果他们在星球表面发现了会让每个人都有被感染风险的事情，他们可能会密谋，将这件事情保密。

他们有些不对劲。

"吉莉安，准备好继续了吗？"卡森问，打断了她的思路。

"嗯，准备好了。"

当他们穿过生物圈的剩余部分时，一滴水从灌溉系统流出，滴入池中，水面上泛起层层涟漪。

吉莉安跟着两个男人来到一个气闸舱，这和他们从着陆器出来时进入的那个气闸舱相差不大。她看见放在一旁的装着他们的衣服的手推车，尽头可以看到门外的加强玻璃窗。吉莉安朝门口走去，向外张望，第一次近距离地看到了星球表面。

星球表面是红色的，但并不是她在太空中看到的那种血红色。近距离看，它就像一张橙黄相间的合成照片，上面点缀着岩石。在将近二十米开外的一块如房子般大小的巨石旁边，是另一个生物圈，大小只有他们现在所在的一半。它的半圆外层由雪花石膏制成，与火星景观相映成趣。

"为什么不再建一条连接三号生物圈的隧道呢？"吉莉安转过身面向卡森和小弗，问道。

那位植物学家挠挠后脖颈，皱了皱眉头。"我们在组装时出了点技术问题。我们在一号生物圈和二号生物圈放置了两条拱形走廊。等我们意识到错误时，设置已经完成。所以，我们索性决定在前往三号生物圈时穿上宇航服。实际上，这并没有你想象的那么不舒服，尤其是在一天中的这个时候，温度在零下负十七摄氏度左右。再过几小时，气温就会降到零下四十多摄氏度。"

吉莉安再次向外望去，这浩瀚无垠的宇宙，轻而易举就可以夺走人的生命。她头一次真心希望，能乘坐安德的飞船前往那颗遥远的星球，解决人类目前的生存困境。她无法想象人们可以在这里生存，更不用说繁衍生息。

小弗打了个响指："该死，刚想起来我要带几盆花烛属植物过来。你们两个可以帮我拿一下吗？"

卡森瞥了一眼吉莉安，她耸耸肩。

"当然，反正我们都要去。"卡森说。

"谢谢，这样我就不用从柜子里翻衣服了。我只用回到工作站拿上花盆就行。"

"需要帮忙吗？"卡森问。

"那太好了，花盆还挺笨重的。"

"在这儿等的时候，你可以顺便换上衣服？"卡森问吉莉安，眼神中流露出一丝不耐烦。

"当然可以。"她说。

"马上回来。"说完，小弗和卡森走进生物圈，消失在一排排植物中。

吉莉安向靠墙的推车走去。她的衣服被卡森的压在了下边。她一把将衣服抽出来，走到墙边远处的长凳上坐下，开始换上厚重的衣服。当她拉好拉链，准备加压密封时，她听到有轻轻的脚步声从气闸舱入口处的塑料地板上传来。

"还挺快的。"她边说边起身，把拉链拉至脖子。她瞥了一眼门口，以为会看到卡森和弗农拿着花盆站在那里，但是气闸舱前面的区域空无一人。

一片安静。她等待着，倾听着。又一阵吱吱声传来。还有一股味道，净化剂的气味。她心跳漏了一拍，随后快速地跳起来。

"卡森？"她试探性地问。

接着响起一阵哔哔声，大门迅速下降，把她和生物圈隔离开来。吉莉安迅速往前冲，却不慎滑倒，重重地撞到门上。她透过小小的观察窗向外张望，紧张地看着门的两边。什么也没有，空无一人。头顶传来冷冷的机械女声："十秒后气闸舱开始减压。"

"不！不！住手！我还在这里！"吉莉安大喊，捶打着玻璃。

九、八、七。

她一阵恐慌，转过身去，看向对面通往外面的门，眼前一片模糊。门旁边的控制面板闪着绿灯。

六、五。

她飞奔到控制面板前，一顿乱按。她看到了"紧急关闭"的选项，用手指戳了一下。

四、三。

她一遍又一遍地按按钮，但一点反应也没有。吉莉安转过身去，意识到她现在只有一个选择：在减压前戴上头盔。她跑向推车，但走了三步就僵住了。她和卡森的头盔不见了。

二、一。

通往外面的门开了，发出咝咝声和砰的一声。她深吸两口气，在门升起时屏住呼吸。地上尘土飞扬。她疯了似的搜查整个房间，其实一眼就能看出，这里没有头盔。吉莉安又跑到控制面板前，一遍遍地按着"关闭"选项。

大门继续上升。气闸舱内温度骤降，她都快被冻僵了。她转过身去，看向生物圈入口的窗户，希望能看到卡森或小弗，但她一个人也看不到。她的肺部已经吸入凉气。哐当一声，大门完全开了，她可以听到外面传来的呼啸风声。她重重地拍了"关闭"按钮三次。一点反应也没有。

她的视线变得模糊，眼睛有一种奇怪的刺痛感。她试着眨眼，却感觉更痛了。最后她只得完全闭上眼睛，眼前最后的景象是红色土地那一端的三号生物圈的入口。

吉莉安跑了起来。室内寒冷的温度就像是明尼苏达州的一月：寒风刺骨，毫不留情。行星上的引力差异让她感觉自己好像在蹦床上跑步。突然，她被一块松动的岩石绊倒了，差点就失去了平衡。她跟跟跄跄，差点摔倒。她的方向对吗？

她再也憋不住气了，肺部好像烧了起来。她需要氧气，但是没有。

有什么东西猛地撞上了她的左臂，她跌跌撞撞地绕开它。她一定在气闸舱里看到过那块大石头，一定是。她距离生物圈还有一半路程。她胃里一阵恶心，意识越来越模糊。她急需氧气。

浊气从肺部喷涌而出，她尖叫一声，吸入一口空气，同时睁开双眼。生物圈就在十几米远的地方。她的视线越发模糊，那里的门也消失不见了，一股股热气从眼睛里冒出。她的眼睛变得干燥无比，就像进了沙子。她感觉自己就像在沙池里游泳。她咳嗽着，几近窒息。

吉莉安被绊倒了，她受伤的腿不断颤抖着，痛不欲生。她四脚朝天地倒在泥土里，痛苦地呜咽着。她继续向前爬，就快到生物圈边缘了，随后她两眼发黑，舌头僵硬得无法动弹，徒劳无功地吸下一口气。

吉莉安往前扑，脑海中闪过卡丽在阳光下的海滩上玩耍的情景。她重重地砸着门，身上感受到刺骨的寒冷。有人在大声叫唤着，喊着她的名字。但她再也坚持不住了。身体里的最后一丝力量如同水一般蒸发掉了。

永远。她想起了自己和卡丽说的最后一句话，想着卡丽的样子。她的视线越来越模糊。她闭上眼，任由黑暗吞噬了她。

美国国家航空航天局前通信经理杜安·弗里曼和联合国前行动支持专家奥利维娅·勒皮特在"探索六号"灾难发生十一小时后的谈话音频转录。

联邦调查第三十二号案件的记录证据，100987号文件，同时作为针对美国国家航空航天局因"探索六号"灾难引起的集体不当死亡所提起的诉讼中，原告的A12号证物。

勒皮特：你好？

弗里曼：你听过简报了吗？

勒皮特：听了。到底发生了什么事？

弗里曼：我们还不能十分确定，但就目前所知，是灾难性的。

勒皮特：灾难性的。什么意思？

弗里曼：全军覆没。磁场操作出错了。

勒皮特：他妈的。现在是什么情况？

弗里曼：只能收到几个没有任何意义的紧急信号。我们正在梳理细节，试着找出事故原因。

勒皮特：是机器故障还是人为失误？

弗里曼：（无法识别）

勒皮特：你说什么？

弗里曼：我不认为是机器故障。机器故障不会造成这种程度的伤亡。

勒皮特：我们需要有人负责控制损失。我们需要找到相关人士，了解情况，在制订应急计划前，不能走漏风声。如果在发布会前让媒体知道了，我们就完蛋了，所有人都完蛋了。无论如何，整个项目都有可能被取消。

弗里曼：我觉得一切都已经结束了。从现在起已经不能回头。只能调查看看是否是意外。

// 第三十三章 //

吉莉安可以听到海浪冲上岸的声音，哗哗的浪声让她内心平静。她回家了，躺在卡特里娜家门前的海滩上。卡丽在沙滩上玩的时候，她一定是在太阳底下睡着了。

醒来的时候，不知道是什么正紧紧地抓着吉莉安的手臂，害她疼得要命。吉莉安睁开眼睛。起初她以为是刺眼的阳光，随后看到头顶上方有一盏亮灯，还有无菌天花板和墙壁。手臂上的血压计套袖慢慢松开，海浪声也变成静静的嗞嗞声。她的鼻子里插着氧气管。她听到一个低沉的声音在轻声说话。

奥林坐在她左边的一把椅子上。他正在看一本书，封面上的书名被他的手挡住了。随后他才注意到，吉莉安的头微微转动了一下，于是他停止阅读，起身把书放到一旁。

"欢迎回来。感觉怎么样？"

她看了下自己，舔舔干裂的嘴唇。"眼睛和嘴巴都疼，胸口也有点疼。"她瑟缩了一下，试图移动一只手臂，但那感觉就像是自己的关节里全是玻璃碴，"发生了什么？"她声音很低沉，感觉到自己体内的止痛药的药效还未完全消散，以及随之而来的一种甜美的熟悉感。

"你没穿宇航服，就往外走了。"

她慢慢地回想一切，记忆逐渐变得清晰起来。"有人打开了气闸舱。"

奥林皱起眉头："谁？"

"我……我不知道。我……"她口干舌燥，喉咙干涩，无法继续。

"来吧。"奥林递给她一个吸管杯。

她啜了一口，感觉沁入心脾。"谢谢。"

"你没看到是谁做的？"

"看不到。那里一个人也没有。而且……他们把头盔拿走了，所以我……"她声音都变了，摇摇头。

"现在没事了。好好休息。卡森休息去了，我是自愿过来陪你的。自你被带回来后，他几乎每时每刻都守在你身边。"

"多久了？"

"差不多有十八个小时了。你很幸运。伊斯顿看到你了，就在你晕过去后，他及时把你带到了三号生物圈的气闸舱。医生说，还好这没对你造成什么永久性的伤害。不过你的眼睛和舌头受伤了，因为没有大气压强，你身体里的水分蒸发了。你还有轻微的骨折，现在感觉关节疼吗？"

"嗯，感觉就和宿醉一样。"

"我想也是。我会告诉卡森你醒了。"

奥林快走到门口时，她清了清嗓子说："谢谢"。

他点点头。"没事，早日康复。"

房间里独剩她一人。她隐约听到了人们在医务室外面走动、说话的声音，还有床边监视器机箱的呼呼声和心脏缓缓的跳动声。止痛药残余的药效让她昏昏欲睡，但她努力保持清醒。一想到有人想杀她，并且可能就在不远处，她就无法安心入睡。

没过几分钟，门开了，卡森出现在门口，利奥紧跟其后。当卡森走近时，她看到他脸上露出轻松的神情。

"嘿，很高兴看到你醒了。"卡森在她床边停下后说道。利奥温暖地朝她笑了笑，然后看向她床边的仪器，确认她的身体状况。

"醒来的感觉真好。"她回答道，声音没有那么低沉了。

"你可把我们吓坏了。"利奥说，"你记得我是谁吗？"

她点点头："你和我一样，都是斯蒂芬·金的书迷。"

利奥又笑了笑："应该没有造成永久性的伤害。接下来几天，你会感到浑身乏力，嘴巴和眼睛也会感到疼痛，不过你会痊愈的。"

"那就好。"

"对不起，他们给你注射了吗啡。我还没来得及向他们说明情况，他们就已经注射了。从现在开始，你可以服用布洛芬。"

她点点头，看了卡森一眼。

"利奥，能让我们单独聊聊吗？"卡森问。

"当然。"利奥对她说，"你一按'呼叫'键，我就会尽快赶到。"

"谢谢你，利奥。"

随着门在利奥身后关上，卡森把奥林坐过的椅子拉近床边，坐了下来。她现在能更清楚地看到他的表情。他不仅神色不安，全身肌肉也绷得紧紧的。

"现在相信我了吗？"她平静地问。

他长舒了一口气："发生了什么？"

她把她能记得的一切都告诉了他。她告诉他，当时她是怎么逃出气闸舱的，又是怎么盲目地跑向三号生物圈的。说着说着，她感觉当时的那种恐惧感又朝她袭来。"我以为我要死了。"她说，"最后我放弃了，我还以为自己很坚强。"她忍不住落下泪来，又把泪水擦去。

"你没真的是个奇迹。"卡森说，"如果经历了你的一切，大多数人都不可能活下来。我很庆幸伊斯顿当时及时出现了。"

"我也很庆幸。"她深吸一口气，慢慢平静下来，试图整理自己的思绪，"那是谁呢？其中一个植物学家还是格思里？"

他想了一下才回答："都不是。"

"什么？"

"我和小弗到办公室时，格思里正在和另外两个人聊天。我们拿到花盆回来后，门已经关了。你也不见了，已经进入下一个生物圈了。"

"那不可能。有人关掉了气闸，打开了外侧的门。有人想要杀我，卡森。"她又变得歇斯底里。显示器上，她的脉搏飙升。

"我知道。"

她本以为卡森会决然否定她的说法，向她解释或者是指责她是罪魁祸首。"你相信我？"

"嗯。我们发现头盔被藏到了一堆肥料后面，就在前往二号生物圈的路上。"

她想起了另一件事情，意识到了事情的严重性，内心的不安渐渐放大。"我又闻到了，净化剂的味道。就在门关上之前。"

卡森僵住了。"我想我知道原因。"吉莉安没有说话，等着卡森继续说下去，他舔舔嘴唇，身体前倾，"净化站不是唯一使用净化剂的地方。瞬间转移舱里面也用这种化学剂，用来杀死舱内的细菌和病毒，以保证人们在转移时不会受到污染。所以当你再次原子化时，你身上就会有那股味道。"

"卡森——"

"对不起，我没有相信你。但你要明白，你是唯一醒着的人，而且撬棒上又有你的血迹。一切都说不过去。而且廷斯利的死法……"

几秒过后，吉莉安开始将各个碎片拼凑起来。"飞船上也有转移舱。"她说。

卡森一手捂住嘴巴，靠在椅子上看着她。

"在哪儿？"吉莉安接着问。

"医疗室里有一扇隐藏的门。安德博士让我们对大家保密。只有我和廷斯利知道。"

她记得自己看到过入口的轮廓，当时自己还研究过那里，寻思里面究竟是什么。"为什么？"过了一会儿，她问。

"我不知道。安德说好像是用来做更多实验的，直到你和我说起净化剂的味道，我才想到存在那种可能性。"

"有人被转移到了飞船上。"她后背一阵发凉。

卡森就像一座雕像，呆坐在椅子上，只有下巴在微微晃动。

她压低嗓音低声说："那个人是从空间站来的。"

他轻轻点了下头。

"我在飞船上看到的人就是他。有人杀了廷斯利。他们不想他来到这里。接着他们转移到地面，也想把我杀了。我没有产生幻觉。"

卡森看向别处："你只说对了一部分。"

"什么意思？"

他犹豫了一下，才接着说："比尔克的食物中掺有一种药物，它提取自鼠尾草这种植物。这种药会让人迷失方向，引起恶心和轻微幻觉。"

她怒火中烧："为什么会在他的食物里？"

"这是廷斯利建议的，因为他发现你带了一个助手。当他看到比尔克后，他更加坚持要这么做。他认为，如果你们发现我们要来这儿，如果不下药，比尔克很可能会为了你，强迫我们放弃整个项目。"

"你他妈的在开玩笑吗？"吉莉安想要继续说些什么，但是她的嗓子干涩难受，忍不住咳嗽起来。卡森递给她一杯水，她克制自己不要打掉水杯。她喝下水，试图让冷水浇灭她的怒气。"所以你们给我们下药，让我们乖乖就范。"

"没有对你下药，只是对比尔克。你们两个都应该进入休眠状态的，我想你那时应该吃了一些他的食物？"

她想起自己之前把比尔克的餐盒打翻了，一定是在那时候，她把比尔克和自己的餐盒搞混了。她一直都怀疑自己没有产生幻觉，因为那不是戒药会产生的典型症状。

"哪怕是你，这手段也够低贱的，卡森。"

"听着，我是完全反对这种做法的。但是廷斯利有最终决定权。如果我反对，一切都不会有进展。"

"你是说，我们也不会被你绑架。"

卡森靠在椅背上，脸色变得阴沉。"那种药是无害的，药效也是暂时的。"

"这让一切变得更好了呢。"

"吉莉安，请——"

"不，听我说。"她忍受着喉咙的疼痛，说道，"我需要知道你是站在我这边的，我可以完全信任你。请不要再对我说谎。所以，如果你还有什么要告诉我，现在就说吧。"

她盯着他，想看他是否仍有所隐瞒，但没有发现。

"没有了。"他说。

他们静静地坐着，好几分钟都没有看向对方。气氛逐渐不再那么紧张。"知道我们被下药，这至少能排除是太空旅行造成症状的可能性。但我担心还有另一个因素。"吉莉安说。

"这趟浑水的唯一一线希望。"卡森说。

"没错，多亏了你的帮忙。"

"对不起。就像我说的，我一直是反对的。"

"那么，我们接下来该怎么办？"她强忍怒气。

"我不知道，我又不是警察。"

"我知道为什么有人想让廷斯利死。"

"他可能会终止任务。"

"没错。"她指了指房间，"这里发生的一切，特别是瞬间转移。"

"你认为是安德干的？"

"如果他取得的突破有严重问题，那么他的动机最强。"

"他很聪明，也很有进取心，但我无法想象他会做出那种事。"

"所以我就能做出那种事吗？"

他没有上钩，而是说道："这个人一定对这项技术十分熟悉，并且胆大包天，才敢在这种距离下进行瞬间转移。"卡森看了她一眼，"这才是我怀疑你，而不是空间站的人的主要原因。我一开始不认为会有人那样做。至少目前为止，从未有人进行过这么远距离的转移。"

"不管是谁，他肯定知道廷斯利会是个麻烦，而我现在是他的下一个目标，因为我正在对机组人员做检查。"她顿了顿，"我会让真相慢慢浮出水面。"

"也说不通。"他喃喃自语。

"什么？"

卡森花了很长时间去想答案，她正要提醒他时，他开口了："在星球表面上发生了那样的事情后，我检查了空间站上你房间的门卡进出记录。"

吉莉安有种不祥的预感，她心里发慌，快要喘不过气来。她不想知道，也不想问出口："是谁？是谁在我的房间？"

卡森吸了一口气："伊万·本德雷克博士。"

// 第三十四章 //

"本德雷克？卡森，他死了。"

"我知道。我看过尸检报告，也看过尸体照片等一切证据。但记录显示，有人用他的门卡进了你的房间。我看了监控，但是摄像系统被重置过。而且更诡异的在后面。"卡森的声音变得更加低沉，吉莉安不得不向他靠近，她心头的大部分怒气已经消散。"本德雷克的尸体不见了。"

"什么？"

"在查看进出记录后，我去了存放尸体的仓库层。管理员让我进去了，但遗体箱里空空如也。"

"有人把尸体带走了？"

"要么是那样，要么就是本德雷克还没死。"

"为什么大家要帮忙伪造他的死亡？捏造一桩谋杀案？"

"不知道。不过……"

"不过什么？"

"在他死之前，我们收到了他针对某些人员的心理评估记录。那是整个任务的开始，也是造成转移项目暂停的原因。本德雷克没有直接表明他对这个项目有顾虑，但从记录来看，他的意图已经很明显了，所以政府下令冻结使用该技术。"

吉莉安头往后仰，枕在枕头上："所以本德雷克引起了骚动，不久，戴弗就把他杀了。"

170

"也许吧。"

"这到底是怎么回事？"她低声说，脑海中不断闪现出一个念头，"那天我们检查完丹尼斯·凯尼森后，他和我说了一些话。他说大家都有些不对劲。"

卡森皱起眉头："他什么意思？"

"我不知道。我只是听到他这样说，然后他就走开了。或许和本德雷克的死有关。"

"我们应该和他谈谈。"

"必须的。"

"还有一件事。在我们来这儿之前，声称患病的人拒绝在你的实验许可申请表上签名。"

"什么？"

"他们说对实验过程不放心。或许是真的担心，但是为什么要拒绝一个可以帮助他们的检查呢？"

"他们可能因为对我的指控而有所怀疑，但你说得对，如果我生病了，我会想得到帮助，这是人之常情。"他们注视着对方。谜团越来越多了。"让我穿上衣服。"说完她双脚移向床边。

"悠着点，你需要休息。"

"卡森，我不想再听你的命令了。如果你不帮我，就别当我的拦路虎。"

卡森站起身，盯着她看了一会儿，然后走到门口。"我在外面等你。"

◆ ◆ ◆

她看着他走开，听到门咔嗒一声关上了，这才扯下胳膊上的静脉注射器，爬下床去找她的衣服。

吉莉安在换上干净的衣服时，有那么几秒钟以为自己会晕过去。她抓住床沿做了几次深呼吸，直到不再感到头昏眼花。止痛药的药效已完全消散，而她心里痒痒的。这种戒药的感觉是如此熟悉，让她想起了藏在房间里的氢可酮。她极力摆脱这种诱惑，每次呼吸都心痒难耐；她的舌头干燥麻木，每次眨眼都觉得双眼进了沙子。

吉莉安从床上起身，四处走动后，感觉好多了。除了腿部隐隐作痛，她的身体比想象中要强壮。或许她不服用氢可酮，也可以保持能量了。

卡森陪她向病房外走去。他们经过病房中间的一张杂乱的办公桌时，一名医疗技术人员目光呆滞地看着他们。这名技术人员将灰白的头发盘在脑后，她的额头也因此绷得紧紧的。

"我告诉他们你可以出院了。"转过拐角，向中央电梯走去时，卡森对吉莉安说。

"看到我离开，她似乎很伤心。"

"没有人是真正热情的。给，你现在需要这个。"说完，他递给她一张门卡，"这张卡几乎可以打开空间站上的所有房门。还有这个，之前忘记把它放到你的个人物品里了。"他拿出她妈妈的念珠。她以超乎想象的速度夺过念珠。

吉莉安把念珠放好，挥挥门卡："谢谢。"

他们安静地走了几步后，他开口说："我希望你可以放轻松点。我们已经离真相很近了。"

"这个地方有人想杀我，还不止一次下手。我现在最想做的就是离开这里，回到地球，和我的女儿团聚。但我们还没有找出是什么造成了这些症状。我现在别无选择。"

他们在电梯前停下，卡森问："你认为转移是原因？"

"我想不到别的原因了。"

"这就意味着大多数人都在撒谎，谎称自己没有症状。"

电梯门开了，他们走进去。"或许凯尼森就是这个意思。但是每一个人的病症都不一样，或许他们只是还没有受到影响。"

电梯往上升，来到吉莉安从未参观过的一个楼层。一些机组人员在房间右边打着台球，他们身后是一个长长的、摆满东西的吧台。卡森带她穿过一个大厨房和集体用餐区，随后朝左手边刷卡，又穿过一扇扇门。里面的房间很宽敞，远处是一排圆形窗户，窗外是无尽的太空，数万亿颗星星点缀着这块黑幕布。房间中央摆着一张会议桌，伊斯顿、莉安和比尔克都坐在一头。

她一走进去，比尔克就站起来，急忙走向她，紧紧抓住她的肩膀，与她保持一臂距离。"你没事吗，博士？"

"现在好多了。"

他温柔地拥抱了她："我开始觉得来这里是一个错误了。"

她只得笑笑："也许你是对的。"

比尔克再次打量她，确定自己没有出现幻觉后才松开她。她走到桌边坐下时，惊奇地发现莉安竟面向她站着。

"我欠你一个道歉，博士。"莉安说，"我不仅和他们对你一起撒谎，还怀疑你的清白。"她微微鞠了一躬，目光转回到吉莉安身上。

"谢谢你，莉安。"

"我从来都不相信有关你的那些谣言。"伊斯顿大声说，"每个人都有不好的习惯。我爱伏特加，就像鱼爱水。还有长官，无意冒犯，我见过你吃那些奶油蛋糕时的样子，看上去可陶醉了。"

"伊斯顿……"卡森叹了口气。

"我只是想说，因为你嗑药嗑嗨了就成为杀人凶手，这完全是胡说八道。"伊斯顿举高双手，"很高兴我们现在达成共识了。"

"谢谢你。"吉莉安笑着说，"也谢谢你救了我。不然我现在都不可能出现在这里。"

"不客气，博士。也是机缘巧合。你感觉好些了吗？"

"正在恢复中。"

"好，现在我们可以开始谈正事了。"伊斯顿说。

他们围坐在桌子一端，比尔克在每一个人面前都放了一杯热气腾腾的咖啡，浓郁的咖啡让吉莉安神清气爽了不少。

卡森开始讲话，告诉大家有关本德雷克的情况。等他说完，大家面面相觑，直到莉安打破沉默。"所以你的意思是，他还活着？这一切都是他策划的？"

"这只意味着有人在用他的门卡。"卡森说，"和谋杀案有关的一切不可能都是设计好的，而且他们为什么要那样做呢？"

"所以他还是死了，但有人把尸体处理掉了。"伊斯顿斜靠在椅子上说，将双脚放到了桌子上。

"这也是我的猜想。"吉莉安说。

"也就是说，他们不想让我们看到尸体上的某些东西。"

"也有可能。如果尸体上有罪证，利奥应该会注意到，他们不想冒险。"

"比如？"比尔克问。

"我不知道。"吉莉安说。

"听着，我想先搞清楚我们的任务，我的问题是——"伊斯顿说，把腿放下来，坐直了身子，"我们来这里是为了调查安德的'魔法'转移舱，对吗？现在我们又遇到了一个疯子。所以我们的重点在哪里？"

"我认为这两件事之间有联系。"吉莉安娓娓道来。她环顾大家，脑海中浮现出那个被摆在佛罗里达州桌子上的玻璃杯，杯子上凝结的水珠在桌子上映出一圈圈相互连接的圆环。"不管是谁干的，他都不希望我们在这里，不希望我们发现转移的问题。这就是他们杀掉廷斯利的原因，因为他有权终止整个项目。"

"因为那个人知道真相。"莉安说。

"没错。我知道我们应该先从哪里入手。"

// 第三十五章 //

"你还没告诉安德，在星球表面发生的事情吗？"吉莉安说。

"我向他做了简报，但没提有人利用瞬间转移在空间站和地面来回穿梭的事。"卡森说。

吉莉安、卡森还有伊斯顿乘电梯往上，显示电梯层数的按键闪烁着红光。他们和比尔克、莉安在机组人员住宿层的走廊分开。卡森让他们去找利奥，和他说明情况。

"他的接受能力很强。"伊斯顿盯着电梯的天花板，说。

"在这之后，我想再见一次凯尼森。"吉莉安正说着，电梯停了下来，他们的脚因为惯性稍稍离开地板，"或许他愿意告诉我那天说的话是什么意思。"

电梯门开了，他们来到安德所在的楼层。前厅没有接待人员。博士的房门开着，里面传出微弱的古典音乐的声音。灯光很暗，巨型长沙发处在阴影下。主屏幕上是她从未见过的法文短语。安德斜靠在触摸屏前的一把椅子上，手指在太阳穴上打着圈。

"博士？"卡森说。

这个老人猛地起身。

"不好意思吓到你了。"

"不，不，没关系。是我走神了。"安德起身说，"瑞恩博士，很高兴看到你没事。你也算闯过鬼门关了。"

"是的，实际上这就是我们来这里的原因。"吉莉安盯着安德的眼睛。那双眼睛里没有恐慌与警惕，只有镇定自若地暗暗窥探，"有人想杀我。"

安德叹了口气："卡森和我说了，但他也说了生物圈内的每个人都有不在场证明。"

"没错。凶手另有其人，是空间站的人。"

他看看她，又看看卡森，轻声笑了。"只有一个着陆地，而它在星球表面。这怎么可……"他的声音慢慢变小，眯起眼睛看着她，"你该不是说——"

"是的，没错。"卡森说，"在吉莉安被吸出气闸舱前，她闻到了净化剂的味道。实际上，在廷斯利死之前，她在飞船上也闻到了这个气味。"

"这荒谬至极。我们有严格的规定。在过去的四个多月里，没有人进行过转移。"

"有人在我的房间里留下了药物。"吉莉安说，"我们检查了出入记录。"

"然后？"

"有人用了伊万·本德雷克的门卡。"卡森说。

安德轮流看着他们，一丝笑容浮现在脸上。"你们一定是在开玩笑。"这时，屋子里鸦雀无声，他立马清醒过来，"伊万是我二十多年的朋友，是我发展毕生事业的好搭档。现在他已经被一个精神错乱的人谋杀致死。

我不希望你们玷污他的名声。"

"他的尸体不见了。"伊斯顿一边说，一边在沙发上坐下。

"什么？胡说八道。遗体就放在——"

"遗体箱是空的。"卡森说，"我亲自看过了。我们并不是说本德雷克博士还活着，我只是说有人拿了他的门卡，并且用他的门卡进出房间。"

安德愣住了，他呆呆地站着。接着，他跌坐在椅子上，脸色慢慢变得苍白。

"你知道是谁做的吗？"卡森问。

老人摇摇头，似乎根本没听到卡森的问题。

"博士？"吉莉安说着向他靠近，她一直等到他抬头看向她，"我们想看看转移记录。"

有那么一刻，安德一动不动。随后他转过身去，将椅子转到最近的触摸屏前，输入一串代码后，他又输入了一系列命令。吉莉安与卡森和伊斯顿两人分别对视了一眼。

安德最后一次按下屏幕，一个新窗口打开了。他盯着中间那行文字，身子靠向椅背。

"上面说了什么？"吉莉安的心脏怦怦直跳。

卡森走到博士身边，越过他的肩膀观察屏幕，然后转过身来面向她。"在我们离开着陆器十五分钟后，记录显示，有人从飞船转移到了星球表面。"

"是谁？"

"丹尼斯·凯尼森。"

◆ ◆ ◆

"等我们到门口时，我要你们准备好电击枪并做好准备，明白吗？"穿过宿舍区的走廊时，卡森说道。两个男人在他旁边大步走着，点点头，手握腰带上的电击枪，吉莉安跟在他们后面。自十分钟前卡森说出凯尼森的名字后，她的心一直怦怦跳，总隐约感觉不对劲。凯尼森看上去不像能做出那种事的人。他们还没有给他检查，他就已经怕得要死，就像

176

等待死刑判决的人。要么他是个演技超群的演员，要么就是……

"你确定你要跟着来？"旁边的伊斯顿问她。

"是的，当然。"

"幸好这里没有枪，否则麻烦就大了。"

"就是这儿了。"卡森说，慢慢地在一扇门前停了下来，这扇门和他们经过的那几十扇门完全一样。还没离开上一层楼时，卡森让安德检查凯尼森的门卡记录。记录显示，两小时之前，他进了自己的房间，之后就一直没有出来。

这也是一直困扰着吉莉安的事情。为什么他要用本德雷克的门卡去她房间放氢可酮，但是转移去星球表面时却要用自己的门卡？

吉莉安决定先甩掉这个念头。卡森看了两个警卫一眼，然后朝门旁的读卡器刷卡。

咔嗒一声，卡森推开门，在房间快速搜查。卡森身后的人也跟着他进去，吉莉安犹豫了一下才追上去。

凯尼森的房间比她的大得多，有两扇朝着太空的窗户。床是大号床，旁边有一张大书桌。墙上挂着一幅艺术品，还有几幅小的黑白抽象画。

她环顾四周，没发现异样。

起初，她无法理解为什么鞋子要挂在离地板一米多高的地方，她试着将其与某种微重力干扰联系起来。随着她视线上移，她看到了凯尼森的身体，看到了他发紫的脸、从牙齿间伸出的灰白舌根，还有深深刺进他喉咙的皮带。他整个人被吊在了天花板的横梁上。

// 第三十六章 //

吉莉安盯着眼前的屏幕，忽略了她的手指在不经意间点出来的那些数据。

实验室里很安静，只有空间站发出的嗡嗡声，还有排气扇偶尔发出的声音。离开凯尼森的房间后，她直接来到这儿，她知道实验室是唯一能让她平静下来、理清头绪的地方。在肯特确诊后，实验室也是唯一能让她支撑下去的地方。凯尼森扭曲的五官不断在她脑海里闪现，与廷斯利的重叠在一起。在她来实验室的路上，一名工作人员从她旁边经过，他拿着伸缩梯朝反方向走去。随后她才意识到，那是用来把凯尼森的尸体从天花板上解下来的。

门啪的一声开了，她打起精神。原来是比尔克端着两杯热气腾腾的咖啡走了进来。

"这是我能找到的最好的太空咖啡了，博士。"说着，比尔克把她的杯子放到桌上。

"谢谢，其实它们也没有那么难喝。"说完，她喝了一小口黑咖啡。

比尔克做了个鬼脸："没错，除了狗屎这个词，我不知道该怎么形容了。"

吉莉安笑了。"我们不能太吹毛求疵，毕竟这里又没有星巴克。不过这里要是有星巴克的话，一切都说得过去了。"吉莉安看了看比尔克，"当我没说，这就是个笑话。"

"谢谢你告诉我。"比尔克一脸茫然地看着她。

"小心点，否则我开除你，臭小子。"

比尔克叹了口气，瞥了一眼自己的杯子："如果在家里，我会用鸡蛋冲咖啡，就跟我妈妈一样。"

"鸡蛋？放咖啡里？"

"当然，那是最好喝的。瑞典的传统做法。"

她打了个哆嗦："听上去挺恶心的。"

比尔克邪恶一笑："认真的吗？你都喝过好几次了，博士。"

"什么？"

"每次轮到我带咖啡到实验室，我都会用鸡蛋煮咖啡。"

"你个小兔崽子。"

比尔克微微鞠了一躬："不用谢。"

过去二十四小时，吉莉安感觉身体在逐渐好转。她的眼睛和舌头仍然很疼，但是当她深呼吸时，肺部已经不再疼痛。吉莉安把注意力转回到屏幕上，开始浏览凯尼森的检查结果，然后继续查看玛丽·克兰斯顿的。

"你认为一切都结束了吗,博士?"比尔克问。

"你是说在这里发生的一切?"她静静地坐了很长时间,"不,我不觉得。"

"那我们就不能回家了。"

"没有什么比回家更能让我兴奋的了。但如果我们没有搞清楚转移出了什么问题就贸然回去,那我就帮不了卡丽了。"一想到卡丽,她就情难自控,哽咽起来。

"既然实验现在已经取得进展,或许还有别的方法,或许那个外科医生——"

"没有任何手术可以治愈所有的神经纠缠。至少目前的技术还做不到。而且答案肯定就在这里,在我找到答案之前,我不能用她的生命冒险。"她指指屏幕,"我能感觉得到。"

"但是凯尼森杀死廷斯利,是想隐藏什么呢?"

"我不知道。我不——"她还没来得及说出剩下的话,就停住了。自从看到凯尼森被吊在皮带上,她就一直心神不宁。"我们漏掉了一些重要细节。"她说。

比尔克忍住一个巨大的哈欠,低头看着他的咖啡,睡眼惺忪。

"你该上床睡觉了,已经很晚了。"她说。

"你也去睡觉吗,博士?"

"我还要再待一会儿。我觉得我会难以入眠。而且我现在不再是谋杀案嫌疑人,可以自由进出实验室。"说完,她掏出门卡。

"这倒提醒了我,卡森先前告诉我你的新房间准备好了。就在我房间旁边。"

"我才刚刚习惯他们为我准备的'香格里拉大酒店'。"

"那无疑是一大飞跃。"

"绝对是质的飞跃。"

"对,对。"比尔克朝她挥挥手,"你确定要留在这儿吗?我可以等到你准备好。"

"走吧,比尔克,趁我还没有开除你。"

"你知道什么能让你感觉好点吗？"他边说边从椅子上站起来。

"什么？"

"鸡蛋咖啡。"

吉莉安拿起一支钢笔向他猛掷过去。他躲到一边，朝门口走去。比尔克走后，房间又恢复了平静。

吉莉安浏览了一遍检查结果。

正常。

正常。

正常。

他们的神经元没有任何实质性损伤。为什么她总是回想起那件事？为什么她每次听到火车声，脑海中都会回响起约翰尼·卡什的歌声？

将近一小时后，实验室的门开了。她转过身去，以为是比尔克假装睡不着，来看她了。站在实验室门口的却是埃里克·安德。他沉默了一会儿，然后指了指房间。"希望我没有打扰你工作。因为每次有人打扰我工作，我都会十分恼火。"

吉莉安打起精神，对他的到访感觉非常惊讶，随后她开始感到不安。"没有，完全没有。请进。"

安德走到桌边，把手放在凯尼森几天前坐过的那把躺椅的靠背上。仿佛是想看穿她的想法，他前后晃动着椅子，说："感觉很不真实，对吗？"

"确实如此。"

"据我所知，你也在现场。"

她点点头。

"我从来没有想过——"他停下来，清清嗓子，"我很了解丹尼斯。在发射前，我们就已经一起工作几年了。他大智若愚，是个伟大的科学家。他选择自杀完全不符合他的性格。"

"每个人都是个谜，甚至对他们自己而言。"

"或许你是对的。奥林一定很难接受他的死。"过了一会儿，他补充道。

"他们是朋友？"

"嗯。奥林接到许可来参与这个项目后，他们就走得挺近的。他们都对老电影情有独钟，有时我还看到他们像个孩子似的在我们的住处附近看电影。"

"节哀顺变。"

他瞥了她一眼。"谢谢你。发生这样的事情后，人们总会反思自己，反省自己的行为。是否忽略了哪些警告信号？思考如果一切能重来，事情是否会不一样？我还怀疑他与廷斯利先生的死有关。我差不多……"他向她打了个手势，然后环顾实验室，"那些追求伟大和美好事物的人总是说，在通往成功的道路上会遇到挫折和困难，但这并不意味着要牺牲人命。一条又一条生命无辜逝去，这才是我们最大的损失。"

吉莉安注意到了她之前没有注意到的一些东西，在安德不可一世的傲慢和自以为是的外表下，是那颗恻隐之心。

"你为什么会选择来这儿？"她问，"以你的聪明才智，你完全可以在别的领域大展拳脚。为什么选择星际旅行？"

他脸上露出悲伤的笑容："你为什么成为一名神经放射学家？"

"我们做个交易吧。"

"什么？"

"你告诉我，我就告诉你。"

安德再次笑了笑，坐到椅子上："成交。"

"很多年前，我是名放射技师。我的丈夫被诊断出患有罗斯综合征，我以为自己可以治好他。于是我重回学校，攻读博士学位，开始研究这一领域。"

"他去世了，对吗？"安德轻声问。

"是的，现在我的女儿也濒临死亡。"泪水在她的眼眶里打转，但她继续说下去，"这就是我来这里的原因。"

安德低头看着自己的双手，手上的皱纹和细纹似乎让他着迷。"罗斯综合征。然而，现在人类正面临一种更严重的疾病，其可怕的副作用正在毁灭地球。我看了不少文章，讲到环境恶化与污染激增的关系。如果我们这个项目没有成功，或许我们的下场就是：丢失记忆，迷失在无尽的太空中，而且没有人会记得我们。"他摇摇头，"不好意思，我不该

181

说这些的。"

"没关系。"

"我的妈妈，她就是我现在坐在这把椅子上的原因。"他顿了顿，继续说，"她来自叙利亚。几十年前，叙利亚发生暴动时，她和我爸爸相遇了。我爸爸是名医生，志愿到国外帮助饱受战争折磨的国家。我妈妈在一次交火中受伤了，右手失去了几根手指。等到我爸爸医治她时，伤口已经感染。之后他们就相爱了。"他打了个响指，笑笑继续说，"至少我父亲是这么说的。一年后，我出生了。"安德眨眨眼，回想着，"我都快忘记我妈妈的样子了，大多数时候只是依稀想起她哄我入睡时的脸部轮廓。我们和她姐姐还有她妈妈住在城里，当时那里正准备重建。我爸爸继续在叙利亚和其他国家工作，然后战争又开始了。"

吉莉安看着他伸手摸摸自己的脸，她第一次注意到他脸颊上的白胡须。

"那时我才六岁。我爸爸在那一年前为我们申请了美国公民。我的申请得到了批准，当时我们还在等我妈妈的文件。战争愈演愈烈，她让爸爸先把我带走。就这样，我来到了美国，成为一名美国公民。爸爸对我说，用不了几个月，妈妈就会加入我们的新家。但是她从未来过。"

眼前的这个老人沉默了，眼神变得呆滞。"发生了什么？"吉莉安轻声问。

"就在我们到达美国两天后，一颗炸弹击中了我们在叙利亚的房子。后来我才知道，战争有多么荒唐，我们甚至都不能确定炸弹是哪方投的。事情发生几周后，我爸爸才收到消息，而他不忍心告诉我。我每天都会问妈妈什么时候过来，他总是说，'很快了'。"安德伤心地笑了，"当我等我妈妈的时候，我常常幻想我有一艘船，可以穿越大海，去救妈妈和我的家人。然后又想象，假如我有一架飞机，就可以在一分钟内直线飞行一个来回。"

安德环顾实验室，吉莉安看到他眼泛泪光。"你一定很难受。"她说。

"已经是很久以前的事了。但我从未忘记旅行的梦想，即使是在我爸爸告诉我，妈妈再也不会过来以后。"他陷进椅子里，仿佛讲述这个故事用尽了他全部的力气。

吉莉安试着说些什么，但是不管说什么似乎都徒劳无用。

"我想让你给我做检查。"安德坐直身子，说道。

"给你做检查？为什么？"

"因为我觉得你可能是对的。"他绷得紧紧的，好像费了很大劲才说出这句话，"我的机器可能出了点问题。"

吉莉安身体前倾："为什么你会这样说？"

"我……我也开始忘记一些事情。"安德尴尬地说，"刚开始时，我不知道这是不是因为年纪大了，还是别的什么原因。我的反应已经不再像以前那么快了。"

"你忘记了什么？"

"我从小到大和爸爸一起住过的房子、高中死党的名字和他的样子，还有我妻子的声音。"说到最后，安德啜泣起来。吉莉安又看到他眼眶湿润。"刚开始时，我还有个模模糊糊的印象，所以我没太在意，但是现在，我完全忘记了。当有几名人员也反馈有同样的情况时，我就担忧这是不是和转移有关，但是我无法说服自己接受这个事实。"安德哭了出来，泪水顺着他脸上的皱纹流下，就像雨水流过干旱的山丘，"我想要继续实验。这也是为什么我让卡森给我从地球带专家上来：重新评估这项研究。"

吉莉安感到一股寒意，内心有些东西也崩塌了。一瞬间，她对这个老男人感到很生气，生气他的骄傲下竟然隐藏了这么多秘密。

吉莉安的神情出卖了她，因为安德继续对她说："你要知道，我以为一切尽在掌握中。我不认为转移和出现的症状有任何实质联系，而且我想帮助别人。我一生都在帮助那些不能自救的人，这是我的一次机会。"

他哭泣着，肩膀颤抖着。吉莉安不由自主地伸出手，搭在他肩膀上。"谢谢你告诉我这些。"

安德擦了擦脸，平躺在椅子上。她一边熟练地做着准备工作，一边想着安德告诉她的那些话的含义。他看起来不像在说谎。

吉莉安在他的头骨上钻了个小洞，插入导管并注入萤光素。随后她站在安德面前。安德几乎骨瘦如柴，斜靠在椅子上，看上去虚弱无力。头顶有一盏亮灯照着他。

"想想你最开心的记忆，博士。想起来了就告诉我。"

安德闭上眼睛。她等待着。

"好了。"他最后说。

吉莉安走向桌子，点了下控制屏幕，按下注射按钮。萤光素酶流过导管。

吉莉安再次充满敬畏地看着这些化合物发挥作用。她可以看到安德的思想，这些闪烁的光亮共同造就了他是谁。

随着最后一个突触被点亮，吉莉安僵住了。突然一个念头在她脑海中浮现，但是这个想法太模糊了，还未成形，根本无法抓住。不管怎样，她已经有了一个大致方向。这些想法就像是低空飞行的飞机底下的一大片阴影，将她短暂笼罩后又飞走了，只留下她恍惚地站在原地，寻思着刚刚发生了什么。

安德咕哝了一声，眼皮颤动着。吉莉安走到他身旁："你听得到我说话吗，博士？"

"嗯，听得到，我没事。"他说，但是眼眶再次湿润起来。他想从椅子上坐直起身，但她一把按住他。

"我先帮你解开导管。"她拆开导管，用绷带把他头骨上的小洞包扎起来，然后将扫描结果上传到量子计算机，最后转向他，"不是我八卦，最开心的记忆却让你哭了？"

安德轻声笑了起来;"只有那个。我想到了奥林从部队回家的那一天。"

"那就是他受伤的原因吗？"

"嗯，他是拆弹小组的组长。军队来电的时候，我以为他牺牲了，心都提到了嗓子眼。幸好他们只告诉我，他在一次路边袭击中受了伤，后来我才发现，他是他们组里唯一的幸存者。"

吉莉安回忆起奥林安静的说话方式，以及他那总是在沉思的眼神。"他一定很难受。"

"是的。他……很挣扎。这就是为什么丹尼斯的事发生后，我很担心他。先是伊万，现在又发生了这个。"

"本德雷克博士和奥林很亲近？"

安德看了她一眼。有那么一秒，她以为他会直接起身离开，忽略掉她的问题。

"伊万是奥林的治疗师。"他说，"还在地球时，奥林几度情绪崩溃，都是伊万在他身边支持他。幸好那天早上在伊万房间里发现戴弗的人不是奥林，否则他会徒手杀了他。"

吉莉安陷入一阵沉默，脑海中思绪万千。

触摸屏发出哔的一声，将她的思绪拉回当下。她开始研究量子计算机传回的结果，几分钟过后，她将屏幕转向安德。"完全正常。没有神经纠缠或是其他损伤。"

他皱眉看着读数。"我不明白。"他几乎是自言自语。

"我也是。"她说，"我也不懂。"

◆　◆　◆

吉莉安走出电梯，来到员工宿舍楼层，她的脚步声在空荡荡的走廊里回响着。过去半小时，她和安德讨论了其他可能性，之后这位物理学家和她道晚安，说他身体疲惫，无法清晰地思考，或许他们明早可以继续。

他们分开后，吉莉安意识到她对这个老男人的看法有所改观。他身上有一种她之前没有留意到的真诚品质，这大概是源自他作为科学家的那种直率吧。不管怎么说，即使他之前没有说实话，她还是对他产生了好感。

她感到精疲力竭，一手揉着太阳穴。此时已经很晚了，或者说将近天明了。

"最后一轮。"一个声音让她停住脚步。她忍住没有叫出声，朝左边看去。

奥林坐在休息室的吧台后面。他身子往后仰，靠在吧台上，拿着一杯琥珀色的饮料。即使相距较远，她也看得出来他已经醉得不省人事。

吉莉安走到吧台，坐到他对面的座位上。奥林喝完一杯酒，又将酒杯续满。"你没事吧？"他坐回座位时，吉莉安问他。

"我吗？没事。和我的朋友们喝一下酒。"说着，他朝空荡荡的房间敞开双臂，"有事吗？"

"嗯，没有。我准备睡觉了。"

"来吧。喝一杯又不会怎样。"他往玻璃杯里倒了一些威士忌，然后递给她。吉莉安将手放在杯子上，但没有喝。"你这么晚了还不睡觉。"他喝了一口后，说。

"你也是。丹尼斯的事，我很遗憾。你爸爸和我说你们是朋友。"

奥林耸了耸肩，一动不动："我想，我没有我想象的那么了解他。"

她犹豫了一下，把酒杯在吧台上转了几个圈。"你最近觉得他有什么古怪吗？"

"你的意思是，在你那天检查他之前，他就在演戏？"

她点头。

"我看得出来他有心事，但丹尼斯是个很注重隐私的人。我们花了一段时间才真正了解对方。我们都有失眠的问题，有时会一起在休息室看电影。我们都爱看加里·格兰特的电影，《西北偏北》《深闺疑云》，等等。他很安静，不过也很有幽默感。我从未想过……"他含混不清地说。

吉莉安拿起酒杯，起初她并不打算喝，但过去几天确实压力很大，酒精的香味实在是太诱人了，于是她抿了两口。

她的舌头就像是着了火，但随着酒顺喉咙而下，酒精在她胃里像深水炸弹一样炸开。她感到一阵温热，舌头也变得麻木。她咳嗽起来，酒烈得让她直流泪。奥林咧嘴一笑。

"还不错。"他说。

"还不错。"她粗声粗气地说。奥林笑着，吉莉安又咳嗽起来。"这或许并不是最好的选择，不过在火星上也没有什么选择。"

"我们有啤酒、红酒，还有……你喜欢什么？"

她心不在焉地想着，想着她藏在旧房间水槽下的药丸。"不用了。"

他毫不畏惧地盯着她："你对这一切有什么头绪吗？"

"还没有。"

"听说你要走了。"

"恐怕还得有一段时间。"

"还以为你要回家陪女儿呢。"

她僵住了："谁告诉你我女儿的事？"

"这个地方，没有秘密，是谁告诉我的并不重要。八卦是这里的谈资。对不起，我越界了。只是听说她病了，仅此而已。"

"没事。"她说，"没错，她生病了。"

"无法想象你们相距那么远。我没有孩子，我爸爸就是我成长过程中唯一的亲人。这也是我想来这里的部分原因。"

"那其他原因呢？"她问，惊讶自己竟然又喝了一口威士忌。

奥林将酒一饮而尽。他放下酒杯："我想我是在逃避吧。不然怎么会有人大老远跑到这儿来呢？"

"冒险精神。"

"放屁。"

吉莉安笑了笑。

奥林安静地坐了几分钟，当他再次开口，他的声音听上去已经完全清醒了。"有一段时间，我感到很不对劲，这里。"他边说边敲敲自己的头，"我被派到前线了，任务……很糟糕。"

"你父亲和我说了这些。"

他抬头紧紧盯着她。

"他没有详说。"吉莉安说。

"他和你说了什么。"

"你是你们组里唯一幸存下来的人。"

奥林又倒了一杯酒，盯着酒杯："他没告诉你那是我的失误吗？"

她极力隐藏自己的惊讶之情："没有。"

奥林把酒喝光，将它松松地握在手里。他再次说话时，她所熟悉的那种轻快语调不见了。相反，他的声音听起来平淡而空洞，就像是别人说话的回音。"我们当时正在一个小镇荒废了的社区清理街道，我甚至都不知道怎么读那个小镇的名字。我们有六个人开着斯特瑞克装甲车在前面带路，我的队员跟在后面，紧随其后的是两辆吉普车，还有二十多个步行的士兵。一共三十九人。都是好苗子，部队精英。大家都各司其职。"奥林神情痛苦，她可以看到他紧咬了牙关。

"你不必——"

"来到十字路口后，我就感觉怪怪的。有一半时间我都有那种感觉——我不知道你们怎么称呼它们——预感？凶兆？我只能试着跟感觉走。于是到了十字路口后，我让部队停止行进。我的团队则继续前进，然后发现泥地里有一个轮毂盖，旁边是一块歪歪扭扭的街道标志牌。通常来说，泥地里会有各种各样的垃圾，从废电池到生锈的勺子，但是这个轮毂盖在闪闪发光，就像是有人故意放在那儿似的。"他顿了顿，将酒瓶里的最后一点酒倒进酒杯，"我打开了其中一个探测仪，开始挖掘。当时我就很肯定，路上有个压力触发装置。我做了我该做的，然后呼叫解除警报。"

　　吉莉安坐直身子，预感到不好的事情即将发生。奥利抿了一口酒，眼神茫然。

　　"我没有预想到的是第二次行进。隐藏式红外线发射器。它可以引爆另外十五枚炸弹，就在我们周围，一旦触发其中一个，炸弹就会像倒下的多米诺骨牌那样接连爆炸。"

　　"天哪。"

　　"我以为我死了。"他沉闷地说，"那是我听到过的最大的爆炸声。然后枪战开始了。他们从北边的一栋建筑里出来，其实他们只是出来清理场地的，因为大部分人都死了。爆炸发生后，一辆吉普车的车门砸在了我身上，所以我才活了下来。它就像盾牌一样压着我，我无法动弹，够不到我的步枪，只能听着我的战友一个个被击毙。最后一切又恢复平静，只是我的脑袋还一直嗡嗡作响。"

　　奥林喝完杯中的酒，想把酒杯放在吧台上，但是杯子从他手中滑落，掉到地板上发出哐当一声，一直滚到墙边。

　　"我很难过。"过了一会儿，吉莉安勉强挤出一句话。

　　最后，奥林从回忆中抽身，转过头看着她："没有我那么难过。"

◆　◆　◆

　　吉莉安轻轻挽着他的胳膊走下走廊，就像一个护士帮助一个久病不愈的病人第一次下床走路。每走几步，奥林的肩膀就会撞到墙。吉莉安扶着他，以免他跌跌撞撞地离墙太远。

"我……"奥林咕哝着，歪歪扭扭地指着左手边的下一扇门。吉莉安扶他走到那儿，他拿出门卡，刷了两次才打开锁。

"你不会有事吧？"他推开门走进房间时，吉莉安问。

"没事。我以前还有更糟的时候。"他瞥了她一眼，酒气消散了一些，"我知道你不是大家说的那种人，我看得出来。"

"谢谢。"

"我也听到过人们说我的闲话。我觉得这是我们的相同点吧。"

奥林看起来是如此脆弱、如此悲伤。吉莉安想要抱抱他给予安慰，但她抑制住了这股冲动。"事情总有好的一面，不是吗？"她问。

他微笑的样子让她有点伤心。"没错。"

"睡个好觉吧，奥林。"说完，她向走廊走去。

"博士？"

她停住脚步回头看。

"谢谢你听我倾诉。"

"不客气。"

等听到关门声，她才向自己的房间走去。走廊依旧空无一人，而且除了鞋子的吱吱声，再也没有一点声响。这让她想起了她在飞船上独处的那几个月，一切都是那么寂静。在那一刻，她可能是空间站里唯一的人，甚至方圆数亿公里内唯一的人。

这个念头让吉莉安浑身发冷。她加快脚步，走到自己房间，最后看了一眼空荡荡的走廊，才刷卡进入房间。她松了一口气，锁上了门，将一切烦恼抛诸脑后。

// 第三十七章 //

一阵轻轻的敲门声吵醒了吉莉安。

她睡眼惺忪地起身，穿过房间来到门口，打开一条小缝。站在门外的是卡森，他双手背在身后。

"早餐？"他问。

走到公共餐厅时，一半的座位都被工作人员坐满了，他们安静地吃着早餐。吉莉安和卡森从不锈钢盘里拿早餐，走到角落的一张桌子时，有几个人的视线一直跟着他们。伊斯顿和莉安已经在桌子旁等他们了。

"你的新住处怎么样，博士？"他们坐下的时候，伊斯顿问。

"宽敞明亮。"

"你看起来比昨天好多了。你今天简直容光焕发。"

"油嘴滑舌，你在哪里学的？"她说。

"天生的。"伊斯顿咯咯地笑了起来。他眨了眨眼睛，喝了一口咖啡。卡森几乎几口就喝完了整杯咖啡，于是伊斯顿吸了一口气，把剩下的都喝光了。

"你应该和我一样很晚才睡。"她说。

"一直在想事情。"

"我猜到了。"

"本德雷克的门卡在凯尼森的房间里。"卡森安静地说。

"真的？"

"在他的床架下。"

"利奥做尸检了吗？"

"做了。在这位高级内科医生决定不干之前，我都得严格要求他。我想利奥昨晚应该也弄得很晚。你可以自己去问他。"卡森说，往吉莉安的左边侧了一下头，此时利奥在她旁边坐下。

"大家早上好。"利奥说。

大家声音含混地与利奥打了个招呼，而他正在舀一勺炒蛋。

"卡森说你完成了凯尼森的尸检？"吉莉安问。

"嗯。"

"所以？"

"窒息而亡。不过，当然，我们已经知道他是怎样死的了。"

"还有什么不同寻常的地方吗？"

利奥往后靠了靠。"不算有。他脖子上有抓痕，是他自己抓伤的。"

"那是……常见的情况吗？"

利奥点点头，继续吃早餐："上吊的自然反应。为什么这样问？"

吉莉安把包装袋压在碟子下："他看上去不像自杀。"

"人们会把自己最坏的一面藏起来，不让任何人知道。"莉安说，"我爸爸是自杀去世的，直到我妈妈发现他自杀的那天前，我们都以为他很快乐。"

"对不起，那真——"

"没事，很久以前的事了。我那时还是个孩子。我想说的是，你永远不可能真正了解一个人。"

吉莉安和卡森互相看了一眼。

"你说你不觉得凯尼森是自杀的？"伊斯顿问。

"他很害怕。"吉莉安想了一会儿说，"我给他做检查时，他表现得好像听到了噩耗一样，像是他长了个肿瘤之类的。"

"所以是有人杀了他？用他的门卡，转移到地面，再将本德雷克的门卡放到他的房间？"

"我不知道。不过昨晚确实发生了一些事情。"

众人往前靠，吉莉安和大家说了安德的来访。

说完后，卡森皱了皱眉头，他摇摇头："那么，你认为安德是受到了影响，还是像他说的那样，只是年纪大了？"

"这些症状听上去不像一般的健忘症。它会夺走人们的某些特定记忆，保留其他记忆。这不是自然的记忆衰退，更像是一种删除。"说完，吉莉安的大脑飞速运转起来，她感觉自己好像已经通过了某个关卡，朝着正确的方向又前进了一步，但还有一层迷雾笼罩在那里。答案近在咫尺，迷雾即将散去。

"呃，你们觉得这里闷闷的吗？"伊斯顿低声问。

吉莉安看向他，而他正在冷静地环顾她身后的房间，发现大家都在盯着他们。

"我们暂时休会吧。"利奥提议道，将叉子往碟子上一扔，"反正食物很难吃。"

在众人的注视下，他们离开了餐厅。一到走廊，伊斯顿就说："那里面简直就像个'魔童村'。"

"他们怀疑我们。"吉莉安说。

"可是没理由啊。"卡森说道，声音里带着锋芒，"我们都是抱着同一个目的来这儿的。有数百亿人在等待我们的伟业达成。"

"所以下一步计划是？"伊斯顿问，"大家都认为，坏人已经死了，对吧？"

"昨晚我给控制中心发了消息，报告了最新情况。应该二十四小时内就会收到回复。"

吉莉安咬咬嘴唇，突然很想吃氢可酮。"还有一个人，我们没有和他谈过。"她说着，极力克制着自己的欲望。

"谁？"卡森问。

"受影响最严重的人。亨利·戴弗。"

◆ ◆ ◆

戴弗的单间在最底层，距离高程控制中心有几扇门的距离。乘电梯往下时，卡森向她解释，警卫要翻新为数不多的一间空置储藏室来关押戴弗，因为他清醒时，没有人能靠近他。

"那个在本德雷克房间找到他的人被他伤得挺严重的。幸运的是，那个人学过正当防卫，他勒住戴弗，把戴弗弄昏了。"

他们在一扇没有标记的门前停下。站在门外的是瓦斯克斯，在吉莉安还没有洗脱嫌疑前，他护送过她几次。

"我们要见他。"卡森说。

瓦斯克斯看看吉莉安，转身刷卡。锁开了，然后他给他们打开门。

房间是方形的，长宽都大约有四五米，一堵透明的塑料墙将房间一分为二，四个角都用大型钢锚固定着。中心被钻了几个洞，底部装了一扇小型滑动门，一端用锁固定着。

吉莉安首先注意到的是房间里的气味。整个房间都充斥着排泄物的味道和人体散发的臭味，混合成一种绝望的气息。浓郁的味道弥漫在整个房间，她一阵恶心想吐，不由得停下脚步。

亨利·戴弗浑身发抖，坐在透明屏障后面，房间右侧的角落里。吉莉安从未看过他的照片，他的档案显示他的体重是一百五十斤，身高大约一米九。

而眼前的这个男人目测只有一百斤。他就像个稻草人，皮肤松弛，穿着一条褪色三角裤。他瘦骨嶙峋，双眼凹陷，黑黑的眼珠子紧盯着她。

她闻到了戴弗身上的体味，不禁感到恶心，感觉快喘不过气来了。

"他到底怎么了？"吉莉安低声问。

"就我看到的报告，他已经这样好几个月了。"卡森轻声说，"几乎不吃不喝，也不睡觉，还一直动来动去。他们不得不给他打镇静剂，以便每周清洁房间。"

卡森说话时，戴弗从他坐着的地方站起身，吉莉安这下可以看到他有多高了。相对于他的身体，他的手臂太长了，吉莉安可以看到他瘦骨嶙峋的髋骨。吉莉安注意到了他的手，盯着他的手看了很长时间。

他的手上有数道伤疤，从手臂到手腕，无一处幸免。好几个地方都在流血，还有几十处已经结痂，结痂后又脱落。

"他的手怎么了？"当戴弗靠近玻璃时，吉莉安问。

"他自己弄的。"卡森回答。

吉莉安可以看到他钝钝的指甲下方那新月形的血迹。戴弗将手掌压在钻孔下的屏障上。吉莉安强打精神，发现自己朝走廊的方向后退了半步。她往前走，试图忽略那股气味。她停在离玻璃约三十厘米的地方，看着戴弗将一只手掌放到另一只手掌旁。

"我是瑞恩博士。"她清清嗓子说，"希望你今天可以和我谈谈，亨利。我可以叫你亨利吗？"

听到自己的名字，戴弗像小狗一样把头歪到一边。不，她想，不是狗，是狼。

"我听说你身体不舒服。"她边说边观察戴弗有没有脑损伤的迹象或症状。有些症状已经被证实：富有攻击性、食欲改变、睡眠模式改变、语言能力丧失、大便失禁，还有，天哪，他的手。它们一定结痂又破皮了数百次。

她正观察着，戴弗又开始抠自己的伤疤。他用指甲抠进去，刺穿了已经受伤的皮肤。

"亨利，请不要那样做。"她说，"请住手，没事的。我只是想和你谈谈。你可以告诉我你来自哪里吗？"

他继续抠着伤口。鲜血渗出来，滴到地板上。

"亨利，你在空间站上的工作是什么？"

更多的鲜血滴到地上。

"吉莉安……"站在身后卡森说。

她低头看着戴弗伤害自己。戴弗情绪很不稳定，正狂躁地抠着手指。她灵光一闪，想到了之前的一些线索。她舔舔嘴唇，目光从他滴血的双手移开，问道："亨利，和我说说隧道的事情吧。"

戴弗僵住了。他一直抠弄着左手的右手放了下来，肩膀也不再紧绷。他看着她，嘴巴微微张开，就像不知道该怎么说话。她等着他开口。他的嘴巴张得更开，咕哝着。她眨眨眼，身体前倾，倾听着。

戴弗尖叫起来，声音又大又突然，响彻整个房间，吉莉安不由自主地后退了一步。那声尖叫自喉咙里发出，原始且充满兽性，就像是动物在模仿人类的悲伤或者愤怒之情。她正要捂住耳朵，卡森却抓住她的肩膀。"够了。"他说，她点点头。

戴弗还在尖叫，就好像他有无限的肺活量。吉莉安注视着他，看到他把一根沾满血迹的手指穿过玻璃上的孔洞，然后把手平放。就在他做出下一步动作的前一秒，她突然意识到他要干什么，赶紧扭过头去，但已经太迟了。

戴弗猛地将他的手往右拉，手指头的第二个关节断了。卡森将她从房间里拉出来，瓦斯克斯和另一个不知从哪里冒出来的警卫从她身边挤过。走廊的空气很清新，是她拥有过的最美好的事物，但是戴弗指骨断裂的声音不断在她的脑海回放，令人作呕。

她弯下腰，朝着最近的墙把早餐都吐了出来。戴弗还在尖叫，他那格格不入的声音不断从房间传出来，扰人思绪。除此之外，还有另一种声音，像是火车从坑坑洼洼的铁轨上驶过时发出的那种隆隆声。

吉莉安想起来了。她又抽搐了一下，然后直起身子，虚弱地擦擦嘴巴。

"我们不应该到这儿来。你把自己逼得太紧了。"卡森挽着她的胳膊说。

她深吸两口气，吞下酸酸的口水："我想我知道他们的问题了。"

// 第三十八章 //

"我不太明白你的意思。上瘾是什么意思？"

他们沿着员工宿舍的走廊走，吉莉安看了卡森一眼。自从他们离开后，餐厅就空了，只剩下一个穿着连体服、弯腰吃着碗里早餐的人。有两个女人从电梯里出来，从他们身边经过。她们一看到吉莉安和卡森就不再说话了。

吉莉安朝她们的背影看了几秒，确保只有她和卡森后，说道："戴弗看上去像是脑损伤，对吗？无法控制自己，具有攻击性，语言能力丧失，但这些也像是强制戒毒产生的症状。"

"上瘾。你说的是转移。"

"没错。你也听到了凯尼森的话，还有你地面上的兄弟小弗也这样说了。转移就像是重生，让人异常亢奋。你不觉得这会让人上瘾吗？而且，你留意戴弗听到我说隧道时的反应了吗？"

"嗯，玛丽·克兰斯顿也提到了隧道。"

"我觉得隧道其实是瞬间转移舱。当你在里面的时候，它看起来就像个隧道。"

"但我们有转移记录，戴弗只经历了九次转移，克兰斯顿更少。只转移过这么几次，他们怎么会上瘾呢？"

"我有一个初步理论，但是我得搜查他的房间后才能百分之百确定。"

"就是这儿了。"卡森说着，在走廊尽头的门口慢慢停下来。"就像我说的，我们已经全面搜查过这儿了。他们找到的所有东西都记录在报告里了。"他刷卡打开门。

房间里的摆设和她的一样，不过戴弗的房间被清空了。床架只剩下空心的骨架，橱柜的门开着，里面的架子空空如也。房间里一点气味也没有。她原以为在这里也会闻到戴弗的体味。

他们走进房间，卡森双臂交叉靠在门边，一脸沉思；她走向床架，在旁边跪下。吉莉安抠着边缘，在各个角落摸索着。她趴在地板上，朝床底看去。地板上或靠近床架上的墙壁没有突起的地方，也没有缝隙。

她站起身，走到橱柜旁，双手在柜顶摸索，再顺着门框侧边往下摸。

"吉莉安，你到底在干什么？"

"找东西。"她缓缓地转了个圈，又向浴室走去。

"听着，我很抱歉发生了这一切，真的。我只想找出真相。或许你应该休息一下，我们可以稍后谈谈。"

"我没有疯。"她说，看了一眼马桶，再在水槽边跪下。她两次转动嵌板上的螺丝，手都打滑了，她擦了擦手上的汗，这才把它拧下来。

"我没说你疯了。"说着，卡森走近她，"但是我不知道你在找什么。"

嵌板的一角松动了。吉莉安把缝隙撬开，看到里面有白色的东西在闪闪发光。她的指尖可以碰到它。于是她用力扯嵌板，咔嗒一声，嵌板掉落下来。她伸手拿出里面的门卡，在卡森面前挥了挥。

"这个，我在找这个。"

◆ ◆ ◆

他们站成半圆形，围在安德的桌子旁，低头看着门卡。吉莉安用余光观察其他两个人。卡森双臂交叉，神色严肃地研究着门卡，就像是在考古遗迹中找到了电话。安德全身都倚在桌子上，手掌因压力而发白。

"这不可能。"这已经是自他们把门卡交给安德后，他第二次这样说了。

"随你怎么说，但事实摆在眼前。"吉莉安说。

"每个人只有一张门卡，只会拿到一张。我们在伊万的房间里发现戴弗时，他身上带着门卡。"

"那如果有人丢了门卡呢？"

"那门卡就会电子消磁，他们会拿到新的。但是没有人报告他们的门卡丢了。"

"但你有备用的。你放在哪儿了？"

安德打量着吉莉安，这位科学家又变得傲慢起来，似乎已经忘记他们前一晚还在彻夜长谈。"在一个安全的地方。"

"给我们看看。"

"为什么？"

"安德博士。"卡森终于抬起头来说，"拜托了。"

安德眯起眼睛，无奈地叹了口气。"这边。"他一边说，一边把他们领到走廊中庭。桌子后方有一扇门，安德刷卡将其打开，随之出现了三台巨大的量子计算机，黑色机箱发出隆隆声响。安德经过它们，来到一个架子前，架子上放着一个不透明的盒子。他对着盒子刷卡，盒子开了。

安德盯着盒子看了一会儿，然后摇了摇头，将盒子递给他们，就像它是一块腐肉。

"空间站上每个人都有三张备用门卡。"他的声音逐渐变小。

卡森从他手里接过盒子，将它倾斜，让吉莉安也能看到。盒子里面是空的。

// 第三十九章 //

吉莉安坐在会议桌旁的一把椅子上，咬着指甲。

在戒氢可酮的那几周里，她常常咬指甲。之后，指甲又重新长了出来。可现在，她的嘴又不听大脑的指令了，除了正在咬的那根，其他手指都被她咬得光秃秃的，下面柔软的皮肤暴露在刺骨的空气中。

在那一秒，吉莉安想自己要不要回一趟房间，从水槽嵌板后掏出一片药，然后再在大家到达之前赶回这里。卡森已经去各个地方通知大家开会了，在此之前，他曾询问吉莉安是怎么知道在那里可以找到戴弗的门卡的。

直觉，她这样说。他难以置信地看着她，她差点就和盘托出。

现在，吉莉安仍坐在安静的会议室里，咬着指甲，脑海里的想法也渐渐清晰。她想起卡森带着邀约出现在她家门口的那一天，想起火车上的那个涂鸦。她以为上面写的是"消失的索尔"，但不是索尔，她看错了……这样的想法太奇怪了，很难跟现实联系起来。但只剩下那一种可能性了，她确定自己的判断是正确的。然而这才是最让她毛骨悚然的地方。

门开了，吉莉安跳起来。伊斯顿大步走进来，吉莉安冲他咧嘴一笑。

"只有我一个人，博士。"

"不好意思，咖啡因让人神经紧张。"

伊斯顿在她对面坐下："不用不好意思。别看我外表佯装镇定，我现在也觉得自己有点神经质了。这地方让人感觉不对劲。"

"怎么说？"

"行吧，自从离开飞船后，一切都怪怪的。"

她只能笑笑。

"事实上。"他继续说，"如果现在能启动飞船，离开这个鬼地方，那可真是太好了。"

她张嘴想回答，这时门又开了。卡森带着莉安和比尔克一起走了进来。他们相互打了下招呼，在桌子旁坐下来。随后，利奥也走进会议室。

"可以锁上门吗，利奥？"卡森问，利奥拧上门锁。等到大家都坐好后，卡森才开口道："我们取得了一些进展。吉莉安和我去找戴弗了。"

当他向大家讲述在单间发生的事情时，吉莉安摸到口袋里的念珠。她掏出念珠，犹豫了一下，把它套在脖子上，塞进连体服的领子里。

"所以他疯了。"伊斯顿说，"我以为我们都知道。"

"不只。"卡森瞥了她一眼，"吉莉安，接下来你说？"

吉莉安坐不住了，起身来回踱了一会儿，然后转过身来说："我们在戴弗的房间找到一张门卡，而这张卡没有发给过任何人。我们把门卡交给安德时，他说空间站上每一个人都有三张备用门卡，以防大家弄丢。当我们要求查看备用门卡时，发现它们已经不见了。"

"不见了？"利奥坐直身子问，"被偷了？"

"嗯。"

"这是什么意思？"莉安问。

"我们在戴弗的房间找到了一张门卡，这张门卡没有登记在任何人名下，却已经被激活了。有了它，你基本上可以进入空间站的任意房间和检查点。"吉莉安顿了下，舔舔嘴唇，"当然，你也可以去转移舱。"

房间里一片死寂，大家都盯着她看。

"他转移了多少次？"伊斯顿问。

"二百五十六次。"她观察众人的反应。大家听到这话后都目瞪口呆，感到难以置信、毛骨悚然。

"这怎么可能？"莉安问。

"有人偷拿并激活了门卡。我们通过门卡记录成员的活动情况，但这些门卡没有绑定任何机组人员的信息，所以录像和转移记录上不会留下任何痕迹。"卡森说。

"但为什么呢？"比尔克终于开口问，"这些额外的门卡有什么作用？"

"转移成瘾。很多人都告诉我们，转移就像重生。那为什么不会上瘾呢？本质上来说，人们会对此上瘾。当我们人体的所有原子都被重新构造，由基本元素重新组合而成，我们就会感到焕然新生，从而获得无尽的快感。"她继续踱步，"不管是谁拿了门卡，他就像一个毒贩，把门卡分发给那些想通过转移找乐子的人。谁能想到他的报酬有多么丰厚呢？这一切都进展顺利，直到伊万·本德雷克向控制中心发消息，表达了他的忧虑。他差点就揭露了这个阴谋，但也为此付出了代价。"

"你是说，戴弗是被污蔑的？"利奥问。

"我认为戴弗根本没有杀人。"

"什么？"卡森侧头看着她。

"我认为戴弗就是个替罪羊。是那个毒贩杀了本德雷克，然后将戴弗与本德雷克的尸体锁在房间里。戴弗已经神志不清，根本无法说清楚到底发生了什么。这也是为什么本德雷克的尸体不见了——他们知道利奥最终会亲自尸检，那样的话，我们就会发现其中的猫腻，所以廷斯利也被杀了。"

"他们不想冒险。"伊斯顿说，"廷斯利会关掉这个地方。"

"没错。"

"他们还想陷害你。"

吉莉安点点头："更不用说想杀我了，已经下两次手了。"

"那会是谁呢？"比尔克问，"谁有这样做的动机？"

"凯尼森吗？"利奥问，"他有本德雷克的门卡，而且在知道你还活着后，他迅速离开了。"

"但是如果他有匿名门卡，为什么还要用自己的门卡，或者本德雷克的门卡呢？"吉莉安反问。

"我现在不觉得他是自杀的。"卡森说。

"同意，他是被谋杀的。凯尼森肯定知道些什么，而且他可能马上会告诉我们，所以他就被杀了。"

"那还能是谁呢？"莉安问。

"安德，一定是他。"伊斯顿说。

"若是几天前，我也会这么认为。"吉莉安回答，"但我现在不那么确定了。他的每一项任务如今都被搁置了，而且他那晚和我说的话……我很难相信这些事是他做的。"

"谁可以拿到门卡？"

"几乎所有人。空间站的工作人员都经过严格的选拔和培训，安全方面的检查并不针对内部人员。大多数检查站都是为了防范空间站内的气压在紧急状况下会出现的问题。没有人想到会出现内奸。"

桌子旁的每一个人都不禁打起寒战。

莉安看了看大家："如果真是这样，那些症状又是怎么一回事？"

对吉莉安来说，是时候说出她真正的理论了。当真相揭晓的时候，人们要么选择接受，要么认为是天方夜谭，拒绝相信。其实她自己也不敢相信，但是除此之外，没有一个理论可以解释现在的一切。她不再踱步，手放在椅背上。

"过去十年，我致力于研究是什么构成了一个人。"她字斟句酌，想表达出内心真实的想法，"我无数次问我自己，到底是什么定义了我们？是我们的经历，也就是我们如何感知这个世界，如何与这个世界互动。"她顿了顿，"是我们的记忆。没有记忆，经历一文不值。"她想起了肯特微笑着把箱子搬到他们新家时的样子，她想起了分娩时的痛苦，想起了怀抱中的新生命带来的温暖，想起了她摸着肯特的胸脯，感受他最后一次呼吸，"是我们的记忆造就了我们。"

"你想说什么，吉莉安？"卡森轻声问。

她打起精神，暂时忘却一切。"安德的系统是建立在达到绝对零度的基础上的，只要阻止原子运动，就没有能量损失，对吗？"坐在桌子旁的大家点点头。"从我们的实验来看，参加过转移的人没有任何物理损伤。也就是你说的，比尔克，神经元没有任何物理损伤。可是心理上呢？"

利奥紧张地笑了一下："你在说些什么？"

"你可以测量感情吗？用曲线图去记录记忆？"

"脑电波显示——"莉安开口说，但是吉莉安打断了她。

"记忆与情感之间相互联系，但我们无法测量是什么造就了我们。从我的研究领域来看，我们知道，记忆被储存在海马中，当我们爱上某个人时，某种特定神经元就会被激活，但是我们从未测量或者计算出它们的本质、它们的能量。当我来到这里做实验后，我才发现人们需要回想，才可以激活相关神经元的路径。"她看向大家，"我想说的是，如果转移造成的能量损失不是物理上的呢？如果损失的是那些造就我们是谁的记忆碎片，如果丢失的能量来自他们的记忆呢？"

大家都沉默不语，房间内只能听到空间站设备工作的声音。

"你在说灵魂。"伊斯顿说。

吉莉安皱着眉："我不知道，随便你怎么说。但这能解释大家的症状。"

"这……真是太牵强了。"卡森说。

她耸耸肩："那你有其他解释吗？"

"这就意味着空间站中的大部分人都对我们说了谎，隐瞒了他们正在经历的一切。为什么？因为上瘾？兴奋感？"吉莉安挑起眉毛。卡森朝她歪头，表示同意："好了，好了，我理解你的理论。但是为什么之前在地球上实验的时候，没有出现这些症状？"

她耸耸肩："或许有潜伏期，或许是转移的累积，又或者是转移舱之间的距离。我不确定。"

"假设你是对的，"莉安问，"那我们怎么解决问题呢？"

"我们不解决。"

"我们不解决？"

"你建议怎么解决？如果我是对的，那我们现在面临的情况就已经超出了目前的科学范畴，也超出了我们的理解，我不能解决我理解不了的事情。此外，受到影响的人现在也不会愿意合作。他们不像凯尼森，他们已经上瘾了。谁知道他们能做出什么出格的事情来。"

"所以，你建议我们怎么做？"利奥轻声问。

吉莉安看了看地板，又把目光投向他们："我认为我们应该尽快离开。"

"你想离开？"卡森问，"我们现在比任何时候都要接近真相。"

"所以我们才要离开。"吉莉安说，"你自己也说了，这意味着大部分人都受到了影响，而且他们都在说谎。我猜，那几张丢失的门卡应该遍布空间站的各个角落。而且，如果他们为了隐瞒真相杀死了两个人，你又凭什么觉得他们不会再多杀几个人呢？"

卡森看着吉莉安，她知道他在思考。他往前挪挪身子，没有看向大家。"投票吧，赞成离开的？"

吉莉安、比尔克、伊斯顿和利奥一起举起了手，莉安犹豫后也慢慢地举起了手。

"好。"卡森说，"莉安，我提升你为指挥官。伊斯顿，你是机长，现在立即准备启航。如果我们抓紧时间，不出十个小时大家就可以离开。"

"那你呢？"吉莉安问。

"留在这里。"卡森的注意力转到其他人身上，"你们还在等什么？赶紧动起来。"

大家纷纷从座位上起身，鱼贯而出，除了比尔克。他还在门口徘徊，直到吉莉安点头，他才离开。吉莉安和卡森留了下来，俩人谁都不愿意先离开。她静静地等着，看着他，看着眼前这个熟悉的陌生人。

"你没必要这么做。"吉莉安最后说。

"你知道我必须这样做。事关重大。我要对这个项目还有空间站上的每一个人负责，我现在不能逃跑。"他笑得很苦涩，"第一次离开地面时，我就知道其中的风险。当我看到爸爸的望远镜时，我就知道这就是我的理想，这儿才是我的归属。"他走近她，拉住她一只手，把她吓了一跳，"谢谢你所做的一切。关于这一切的真相，我不知道你的理论是否正确，但你完成了我的要求，而且不限于此。我知道你永远不会原谅我，但我真希望事情从一开始会有所不同。"

"例如你不会绑架我？"她不带任何恶意。

"一开始我就不应该把你拉下水。"

她想要说些什么，但却说不出话来。

房间突然剧烈地晃动起来，地板朝右边倾斜。

卡森抓住她的手臂，自己则撑在桌子上。"发生——"他说。

随后，刺耳的警报声传来，淹没了他的声音。

2028 年 9 月 17 日，大约在"探索六号"灾难发生一个月后。
南代托纳比奇市警察局
事故报告档案号 5547798
接待员：罗伯托 · 贡扎加警官
原告：卡特里娜 · 尼科尔斯

贡扎加警官：尼科尔斯夫人，我们现在正在录音。请说出您的名字，以及您今天来警局的原因。

尼科尔斯：我叫卡特里娜 · 玛格丽特 · 尼科尔斯，我来这里，是为了我的外甥女卡丽 · 玛丽 · 瑞恩。

贡扎加警官：您的外甥女怎么了？

尼科尔斯：我不知道该从哪儿说起。这……这一切说来话长，我的妹妹是……吉莉安 · 瑞恩，她参与了"探索"任务。

贡扎加警官：就是那个——

尼科尔斯：是，就是她。她之所以参加那个任务完全是因为卡丽。卡丽生病了，她得了罗斯综合征。吉莉安是该任务的医学联络官，她不在的时候，我帮她照顾卡丽。

贡扎加警官：您需要纸巾吗？

尼科尔斯：不，不用，我没事。你以为哭出来就可以发泄一切，事实上，永远都发泄不完，坏事会接踵而至。

贡扎加警官：您刚刚说到卡丽？

尼科尔斯：吉莉安走了之后，她的病情恶化了。她常常忘记事情，以为自己只是走神了。她病发得越来越频繁，有时每天都会发病，情况真的很糟糕。我的丈夫不得不请假来帮忙，再加上我又怀孕了，压力真的很大。上个月……那一场灾难。我……我很爱我的妹妹，只是……

贡扎加警官：节哀顺变。

尼科尔斯：谢谢你。上帝应该保佑她，保佑她们两个。吉莉安离开之后，我每个晚上都在为她祈祷。但是……我不知道接下来该怎么办。我不忍心告诉卡丽，而且新闻都在报道，要瞒住她真的很难。她不停地问我她妈妈什么时候会回来，我总是告诉她很快了，所以当美国国家航空航天局的那些男人出现在我家门前时，我终于觉得我可以坦白一切了。

贡扎加警官：美国国家航空航天局的代表来拜访您？是什么时候的事？

尼科尔斯：三周前。他们来到我家，说抱歉发生了这种事故。谢天谢地，卡丽当时正在睡觉。所以我问了他们一些有关任务的问题，为什么在一切发生之前，我们不能和吉莉安说话，他们都一一回答了。还说在灾难发生之前，吉莉安已经把她所有的研究结果发回地球，他们说她取得了一些突破，这些突破有可能帮助到卡丽。他们让我把卡丽带到位于美国国家航空航天局园区附近的医疗院里，然后让卡丽留在那儿，那儿的人员会让她接受治疗。

贡扎加警官：那您带她去了？

尼科尔斯：嗯，带她去了。我还记得她被带走时的情景。她回头看着我，就像我是她认识的最后一个人，然后……然后……

贡扎加警官：慢慢来。

尼科尔斯：我就这样抛弃了她。

贡扎加警官：您需要歇一下吗？

尼科尔斯：不，不，我必须告诉你。他们说治疗时间可能长达六周。身为代理监护人，他们会向我们更新她的情况，并会在下周前通知我们什么时候可以去看望她。

贡扎加警官：那他们通知您了吗？

尼科尔斯：一天清晨，他们在我丈夫上班前打来电话，说治疗出现了并发症，不能让我们见她。我一遍又一遍地要求见她，但他们就是不允许，说是太危险了，因为他们的治疗过程有生化危害性……他们不让我们见她，所以我只能来这儿报案了，你必须让我们见面。

贡扎加警官：好，我保证我们会打电话查清楚。不管治疗如何，你都有权探望她。

尼科尔斯：不，你不懂。他们打电话过来时，她已经走了。她因为治疗死掉了。他们甚至不让我看她的尸体。

// 第四十章 //

他们踏进控制中心时，里面一片狼藉。

六名机组人员分别或站或坐在他们的控制台前，所有人的位置都能清楚地看到空间站外的景色，大片区域都被他们来时乘坐的那艘飞船所占据。脚下的空间站再次颤抖起来，这一次没有那么剧烈，但这让吉莉安知道了是什么引起了震动。

停靠在"探索者十号"上的那艘他们离开地球时乘坐的航天飞机，此时正在移动，或者说在试图移动。引擎发出微弱的光芒，连接飞船和空间站的支柱剧烈地左右摇晃。

"这到底是怎么回事？"卡森询问离他最近的机组人员。

这个人的眼睛里充满血丝，他看了一眼卡森，目光又转回到屏幕上。"有人启动了航天飞机的主引擎。"

"什么？那不可能，得有人在上面才行。"

"那就是有人在上面。我们现在要分离'探索者十号'，否则气闸就会被破坏。"

"分离？不行，肯定还有别的办法。"

"长官，我没开玩笑，没别的办法了。而且我们已经没有时间进行手动操作了。要么就分离再对接，否则整个空间站都会减压。"

地板再次剧烈地震动起来，航天飞机的引擎更亮了。

吉莉安走近窗户。窗外，支柱就像是举着千斤鼎的手臂，眼看就要弯曲折断。她转过身去，紧盯着卡森，知道接下来会发生什么。

"行吧。"卡森说。

他身旁的机组人员飞快地在屏幕上敲打着键盘，双手快速地左右移动，最后按下确认键。

对接支柱发出亮光，再次震动起来，脚下的地板也跟着剧烈抖动。连接着"探索者十号"的支撑物一一松开。最下方，气闸舱开始旋转，随后退回到空间站的安全地带。

"卡森——"吉莉安说。

"没关系，我们必须这样做。一旦它与空间站分离，我们就会发射着陆器，再次与它对接。"

吉莉安看着巨大的飞船慢慢脱离，旋转起来，就像是有一只无形的手将他们的飞船夺走了，夺走了他们想要逃离黑暗宇宙的唯一希望。

"气闸舱达到百分之百稳定。"机组人员看着屏幕说，"空间站的对接装置也无明显损坏。'探索者十号'脱离了行星引力，进入轨道。到目前为止一切顺利。"

"为我的机组人员准备好其中一个着陆器。他们会登船，然后关上航天飞机。"

"收到。"

引擎的火焰越发明亮，随着转速增加，火光已变成白橙色。吉莉安看着飞船渐渐远离空间站。此时，身后传来脚步声，她转过身去，看到莉安、伊斯顿和比尔克走进房间。

"刚刚是怎么回事？"伊斯顿问，看到窗外的景象，他睁大了双眼，

"呃，长官，我们的飞船走了？"

"引擎出故障了。我打算分离再对接，你们两个负责。"

比尔克经过他们身边，走到吉莉安身旁："情况不太妙，博士。"

"岂止不太妙，你可真会轻描淡写。"

"嗯，我也这么觉得。"

门再次打开，奥林出现了，他眼神锐利地看了大家一圈，最后才注意到旋转着的飞船。他向大家走近时，吉莉安注意到，他的头发是湿的，有水滴滴在他连体服的衣领上。

"这是怎么回事？"他问。

"飞船故障。"她回答。

"该死，有人在上面吗？"

"应该吧。"

"一分钟前，震动开始的时候我在洗澡，脖子都快断了。"

"吉莉安，我能和你到外面谈谈吗？"卡森走向她。

"当然。"她转身想走，但奥林轻轻地抓住了她的手臂。

"再次谢谢你昨晚的聆听。我昨晚喝得太多了。今天差不多一整天都在睡觉。"

"不客气，很高兴我来得正是时候。"

"确实是的。"

她冲他笑了笑，就跟着伊斯顿和莉安离开了控制中心。突然，一道亮光闪过房间，她在墙上的影子被无限放大，但又迅速消失。吉莉安转过身去，听到奥林快速地吸了口气，然后大声诅咒着。

"探索者十号"着火了，航天飞机消失了。碎片燃烧着，从巨大的飞船上四溅而出，发出亮眼的火光。一团气体遮住了飞船的后半部分，随后这部分发出耀眼的光亮。半秒过后，火光燃尽，飞船也消失在一片白光中。

吉莉安双腿发软，胃里一阵恶心。莉安用母语说了句什么。有人揉了揉吉莉安的肩膀。

飞船的碎片从爆炸中喷出，和航天飞机的残骸相比，其四散的烟雾就像是巨大的流星。奥林将头转到一边，一手捂住脸。吉莉安知道自己也应该这样做，爆炸的亮光很可能会损害她的视网膜，但是她移不开视线，她一直看着火焰向外蔓延到太空，直到燃烧着的燃料变成美丽的光晕。她不能自已，这是他们回家的唯一途径，如今却变成了毫无用处的碎片，再也无法将她带回到女儿身边。

然后吉莉安被带走了，被拖着走出控制中心。她试着留下来，想看着最后一团火光随她的希望一起，消逝得无影无踪。

// 第四十一章 //

卡森摇晃着吉莉安，直勾勾地看着她的脸，鼻尖几乎都要碰到一起了。

"吉莉安，振作起来。"

她朝左看，但是控制中心的门已经关上了，她再也看不到那些爆炸的燃烧碎片。此时，机组人员就像一尊尊巨大的石雕，站在那里。

"吉莉安？"

"我没事。"她其实不确定自己是否真的没事。

"没有一个人动。"比尔克说。

"什么？"卡森放开她的肩膀，问道。

"那些人。飞船爆炸的时候，他们甚至都没有畏缩。"比尔克看了看周围的人，"他们就像是已经知道结果了。"

伊斯顿摸摸下巴，点点头："该死，他是对的，长官。"

比尔克盯着那扇关着的门，仿佛要把门看穿："我们现在该怎么办？"

吉莉安想了想，试图整理杂乱的思绪。一定会有办法，一定能另谋出路。"他们的下一个目标是我们。"她轻声说。

"什么？"卡森问。

"现在我们已经是笼中之鸟，他们一定会杀人灭口。飞船爆炸就是完美的借口，他们会说这是飞船分离时发生的意外。"吉莉安浑身发抖。

所有人都看向卡森，他顺着走廊瞥了他们一眼。这时两个男人走出电梯，走进了一个房间，又消失不见了。"听着，我们不确定——"

"卡森，"吉莉安说，她的语调让卡森不得不一脸认真地注视着她，认真倾听，"我们已经穷途末路了。我们要怎么离开这里？"

沉默了一会儿后，他说："我们可以乘坐其中的一个着陆器。伊斯顿，准备好。莉安，你去找利奥，我最后见他是在医疗室，将他带到二楼的仓库来。然后带上所有你能找到的物资。吉莉安，你和比尔克可以帮他们。我要回一趟房间，之后我会与你们会合，我们到时一起把东西装上船。我们将需要很多水和水力清洗设备。至少两个。别磨蹭了，赶紧行动起来。"

"长官，着陆器的传输距离有限。"伊斯顿说，"传输到回程的四分之一，燃料就会耗尽。"

"我知道，我会给控制中心发求救信号。"

"然后等待救援？不，那行不通，长官。那得花上六个月，也许一年。"

"我觉得我们还有其他选择。"吉莉安说。

"他们会来救我们的，特别是当我们告诉他们这里发生了什么之后。"卡森看着大家，"大家都准备好了吗？"

"完全没有。"比尔克说。

"好，行动吧。"

他们顺着走廊出发，走进电梯，没有听到控制中心的门开了。几个机组人员踏进走廊，看着他们。电梯门关上了，卡森一行人乘电梯往上。大家都知道每一层楼等待他们的是什么，每个人都沉默不语，紧张不安。起码他们不是听天由命，而是主动出击。吉莉安心中燃起了一丝希望的火光。

他们终于要回家了。

或许会为此付出生命。

到达住宿楼层，电梯门开了。卡森走出电梯，吉莉安却突然想起一件事。研究。他们所有的研究成果都还在实验室，存在空间站的主机里。

"该死！"她的惊叫引起了大家的注意，"我们的研究成果都在实验室里。"

卡森皱了皱眉："你最快可以多久拿到？"

"最多五分钟。"

"你和比尔克先走，我们在实验室会合。"卡森看向莉安和伊斯顿，"你们按原计划进行，我们在一楼集合。"他头也不回地转过身去，匆匆穿过走廊。其他人都退回到电梯里。

来到实验室的楼层，伊斯顿和比尔克站在电梯门的两边，他们的拳头在腰间紧握着。

"大块头，如果有人在那儿，就来个全垒打。"伊斯顿对比尔克说。

比尔克朝吉莉安挑挑眉毛。

"如果外面有人，那就开打。"吉莉安解释道。

比尔克点点头。电梯门开了。走廊里空无一人。

伊斯顿谨慎地走出电梯，朝走廊两头都看了看才点了下头。"等下可别迟到。"当吉莉安和比尔克从他身边走过时，他说道："记住，在楼下等着你们的可不是什么出租车。"

门关上前，她眼前最后的景象是伊斯顿的笑容。她领头走在前面，行进过程中总时不时回头检查情况。走廊里一片死寂。他们来到实验室。穿过房间时，灯亮了起来。

"我应该怎么做，博士？"比尔克问。

"站在门口放哨。"

比尔克朝走廊张望，她打开他们的研究文件，确认无误后才将文件放进文件夹。她拨开两沓纸，找到微型硬盘，将它插入电脑。她点击两下，将数据下载好，正准备关上电脑，突然停下了动作。如果她出了意外该怎么办？研究成果，她所有的研究成果都会消失不见。

吉莉安进入空间站的主机，一边浏览系统，一边绞尽脑汁地回想她学过的通信指令。

"博士？"比尔克问。

"等一下。"她找到了通信软件，打开附件程序后选中文件。她看到屏幕的角落里有一个视频图标，犹豫了一下后，她点击该图标。她自己的影像出现在屏幕上，屏幕右上角有一个闪烁的红点。

"我……我是吉莉安·瑞恩博士。我……这是求救信号。我们的飞船被破坏了，这里的机组人员也出了点问题，他们……他们得病了。我们现在正设法逃离，很快会再次联系你们。我们需要帮助。拜托了。我们——"

"博士，有人来了。"

吉莉安点击"结束"键，手忙脚乱地把视频和文件夹上传到附件。她颤抖着点击"发送"键，然后抬头看了看比尔克。他已经从门边退了回来。

"是谁？"她低声问。

"我不知道，就是看到有人往这边过来了。"

"做好准备。"

她将微型硬盘从电脑上拔下来，塞进口袋，冲到门边，与比尔克面对面站着。比尔克看着她，她笃定地朝他点头，试图稳住他。其实她无比恐惧。她身体虚弱，根本无法击退他人。

门外传来脚步声。然后脚步声停住了，随后越来越近。

拜托，是卡森来了。

门向一旁滑动开。吉莉安走上前，竭尽全力向前挥拳，当她看到安德惊讶的表情时，她停住了。比尔克一把抓住这个老人的脖子，安德痛苦地呻吟着。

"这到底是在闹哪出？"安德问。她发现他没有带任何武器，反倒是比尔克把他勒得脸色已经变成了紫褐色。

"放开他。"她后退一步。

比尔克松开手，挥着拳头。他举着拳头，拳头大得吓人。

"天哪！"安德喘着气，揉着自己的喉咙，怒视他们，"这是什么意思？"

"你身上有武器吗，博士？"她问。

"武器？你在说些什么？"

"比尔克，搜他身。"

"什么——"还没等安德说完，比尔克已经开始在这位物理学家的宽松毛衣和裤子上摸索。

"什么也没搜到。"比尔克说，往后退了一步。

"因为我什么也没有！发生什么了？我听到了爆炸声，当我往外看的时候，到处都是燃烧的碎片。控制中心告诉我'探索者十号'出了故障，没有人知道该飞船的机组人员在哪里。"

"你是怎么找到我们的？"比尔克问，高大的身影笼罩着安德。

"我猜你们在这儿。"

吉莉安打量着他。一阵尴尬过后，安德伸出双手，掌心朝上："发生了什么事？"

"我们找到了机组人员病症的原因。"吉莉安说。

"然后？"

"绝对零度并非绝对的，因此仍然有能量损失，而这部分能量是他们的记忆。"

安德皱起眉头："博士，我真的——"

"我们现在没有时间讨论了。我们要走了，和我们一起吧。"

"你疯了吗？你们的飞船不见了。你在说些什么？"

这时门开了，他们都吓了一跳。卡森站在门口，盯着安德。他拿着什么东西，举起来指向安德。是一把手枪。

"你到底是从哪儿弄来的枪？"吉莉安问。

"在我的房间。"他回答道，目光没有从安德身上离开，"你和他说了吗？"

"说了一点。他要和我们一起离开。"

"不，我很确定我不会跟你们走。"安德说着站直了身子，"而且，我对你很失望，卡森。这里严禁携带武器。空间站——"

"里面的子弹是复合铝，不会刺穿船身，但人就说不定了。"

"那就别拿枪指着我。"安德说。

卡森放下枪，对吉莉安说："我们得走了。你都搞定了？"

"嗯。"她说，"走吧。"

"这太荒谬了。简直荒唐。我完全不知道发生了什么。"安德边说边跟着他们走到走廊。

"所以你才要跟着我们。"吉莉安说，握住他的手。

这时有人从前面的电梯走了出来，安德抽出手，嘴里嘟囔着什么。

弗农·菲格，穿着和他在生物圈时一样的衣服。这个健壮结实的男人笑了笑，向他们走去。"原来你们在这里！"

卡森举起手枪："站住别动，菲格博士。"

这位生物学家的笑容瞬间僵住了，他停住脚步："哇，这是怎么回事？安德博士，你没事吧？"

"我没事，弗农。只是想和这些人讲道理。"

"你在这里做什么？"卡森问。

"我一个小时前刚从星球表面回到这里。爆炸发生时，我和生物圈联系了，让他们也来这儿。我想着，发生了这样的事情，空间站应该会有指示。"

"着陆器都在这里吗？"

"只有一个，另外一个应该快到了。怎么了？"

卡森看了吉莉安一眼："问问而已。请你走到一边，菲格博士。"

"当然，我只是担心而已。控制中心的人都不知道你们在哪儿。"他拖着脚走到一边，伸出手掌，"我只是想着我可以帮他们找到你们。"他又笑了笑。

卡森示意吉莉安和安德离开。他们又开始往前走，一个个从弗农身边经过。

"勒克鲁瓦长官，我会认真地重新考虑你现在的行为。"安德说，不再跟着他们，"这将是你职业生涯的终结。"

"我知道。"卡森说。

"哦，长官？"弗农说，"我差点忘了，控制中心的人说你把这个落下了。如果我看见你，他们要我把它交给你。"

"什么东西？"卡森转向这位生物学家，问道。

弗农在他的口袋里翻找了一会儿："怎么不见了？"

吉莉安看到他肩膀紧绷着，从口袋里掏出一个闪闪发光的东西，直勾勾地盯着卡森。

"卡森！小心！"她尖叫起来，但为时已晚。

卡森试图举起他的枪，但是弗农一个箭步向前，抓住了他的手腕，前臂青筋毕现。弗农扬起手术刀，划过卡森的喉咙，脸上露出灿烂的笑容。鲜血喷涌而出，形成一道弧线，溅到弗农脸上，在白墙上留下一道道血痕。

卡森跟跄地往后退，手枪从手里掉落。他紧紧地捂住喉咙上的裂口，双眼凸起，想要阻止血流出，显然是徒劳。

"早就告诉过你，大家都叫我小弗。"弗农说，目光转向其他人。

吉莉安的脑子一片空白，卡森的生命之血不断从他的指缝流出，她跌坐在地。那位满身鲜血的生物学家朝她走近时，脸上依然带着笑容。就在比尔克把她拉到身后，像盾牌一样挡在她面前时，她注意到身边有动静。

安德张开双臂，有点吃力地向前猛冲。弗农将刀尖刺向安德。吉莉安看到那锋利无比的刀锋划穿安德的毛衣，就像魔术一般。安德发出一声呻吟。弗农转动了一下刀，之后又转动了一次，最后一把将刀拔出。安德紧紧按住伤口，双腿一软，往后跟跄了一下。比尔克也冲了上去。这个高个子从摔倒的安德身上跳过去，一拳打在弗农的头上。

显然，这位生物学家有备而来。他抓住比尔克的前臂，一顿猛刺，但比尔克还是狠狠地打到了他。弗农蹒跚倒退了几步，试图保持平衡，但还是摔倒了。他一屁股坐到地上，还滑出去了一小段距离，一手依然握着手术刀。吉莉安决定做点什么，如果她坐以待毙，他们都会死。她往前跑，在血泊中滑了一下，倒在卡森旁边。他靠墙坐着，依然捂着自己的喉咙。她拿起手枪，枪柄已经被染上深红色的血液。弗农已经站起身，正在朝他们走来。

吉莉安举起枪，扣下扳机。什么也没有发生。她的拇指摸到了一个小按钮，于是按下它，心里明白，如果那不是保险栓，她就该命丧黄泉了。子弹从枪里射出。弗农身后的一块灯板爆炸了。她第二次扣下扳机，打中了弗农的右侧大腿。他咕哝一声，举起刀尖，向她扑过去。她再次开枪，同时躲到一边，锋利的刀刃随时都会刺到她。脚下的鲜血已被她蹭得到处都是。比尔克猛地把她拉起来。

弗农伸出手臂，举过头顶，手术刀离他的手只有二三十厘米远。他把头转向她，她看到他下巴的大部分已经血肉模糊，舌头在嘴里打转。他用一只眼睛盯着她，拼命眨着。他抽搐了一下，然后一动不动了。鲜血不断涌出，血泊不断在他身下蔓延。手枪从吉莉安的手中滑落，哐当

214

一声掉在地上，随后实验室又恢复了平静。

"你没事吧，博士？"比尔克问。

"嗯，他没有伤到我。"

一阵汩汩的声音拉回了她的注意力。卡森在原地看着她。她跪在他旁边，他温热的鲜血浸透了她的连体服。

"啊，该死的，该死的，该死的！"她伸手捂住他的脖子说。他的指缝间已经不再有那么多血渗出。"你会没……"她无法说出他会没事的那样的话。他只是无力地摇摇头，示意她不要说话。他的嘴一张一合，没有发出一点声音。他舔舔嘴唇。"一……楼。"热泪模糊了她的视线，她擦掉眼泪。"好的。"

"对……对不起。没想……到……会这样。"

"嘘，别说话。"

卡森的手从伤口移开，朝她伸手。她抓住他湿漉漉的手掌，紧紧地握住他。他半闭双眼，不再有鲜血流出。卡森抓住她的手指，又松开了。吉莉安无声地抽泣着，全身颤抖。周围是一片血泊。

"博士？"比尔克轻声问。

吉莉安吸了一口气，看到比尔克正蹲在安德的身旁。这个老人的眼皮就像蝴蝶的翅膀一样扇动着。她轻轻地把卡森的手放在他的大腿上，穿过血迹斑斑的走廊，这一切就像是精神病人的噩梦。

安德看着她，试着微笑："老了。"

"你会没事的，博士。"她声音低沉，"我们带你一起走。"

"不。你说的没错，他们一定有什么问题。你需要离开这里。"

"我们可以带你离开。"

他摇摇头，鲜血从嘴角流出："找到奥林，带他走。他是个……好人。告诉他我爱他。"

她反对，但他抓住她的胳膊，抬头朝左边看去。她顺着他的视线，看到了透明盖子下的紧急警报开关。安德站起身，打开盖子，把手指放在开关上。"走吧。我可以分散……他们的注意力。"她看了比尔克一眼，比尔克脸色苍白。安德一把推开她："走！"

他们起身，吉莉安最后看了物理学家一眼。"谢谢。"说完，他们转身离开。吉莉安捡起手枪，从卡森身边经过时尽量不去看他。卡森已经瘫倒在一旁，空洞的眼睛注视着他们。走到电梯时，门开了。她已经准备好迎接另一场战斗，但是电梯里空无一人。

他们走进去，她按下了一楼的按键。电梯开始下降，天花板的扬声器发出一声尖锐的警报声，墙上闪光灯闪个不停，让人心烦意乱。她想到了卡森倒在血泊中的样子，想到了他松手前是如何抓住她的，不由得眼前一阵发黑。她靠在墙上，肩膀感到很痛。

"博士！"比尔克搂着她，试图让她站直身子。她眼前一片漆黑，随后看到不断闪烁的闪光灯。

"我没事，我没事。"她抓住墙上的把手说。在闪烁的灯光下，她看到地板上的黑点，不禁怀疑弗农到底有没有刺伤她，接着她看到比尔克前臂上的刀伤，鲜血正不断从他的指尖滴落。

"没事，一点都不疼。"当她伸手去抓他的胳膊时，比尔克对她说。

"胡说。你需要缝针。"

"现在不是担心缝针的时候。"他说。

他说得对。她现在需要集中注意力。现在最重要的事情是登上着陆器，离开空间站，活着回到卡丽身边。她看着电梯的楼层指示灯。

三楼。

二楼。

一楼。

她深吸一口气，试图让自己的手不再颤抖，她手里依然握着卡森的手枪。

电梯停下了，警报声和闪光灯也停止了。屏幕上显示一楼，但是电梯门并没有打开。

"发生什么了？"她低声问。电梯猛地动起来，开始上升。

"该死，他们让我们回去。"吉莉安看着电子显示器，找到"紧急停止"的按钮，她大力捶打按钮。电梯停下了。

"在他们重新控制电梯前，我们大概只有一分钟。你能打开门吗？"她问。

比尔克弯弯手指，把它们塞进门缝里，吃力地发出哼声。门被打开了一条小缝，但他没能撑住，松开了手，缝隙又啪的一声关上了。比尔克用瑞典语骂了一句，又把手伸进门缝。缝隙又被打开了，这次开口变得更宽。比尔克低声吼叫了一番，将电梯门完全打开了。出现在眼前的是一堵坚实的墙。

"博士，走吧。"她向前探身，往下面看。电梯地板和二楼天花板之间隔了大约六十厘米。她跪在地上，发现走廊空无一人。

"抓紧时间，博士。"比尔克说，让她平躺在地板上。她努力让自己的双腿和下半身放松，脚下空空如也。她害怕电梯会再次启动，到时她就会被扯成两半。她深吸一口气，闭眼往下跳，重重地摔在地上。

比尔克也把脚放了下来，然后身体往下滑。正当他的肩膀和头部也滑出电梯时，电梯突然动了起来。他重重地摔到了她旁边的地板上，眼睛瞪得大大的，看着电梯底部消失，电梯门也静静地关上了。

"这下我可不仅仅需要缝针了。"他说。

"走吧，我们要找到莉安和利奥。"她扶他起来。他们一路小跑穿过走廊，她的注意力落在他们经过的每一台摄像机上。毕竟随时都可能会有人从门口出来，试图阻止他们，那时她就必须得用到手枪。

他们来到一个角落，随后放慢脚步，环顾四周。她吞了下口水，看到走廊尽头是一间凹室，凹室中间是一个圆形端口。他们看见有两个人在入口处爬着，走得越近，那两个人就越眼熟。

"该死，是利奥和莉安。"说完，吉莉安加快脚步。

"博士——"

"跟上。"

当她走近他们的时候，莉安虚弱地抬起头。看到他们，她举起一只手。

"没事的。"吉莉安说，弯腰在她身边，一秒过后才反应过来，莉安正指向他们来时的方向。

她听到比尔克痛苦得叫喊起来，她试图转身举枪，却感觉全身仿佛烧起来了。

她的肌肉痛苦地抽搐起来，她尖叫着，手枪哐当一声掉到地上。一秒过后，吉莉安也随之昏倒在地。

// 第四十二章 //

一阵嘈杂声。

吉莉安不能理解眼前的一切。有一个人的脸贴在地板上，和她靠得很近。他的一只眼睛睁着，另外一只肿胀发紫，紧紧闭着。她知道他的名字。

她的痛苦正在慢慢减弱，大部分思绪还停留在凹室入口那里。她想要重新睡着，让痛苦消失，又试着再次醒来。她想要一片氢可酮。吉莉安闭上眼睛。再次睁眼时，那个男人消失了。利奥消失了。刚才躺在她身旁的是利奥，他那只没有受伤的眼睛充满了恐惧与悲伤。她双手撑着地板，试着努力站起身，却几乎动弹不得。

"真他妈的把他们都打晕了，鲍勃。"一个声音从她看不见的地方传来。

"谁叫我们的人都是精英，他们才去了五分钟。"

"瞎扯。"

"你瞎说些什么。"

"那是意大利语。"

"别胡扯了。快来帮我，行吗？"

她听到咕哝声，还有衣服摩擦的声音。吉莉安试图翻身，但才轻轻将肩膀抬高几厘米，她又再次倒下。她渐渐想起了过去一小时发生的事情。飞船爆炸。他们计划逃走。卡森死了。她感到一阵恶心，闻到了已经干掉的血的血腥味。弗农的鲜血，或许还有比尔克的。比尔克在哪里？

她抬起头，看了一圈她躺着的凹室。有两个人站在将近两米远的地方。一个穿着深色的警卫制服，另一个穿着宇航服，但是没有戴头盔。他们站在她之前发现的圆形端口旁。端口顶部是一扇小窗，身穿黑色连体服的人正朝窗户里看，脸上带着微笑。她还听到了其他动静，很小声但可以听到。像是有人在求饶。

那个朝窗户里看的人伸手按下了端口旁边的一个按钮。紧接着传来一阵长长的哔声和一声尖锐的叫声，之后声音逐渐减小，房间又重回寂静。

"我的天，那真是残忍。"另一个人说。

"嗯。但必须这样做。"

吉莉安看着他们从端口走开，那个按下按钮的人从卡森的口袋里掏出他的手枪。他将弹匣弹出。"还剩四发子弹。他到底从哪儿弄来的枪？"

"不知道。不过他会很高兴我们抓住了他们。"

"肯定的。很高兴那时候我看到了你。"

她的身体逐渐恢复了力量。她咽了口唾沫，眨眨眼，将自己的思绪理清。穿着宇航服的是格思里，那个带他们到地面的飞行员。另一个人她从未见过。她迅速环顾四周。利奥和莉安在哪里？

"看起来有人醒了。"格思里说，低头看着她。

"求……求求……"她说。

"别担心。很快一切都会没事的。"

"我们先解决他吧。"另一个男人说，"我可不想这个大家伙醒来。我们花了好大力气才把他放倒。"

"收到。"

格思里和警卫弯下身子，她看到比尔克正一动不动地躺在她的脚边。他们一人抓住他的胳肢窝，一人抬起他的膝盖，把他从地板上抬起，将他拖到靠近端口的墙边。他们把他放下，格思里按了一下墙上的按钮。又是同样的哔声，端口打开了。

比尔克咕哝着什么，一只胳膊稍稍举了起来。

"快点。"警卫催促道，再次抓住比尔克的腿。他和格思里把比尔克举了起来。

吉莉安摇摇头，逐渐理解正在发生的一切。那是一个垃圾口，用来丢不应该保留在空间站上的垃圾或废物。飞船上也有一个类似的垃圾口，不过要小得多。就在她盯着他们的时候，警卫将比尔克的脚和腿都塞了进去，与此同时，格思里把比尔克的上半身也塞了进去。

"不。"她用沙哑的声音喊着，一只胳膊支撑着身体。她成功地从地上爬了起来，摇摇晃晃地跪在地上。

"别急，博士。下一个就是你了。"格思里说。比尔克宽阔的肩膀卡住了，他费了点力气才终于把比尔克推下去。但比尔克动了一下，吉莉安站起来时，他又咕哝了一声。

"真顽强。"警卫瞥了一眼她的方向说，随后关上垃圾口的门。

门砰的一声开了，又往回弹。比尔克的一只手紧紧地抓住边缘，门撞到的地方有鲜血渗出。警卫冲了过去，试着扒开比尔克的手，但是比尔克突然伸手一把抓住了他的脖子。

"他妈的。"警卫说。他被拉到前面，额头撞到了墙上。

警卫摔倒在地，比尔克趁机从垃圾口爬出来。格思里往前冲，但他经过吉莉安时，被她踢了一脚，跌倒在地板上。

比尔克从垃圾口成功逃出，他紧绷的下巴就像飞船船首。他往前走了一步，摇摇晃晃的。他看到了吉莉安，吉莉安注意到他地眼神变了。他的眼神里满是愤怒。

格思里站起身来，掏出一把电击枪。比尔克将枪从格思里的手中打落，抓住这位飞行员的胳膊，一下子把他猛地拉起来，然后抓住他的后脑勺，拖着他穿过凹室。格思里的脸被撞到墙上，发出一声巨响。吉莉安猜他的眼窝应该骨折了，但也可能是他的鼻子。这个飞行员沿着墙壁滑倒在地，墙上留下一道长长的血迹。

吉莉安瞥到有人在动，是警卫挣扎着站了起来，一手拿着手枪。吉莉安跑向他，用肩膀撞他的胸部，巨大的冲力让她的头一阵眩晕。手枪掉到地上，弹到远处。比尔克走了过来，此时的他就像是嗜血成性的北欧海盗。他抓住警卫连体服上的翻领，将他拖到端口，把他的头固定在开口处，将沉重的门砸向他的脸。一次、两次、三次。第四次时，这个人的头骨已经裂了。比尔克松开手，尸体滑倒在地，发出砰的一声。地上已是一片血泊，比尔克浑身是血，吉莉安都不愿去想那些沾在他连体服上的大块大块的东西是什么。

看着这场大屠杀，吉莉安感到有些恶心。但她还是迅速走上前去，拿起了电击枪。但是手枪去了哪里？她朝手枪弹走的方向看去，只见格思里靠着墙坐直了身子，他的鼻子都歪到了一边，而手枪正在他的手里打着转。黑黑的枪口正瞄准着她。

"不！"比尔克冲到她前面，双臂紧紧抱住她。

格思里连开四枪。这么近的距离，枪声震耳欲聋，淹没了她的尖叫声。她感到子弹一一射中比尔克的后背，每挨一发子弹，她都能感受到比尔克的身体在颤动。吉莉安挣扎着，但是比尔克紧紧地抱住她，胳膊紧贴着她两侧。

比尔克慢慢地放开她，转过身去，迈了一步，跪倒在地。后背的鲜血迅速蔓延，将他蓝色的连体服染成了黑色。她听到一声闷响，看到格思里一下又一下地扣动扳机。她无意识地发出一声怒吼，内心积聚已久的愤怒终于在此刻爆发。

她往前迈了两步，将电击枪对准格思里的额头，猛扣扳机。随即传来一阵低沉的咝咝声，就像是一条巨大的蛇发出的声响，格思里在坐着的地方抽搐起来。她闻到一股烧焦的气味，往后退了一步，看到这位飞行员的头皮已经被烧焦。他歪向一边，翻着白眼。

吉莉安转身，跪在比尔克身边，他躺在地上，恰好挡住了子弹孔，但是鲜血不断从他身下渗出，就像一条红色毯子。他看着她，试着微笑："博士。"

她用两只手握住他的一只大手，不愿相信眼前发生的一切。这一切一定是幻觉，她不能看着这个男人死去，这个在院子里和她女儿玩耍的绝顶聪明的年轻人，从未和任何人恶语相向，为了帮助她的研究，他甘愿放弃自己的闲暇时间。而现在，他还为她付出了生命。

"天哪，不。不，比尔克。"

"这是……"他的声音虚弱下来。他咳嗽了一声，胸口涌出鲜血。她发了疯似的用双手抚摸着他，她的手抖得很厉害，以至于她都无法伸直手指。或许还有机会。如果她现在带他去医疗室，一定还能救他。她不再在乎那些人想要什么，她会向他们投降。

但此时的一切才是他们想要的。机组人员需要他们消失。没有记录，就不会暴露这里发生的事情。

"告诉贾斯廷，我对不起他，博士。"

"不，你得自己告诉他，快起来。"她一手托住他的头，但是他轻轻地把她推开了。

"我觉得……我大限将至。"他突然笑起来，虚弱地眨着眼睛，"我终于……终于说对了一次。"

他的笑容消失了，她怀抱里的比尔克渐渐变得无力。比尔克的胸脯一起一伏，直至再也没有升起。

吉莉安号啕大哭，撕心裂肺。她将头埋在他的胸口上，紧紧地抱住他，一遍又一遍地说着"对不起"。她可以闻到他身上须后水的味道，与鲜血的腥味相比，散发出甜蜜的香味。吉莉安往后跌坐在地，无法接受比尔克已经离开的事实。她感到麻木，就像眼前的一切都是假象。过去几个月发生的事情太不真实了，就像是发生在别人身上的。

天哪，她真希望如此。

酝酿一阵子后，吉莉安想要大声尖叫，但她只是咬紧下唇。她的目光从溅满鲜血的凹室看向走廊。电梯在拐角处，那儿是去一楼的唯一通道，她真希望伊斯顿还在那里等她。或许他现在也已经死了。但是她必须试一试，因为这是她亏欠每一个已经离开的人的。

她从地上抓起电击枪，踉踉跄跄地往回走，然后停住了脚步。她不能再坐电梯。即使她可以安全坐上电梯，但那之后，她只能任他们摆布，永远无法到一楼。此外，他们现在也很可能在来这里的路上。

她凝视着凹室，看到比尔克一动不动地躺在那里，她感觉自己的胃一阵下沉。除了比尔克，格思里也瘫倒在他旁边。看到那具烧焦的尸体，她一阵恶心，随后她看到了他身上的宇航服。

她花了大约三分钟的时间才把他的衣服脱下来，他无力的关节和烧焦的气味让她作呕。她穿上他的宇航服，试图将安全带和扣子调得更紧，因为它实在是太大了。不过，头盔在哪里？

吉莉安在室内转了一圈才走向走廊，希望可以在途中看到头盔，但她什么也没有找到。没有头盔，她就不能走。她根本没有办法——

远处传来一阵声音。她停住了，侧耳倾听。很多脚步声。脚步声越来越近。

她转身逃跑。

// 第四十三章 //

走廊蜿蜒曲折，无数的连接点和门就像是荒凉高速公路上的路标一样擦肩而过。

吉莉安向左转，然后在下一条走廊中往右转。她停下脚步，只能听见自己气喘吁吁的声音。他们是冲她来的。一抓到她，他们就会杀了她。她匆匆忙忙地跑着，逃跑的时候，宇航服不断发出响声。头盔肯定就在附近。她在各个走廊穿梭着，已经搜过了一楼一半的地方。不久她就会回到电梯那儿，她不能冒险走那么远。

右手边是一条短短的走廊，她极速刹车，感到一阵兴奋。气闸舱是开着的，里面的架子上整齐地放着一排头盔。她慢跑过去，拿起放在最前面的头盔，迅速戴好头盔，然后扣紧。她伸手摸宇航服的口袋，掏出之前塞进去的门卡，在扫描器上刷卡，想要在里面将门锁上，但没有动静。吉莉安一连试了几次，还是没有动静。他们关掉了系统。

"他妈的！"她戴着手套的手一拳捶在控制面板上，但屏幕还是老样子。就在她想离开气闸舱时，一个想法涌上心头。吉莉安拉开另外两个口袋的拉链，把手伸进去。她掏出格思里的门卡。刷卡后，屏幕改变了，出现了各种命令选项。她按下"开启气闸"按钮，随着里面的门关上，她退了回去。

冰冷的电子声音传来。"五秒后开始解压。"她试着放慢呼吸，已经预知到会发生什么。外面的门开了，广阔无垠的宇宙中只能看见星球的一抹红色。她走到边缘往下看，开始感到失重。她被下方数千米远的、坑坑洼洼的火星表面弄得头晕目眩。如果她搞砸了，她就会被引力拉走，掉进大气层，葬身于坑坑洼洼的火星上。唯一的安慰就是，在撞到地面前，她就已经死了。气闸舱外的走廊目前还是空的。是时候离开了。空间站一侧有一条缆绳，正常情况下，她可以将缆绳连接到空间站的电缆上。她扔掉电击枪，虽然她并不想丢弃它，但是宇航服的口袋放不下这把枪。没有缆绳的话，她需要腾出双手。

她一跃而起，跳出气闸舱，紧紧抓住绳子，指关节疼痛难忍。脚下空荡荡一片，让人胆战心惊。

吉莉安两腿夹住绳子，一点点地往下降。一个支柱挡住了她的去路，她不得不绕开它，挪到一边。还有三四米，就到一楼的气闸舱了。如果有人找到她的位置，他们会直接将她锁在气闸舱外。那样的话，她该怎么办？

一想到在太空站外面飘浮着，寻找出路，她就感到恐惧。她不知道格思里的氧气罐里还剩多少氧气，但是应该足够维持到她进入气闸舱。1.5米、1米、0.5米。

她透过气闸舱的观察孔往里看。里面空无一人。外部控制中心在右边。她沿着缆绳朝那边爬去，正打算按下"开启气闸舱"的按钮时，有物体从角落里朝她飘来。是利奥的尸体，肿胀且骇人，发紫的舌头耷拉着，上面满是水泡，他的双手弯曲，交叉叠在胸口前。

吉莉安尖叫起来，松了抓住缆绳的手。该死，该死。她伸手去抓缆绳，但只触碰到了一点，她已经开始飘走了。她剧烈地扭动身体，不断挥动另外一只手。她的食指勾到了缆绳，又松开了。但那足以把她拉近，她用双手紧紧缠住缆绳，惊魂未定的她不断低声说着"谢谢"。她按了一下按钮，里面的门关上了。

气闸舱的外舱门开了，她纵身一跃跳进去，关上身后的门。她躺在地板上，泪水不断喷涌而出。她想要忘掉利奥的样子，显然那是徒劳的。当他们催促他去外面工作时，他还是活生生的。显然，他试图像她一样往下爬到气闸舱，但他失败了，莉安也失败了。吉莉安打了个寒战，觉得自己要吐了。她慢慢站起身，走向里面的门。增压过程持续了将近一分钟，这段时间里，她盯着窗户，以防有人进来。

窗外是T形走廊。她花了一会儿时间才弄清自己的方位。她的左边是中央电梯，右边是着陆器发射区。走在外面的时候，她没有发现与空间站对接的那两艘飞船，这个事实让她备感不安。飞船应该在这里才对。

系统传出声音："增压完成。"她取下头盔，脱下衣服。如果要逃跑，这些只会拖慢她的速度。吉莉安慢慢平静下来，推开里面的门，走进走廊。两头都没有人。她朝发射区走去。如果伊斯顿还活着，他会在那里。她才走了十几步，就听到走廊里回荡着一个微弱的声音。她停下脚步。

"救命。"是从前面传来的，接近高程控制中心的入口。伊斯顿？她往前走，希望自己身上有武器。她看到了一块粗糙的布料，右手边的门开了一条缝隙。是戴弗的牢房。

吉莉安侧身走到门口，朝里看去。瓦斯克斯躺在地上，倒在血泊中，脖子一侧是一道参差不齐的伤口。血迹一直延伸到玻璃隔板上的小门，门是开着的。

戴弗不见了。她走进房间时，瓦斯克斯发现了她，他将门彻底推开。吉莉安一步步向他靠近。他的眼睛肿胀着，她不确定她是否应该帮助他，甚至不确定她是否能够帮助他——他流了太多的血。

"门。"瓦斯克斯说，起初吉莉安以为他出现了幻觉，随后她感到身后有动静。她迅速转身。戴弗就在她身后，瘦小的他从他藏身的门后猛地冲了出来，一拳打中了她的下巴，打得她眼冒金星。她撞到墙上，踉跄地走到房间外面，滑倒在瓦斯克斯的血泊中。她眼前一片模糊，随后视线又恢复清晰。她试图站起身，但是戴弗已经来到她身边，他一把扯住她的头发，将她的身体翻转过来。

他压在她身上，脸离她只有几厘米。他牙齿发黄，全都烂了，闻起来就像下水道的恶臭。他尖叫着，就像茂密雨林中的野兽。她看见他那只断了手指的手，上边绑着亮蓝色的胶带。他跨坐在她身上，把手伸到她下巴下方，用力地捏着她的脖子，另一只手则在她的连体服上摸索着。

吉莉安试图转身，但身上的生物学家力气实在是太大了。虽然他已经消瘦得不成人形，但那只掐住她脖子的手还是力大无比。她猛地扭动身子，大脑开始缺氧，眼前也开始发黑。她设法抓住他那根断了的手指，扒开他的手。她扭动那根被胶带包住的手指，听到骨头啪的一声折断了。戴弗惨叫一声，换了只手狠狠地把她的头撞向地板。

他要杀了她。他受了伤的手撕破了她其中一个口袋，掏出了一些东西。是格思里的门卡。戴弗看着门卡，狂热的眼神中流露出一丝崇拜的深情。与此同时，那只掐住她脖子的手的力度也减轻了。她吸了一口气，利用这个喘息的机会，用尽全力地朝他胸部撞去。

戴弗向后摇晃，但仍保持身体平衡。他一下攥紧拳头回击。这时候，突然有东西击中了他的头盖骨，他倒在她的旁边，门卡掉到地上。吉莉安迅速溜走，推开还压在她身上的沉重手臂。

只见奥林抓着铁凳凳脚，高高举起凳子，把凳子猛地砸向戴弗的前额。那位生物学家瘫倒在地，发出一声低沉的咆哮。吉莉安摸着自己的脖子跑到墙边，奥林又再次举高凳子。戴弗的一只手无力地举起，但是奥林又将凳子朝他的手挥舞过去。骨头碎裂了，戴弗颤抖着，一动不动。奥林的肩膀紧绷着，转向她时，他的脸涨得通红："你没事吧？"

"嗯，"她沙哑地说，"没事。"

"这到底是怎么回事？"

"我们必须离开这里。"她挣扎着起身，"他们想杀人灭口。"

"他们是谁？"

"机组人员。每一个对转移上瘾的人。"

"上瘾？"奥林看了一眼戴弗，然后猛地把头转向电梯，"我们应该去见我的爸爸。"

天哪。

吉莉安试图组织语言，但是她努力忍住了。因为那会让奥林崩溃的。

"我们必须找到其中一个着陆器。"说着，她弯下腰去捡格思里的门卡。

"着陆器？为什么？"

"伊斯顿，他要——"她摇晃着身子，感到头晕目眩。

"哇，小心。"她因跌倒前倾时，听到奥林说。她快跌倒时，奥林扶住她的肩膀，她伸出手，抓住他的 T 恤衣领。

她的耳朵里一阵轰鸣，视线出现重影，随后又恢复正常。"对不起，我——"她还没说完就停下了。黄褐色的卷曲体毛从他的胸口延伸至领口。在下面，她可以看到他胸骨正中深紫色的瘀青。

在那一刻，她仿佛回到了飞船的气闸舱里，那时，她看到宇航服活了过来，看到了面罩背后肯特腐烂的脸。肯特想要抓住她的双手，于是她挥动撬棒，击中了他的胸部。吉莉安一把推开奥林，差点没站稳。"你……"她低声说。

他低头看了一眼，脸色一沉，整理了一下他的衬衫，遮住她几周前打到他的地方。

"你真不应该看到这个。"他说着，开始向她走去。

// 第四十四章 //

吉莉安后退一步，心情复杂。

有东西碰到了她的脚，她差点就栽倒在戴弗的尸体上了。

"吉莉安，求你了。"奥林边说边伸出双手向她走去，"听我解释。"

她摇头，看向两边，右边是电梯，左边是对接区域。她向右佯攻，然后冲到左边，但是奥林看穿了她的假动作。因为他知道她绝对不会回到任何楼层，那里没有人可以帮她。

"退后。"她退了几步后说，惊讶地发现身后竟然没有墙。

"我想和你谈谈。"

她站在高程控制中心的入口，短短的走廊就在她后面。她无路可逃。

吉莉安转过身去，看到了门旁边的扫描器，她刷了格思里的门卡。

"吉莉安，别这样。听我说完。"奥林离她越来越近，"你不懂。"

门开了，她溜了进去。

"你无处可逃。"

门关上了，将奥林挡在外面。

她正在一个大约三米的转移区域。走廊入口对面是一扇没有窗户的门，上面贴着她在走廊里看到的警告。

闲杂人等请勿入内
禁止携带金属材料入内

她没有看剩下的部分，只是再次在里面的门上刷卡。等待的每一刻都格外漫长，门终于开了。她瞥见一个小东西从身边飘过，一阵痛感从腿上传来，令她头晕目眩。

钛板。她尖叫着，重重地跌倒在门口，大脑一片空白。吉莉安把手伸向她的小腿，以为自己的腿被砍断了，但还在那里。她的连体服已经被割破，被钛板割出的伤口上沾满了湿湿的血迹。

里面的门关上了。几秒后，奥林就会从外面的门进来。她要藏起来。她手脚并用地爬起来，在站起来前，先将重心放在左腿上。之后，她试着站直另一条腿，疼痛不见了，新鲜的血液从她的连体服的袖口流出。她还能走。

她所在的房间是圆形的，头顶上约六米高的支撑梁上系着一条灯绳，照亮了一切。她一瘸一拐地走在一个三百六十度的平台上，中心是开放式的，可以俯瞰至少二十米宽的深坑。在那下面是互相连接着的玻璃导管，它们形成一个巨大的网络，包围着一个看起来像是巨大的倒置顶部的区域。源源不断的光亮穿过玻璃导管，这时候她才注意到，房间里的一切都是用塑料或玻璃制成的。

当然，磁铁会将所有东西都吸到中心，毁掉房间。她蹒跚地走到护栏旁边的一个高高的塑料柜子前，俯瞰着深坑，感觉自己的眼睛后部隐隐作痛，就像是偏头痛发作。

门开了，她瞥见奥林走了进来，赶紧躲到储藏柜后面。

"吉莉安，"他喊道，"我只想和你谈谈。我知道你可以听到我说话。"

她铤而走险地环顾了一下储藏柜的四周。奥林就站在门口，凝视着磁铁的开口。距离他一两米远的地上，有一小摊她的血，还有一条长长的血迹，通向储藏柜。奥林把头转向她时，她迅速低下头。

"对于飞船上发生的事情，我感到很抱歉。当时不应该有人醒着。廷斯利的死只是一个意外，因为他的休眠舱出了故障。但是你在那里。"她听到他的脚步声不断靠近，吉莉安环顾周围，寻找下一个藏身之地，这时她看到对面墙上有一堵低低的玻璃舷墙。

"我当时想着，应该把你也杀了，随后我发现你正在戒氢可酮。于是我就想到了一个方法来扭转一切。在气闸舱里吓到了你，我很抱歉。我穿那套衣服是怕你看见我。我从未想过居然会遇到你。说实话，你伤我伤得更严重。你居然用那根棍子打断了我的胸骨。"

他的声音变小了，因此她可以确认他正朝别的方向看去。她用她最快的速度跑到舷墙那边，回头看了一眼。奥林背对着她，朝反方向踏了一步。

吉莉安躲到厚玻璃后面，蹲下身来。她的腿又痛了起来。她紧紧地咬住连体服的衣领。

"我原本以为陷害你会比杀死你更加仁慈。"奥林说，"我和我在参军期间认识的那些人不一样。我从不喜欢杀戮。"

吉莉安可以透过厚重的玻璃看到奥林，他的身影扭曲，像飘浮着的梦魇。他转身朝她的方向看了一眼，停住了脚步，然后跪下来。"看来你受伤了，但你的意志非常顽强。你的腿在车祸后做了手术，对吗？就在我们碰到之后，我看了一下你的资料。不得不说，我很佩服你的研究，你丰厚的研究成果令人惊叹。"

他站起身，朝她走过去。

在她四五米外还有另一个储藏柜，她气喘吁吁地向储藏柜爬去，每动一下都奇痛无比。她的念珠从连体服的衣领里掉了下来，她心里默默感谢念珠是用木头做的，而不是金属。

"我敬佩你，吉莉安。这是我想告诉你的。你的女儿。她快要死了，对吗？我很抱歉，真的。我也很遗憾瞬间转移不可以自动修复受损的细胞。否则，我们就可以用这些仪器转移生病的人了，对吗？那将会是一个奇迹。"

吉莉安试图控制自己的呼吸，她的声音太大了，而且她确信奥林也可以听到。在她前方，有一个浅口的导管，一直向地下延伸。如果她可以躲到里面，一直等到奥林走过去，那她就可以在奥林抓到她之前，回到门边，离开这个房间。

"但是，你看，奇迹已经发生了。"奥林继续说，他的声音听上去更近了，"转移可以实现的效果，让人难以置信。你根本不知道我内心有多煎熬，我无数次回想起自己本可以救那些人。那些人都是我的朋友。这种念头如同硫酸，从里到外腐蚀着我。本德雷克博士帮助了我，但他能做的也就只有那么多。我试过嗑药、酗酒、打架、做爱，但没有一样能让我忘掉那段记忆。"

吉莉安一手紧紧按住自己的伤口，试图止血。她往前爬，先用头试了试导管的开口。大小刚刚好，但导管的底部向内隆起，卡住了她的胃和大腿。她往里蠕动，把自己塞进去，待完全藏好后，翻转过身来。

　　"直到我参加转移之后。"奥林的声音从很近的地方传来。

　　她屏住呼吸。他能听到她的声音吗？地上的血会不会让他清晰地看到她的藏身处？

　　"第一次转移后，我马上就感觉到它非同寻常。我的痛苦开始逐渐消失。所以我一次又一次转移，每经历一次，我对那天的记忆就消失一点。"

　　几乎就在她躺着的地方，她可以听到他靴子走动的声音。她的太阳穴不断冒汗，浸湿了她的发际线，痒得不行。

　　"当然，你无法控制需要付出的沉重代价。我也忘记了我想要记住的事情，例如我的妈妈、我的未婚妻。但我愿意立刻重来一次。你根本不知道不会再因为噩梦而惊醒是一种怎样的如释重负。"他哽咽了，她知道他在哭泣，"还有我那天晚上在吧台跟你说的话，感觉就像是发生在别人身上的。有些片段听起来很真实，但它们大部分是我很多年前的一个梦而已。我之所以能告诉你那些细节，是因为我回顾了我的日记，还有本德雷克博士在治疗过程中做的笔记。"

　　然后是长时间的停顿，吉莉安感到她整个人都紧绷起来，因为奥林的身影就落在她头顶的栏杆上。他离她只有几步远。他知道她在哪里，他只是故弄玄虚。

　　"不过，我还记得杀死他时的情形，还有丹尼斯。他们都是我的朋友。"

　　那道身影晃动了下，然后往后退。他要走开了。

　　"我之所以伪造这一切，打算留在这里，是因为人类总是不知悔改，心怀怨恨。看看人们所做的事，地球被战争分裂，遭受严重污染，以致我们要永久离开地球。我想说，这太疯狂了。人们总说，不从历史中吸取教训，就一定会让历史重演。我认为那是胡说八道。因为人类从未从过去吸取教训，相反我们心怀怨恨，所以才会有那么多暴力与仇恨，所以才会有连绵不断的战争。这是有史以来最严重的恶性循环。"

他的声音越来越小，吉莉安慢慢地坐起来，从她躲着的地方的边缘朝外张望。奥林不见了。

"如果你都不记得了，你又怎么会仇恨呢？"

她的机会来了。他的声音越来越小，如果她猜得没错，他现在应该在门口的正对面。

当她小心翼翼地把上半身挪出导管时，她不慎撞到了腿上的伤口，她咬紧牙关不让自己喊出来。房间里一片死寂。她仔细倾听，希望可以听到动静或者是他的声音。

仍然是一片死寂。门在二十多米开外。吉莉安思考着是走还是留？小跑过去还是谨慎慢走？

平台的电网上依然没有奥林的踪迹。吉莉安跑起来。她一瘸一拐地尽可能快地走着。每次右脚着地，她都会感到一阵剧痛。前面的道路依然没有人。她回头看了一眼，奥林也不在那里。

吉莉安抓着格思里的门卡，准备在门口刷卡。有人扯住了她的头发。她尖叫起来，扭动着身子，开始往地上倒。奥林从后面把她扯起来，用胳膊箍住她的喉咙，将她往后拽。她踉跄着，拼命踢腿。但他太强壮了。他绷紧手臂，牢牢地箍住她脖子的颈动脉。她的视线模糊起来。这时，脖子上的压力变小了。

"你的女儿快死了，吉莉安。"奥林在她的耳边说，"她现在已经忘记你了，忘记了你对她的意义。如果你也做一样的事情，不是更加简单吗？"

吉莉安发出一声短促的呼喊，再次挣扎起来，但是奥林又加大了力度，一直到她快昏迷过去，他才松手。

"试想一个没有记忆的世界。悲剧不会重演，所有罪行都会得到宽恕，甚至死亡，也不再让人害怕。"

吉莉安深吸几口气，试图冷静下来，思考脱身的办法。她无法摆脱他，不能和他硬碰硬。必须另谋出路。

"你想大家都变成戴弗那样吗？"她终于开口了，被他前臂压着的手指开始动起来。

奥林轻蔑地说："他只是个瘾君子，意志力太差了，没有任何自控能力。"

"其他人就可以吗？这是一种瘾，奥林。我一眼就能看出来。"

"这正是我认为你会理解的原因。我这么做并不是为了重塑自我，而是为了更好地忘却。你不会告诉我，你依然想要记得你丈夫日渐虚弱，慢慢死去的情形吧。当你的女儿死去，你会不惜一切代价忘却那些回忆。"。

她的眼睛一阵灼烧，这跟奥林正掐着她的脖子没有任何关系。"这不仅仅是忘记我逝去的丈夫或者我的女儿。"她说，"我也会忘记和他们一起共度的欢乐时光，而没有任何东西比那些回忆更珍贵。"她的眼角流下一滴泪，滴到奥林的前臂上。

"我真的很喜欢你，吉莉安。我希望你可以从不同的角度去看待这件事情。"他说。他的声音让她感到害怕。吉莉安期待着他还能说点什么，遗憾的是，他说完了。

吉莉安试图将他的手臂从她的脖子上扒开，但他力气很大。一瞬间，她的视线变得模糊起来。她尝试踢腿，但双脚渐渐无力。奥林牢牢地搂着她，慢慢加大力度。

"对不起，吉莉安。"

吉莉安的手开始从奥林的手臂上滑落，但是她抓住了手臂上的一样东西。她残余的意识迫使她紧紧地抓住它。她抓住念珠的十字架，它就像一把匕首，然后用力地朝肩膀后面刺去。奥林大叫一声，松开了勒住她脖子的手，她的视线逐渐变得清晰。

吉莉安从他手上挣脱，转过身去，咳嗽起来。十字架刺到了他的鼻梁，穿过他的右鼻孔，刺伤了他的内眼角。血泪顺着他的脸颊流下来，他的另外一只眼睛正生气地眨着。

看到奥林后面的栏杆，她蹒跚往前，努力让自己振作起来。然后她猛地撞上他，用尽全身力气将他推开。

奥林跟跄了两步，后背撞到了栏杆上。他的手臂不断挥舞着，但是惯性实在是太大了。有那么一秒，他在护栏上保持住了平衡。他一手抓住扶手，摇摇晃晃地试着站起来。

吉莉安往前走，把他推了下去。奥林头朝下，朝护栏外倒去，他的尖叫声被破碎的玻璃声淹没。吉莉安只听到电流的滋滋声，一团烟雾从底下升起，随后整个房间开始震动起来。她走到护栏上，朝下看。

奥林跌到了深处那些交织成一片的玻璃管道上。他的身体已经被烧焦，就像放大镜下的昆虫，蜷缩在里面。破碎的玻璃管道上，电流滋滋地跳动着；在巨大的磁铁作用下，电流迅速地传播。

房间再次晃动起来，她差点失去平衡。警报声响起，空气一片浑浊。她跑起来，没时间理会腿上的伤口。她知道会痛，但绝不能惊慌失措，她必须集中注意力。

她将格思里的门卡对准扫描器，地板下降一两米后又上升。门开了，她摔了进去。当内门开始关闭时，一股电流像蛇一样从磁铁坑中涌出，直接窜上了天花板。发出巨大亮光的电流眼看就要冲到外面。

吉莉安的头发都竖了起来，空气中的静电把它们拉得紧紧的。她的心提到了嗓子眼。她挣扎着站起身，在第二扇门上刷卡。但门迟迟没有打开，让人感到绝望。当走廊出现在她眼前时，她本以为会有十几个人在那里等着她，但是眼前只有戴弗的尸体，还有他身边的一摊血。

吉莉安走进走廊，朝电梯看了一眼，然后转身离开。她还有机会去找着陆器。如果她可以进到着陆器里，或许就可以进行分离，至少还能再打一个求救电话。

她沿着走廊走下去，无比希望自己此时手上有武器。警报声一直在响，她心跳得很快。当她向净化站走去时，她听到了咔嗒一声，门朝她的方向转动开来。她不假思索地侧身闪至一边，紧紧地靠在墙边。一个人影慢慢出现。她松了一口气。

"伊斯顿。"她说。

这位任务专家快速冲向她。他的脸上沾满干涸的血迹，头皮一侧有一道长长的伤口，还在渗血，他拿着一把长约十五厘米的不锈钢刀。

"博士，天哪！你没事吧？"

"我没事。"

"你在流血。"

"你也是。"

伊斯顿顺着走廊看过去："其他人呢？"

在经历这一切以后，她的喉咙再也说不出话来，只能摇摇头。

"所有人？"伊斯顿问。

她点点头。

伊斯顿看上去有些泄气，肩膀微微抽动："是谁做的？"

"机组人员。奥林是毒贩。"

"我知道。那个混账用凳子袭击了我。他现在在哪儿？"

"死了。我们要赶紧离开。高程控制中心出了点问题。"

"我知道。我们正在下降，掉入轨道。"

"着陆器准备好了吗？"

"它们不见了。"

"什么？"

"两个都不见了。它们一定在星球表面，不管是谁留在那儿的，然后从那里转移了回来。"

吉莉安的心一沉。走廊震动起来，她的关节一阵剧痛。

伊斯顿指指身后："听着，根据我刚刚看到的读数，在发生撞击前我们大概还有十分钟时间。高程控制中心一定还有部分是正常运作的，但应该不会维持太长时间。我们需要——"

走廊里传来的动静夺走了她的注意力。三个男人朝她们走来，走在前面的人手拿着一把电击枪。吉莉安往后退，却碰到了一堵墙。没有退路了。她从未想过自己会这样死去。离家如此遥远，离卡丽也如此遥远。她的胃里一阵痉挛，恐惧吞噬了她，让她忘记了身体的疼痛。

伊斯顿站在她前面，转着他手里的刀，刀尖朝下。他看着她："博士，你得走了。"

她咽了一口唾沫，把目光从正在靠近的人身上移开，鼓起最后一丝勇气："无处可逃了。他们会找到我的。我要战斗。"

"不，"伊斯顿指指净化站，眼神已经表达了一切，他们没有时间了，"快走。"

吉莉安低头看了看手里的门卡，又回头看了看伊斯顿。伊斯顿点点头，然后看向迎面走来的机组人员。

她转身刷卡，门开了。门关上时，她看到的最后一个画面就是，带头的男人举起电击枪瞄准伊斯顿，而伊斯顿也冲了出去。地板倾斜起来，她伸出一只手支撑着自己，手掌碰到的却是玻璃，而不是正常情况下会碰到的光滑的墙。屏障后的转移舱是空的，而它比她想象中占据了更多的空间。房间里的灯光不断闪烁，或许是因为她知道自己的归宿，才使得这一切看起来更宏大、更壮观。

她一瘸一拐地穿过走廊，刷卡打开下一扇门，来到净化站外面的等待区域。地板上有血迹，她想，那应该是伊斯顿的，旁边还有一个数字显示器，上面闪烁着有关海拔和速度的警告。

一切都在分崩离析。

外面的走廊里传来一阵长长的、痛苦的吼声，进入大门后就听不到了，但仍然令人心碎。她得极力控制自己，才能让自己不去转身帮他，因为这不是他想要的。吉莉安快速穿过像迷宫一般的净化站，她没有回到着陆器会在的气闸舱那里，而是直接前往下一个房间。

门在吉莉安面前打开了，她走进瞬间转移舱。她感到一种坠落感，就像是来到了台阶的最高一级，却以为还有一级。随着空间站下沉，地板也飘走了。重力去了又来，她尖叫起来。

她猛地撞上了一个落在地上的橱柜，橱柜从她身边滚过，落到地板上。她全身上下都疼起来。她被疼痛折磨得喘不过气，也无法哭出声音。她慢慢地往前爬，不断眨着眼，不让眼泪流出来。

她来到离入口一两米外的、固定在地板上的基座前，站直身子。顶部附着一面屏幕，显示屏上用白色突出显示了四个选项。

地点 1

地点 2

地点 3

地点 4

"啊，该死的。"她低声说，上下扫视着选项，完全不知道该选哪一个。其中一个地点是火星表面，另一个是正向着安德发现的新行星飞驰而去的飞船，还有一个位于地球上的美国国家航空航天局园区内，最后一个则是他们的飞船，现在已经是飘浮在空中的残骸。如果她选错了，会发生什么？她会被分解发射到宇宙中，成为一个永远寻找着不再存在的接收器的信号吗？

这一可能性让她感到更加难以自持。空间站又是一阵震动，有那么一刻，她感觉到了以前那种自由落体的感觉。十分钟。伊斯顿预测，十分钟后，他们就会穿过大气层，坠落到坚实的星球表面。

没有时间了。她必须立刻下决心。吉莉安伸出手，选择了第一个选项。如果选项是按时间顺序创建的，那么这是最理想的选择。

显示器要求她刷卡。她对准顶部的摄像头，挥动卡卡。头顶上的扬声器传来静电噪声，一个声音在说着有关离开的准备事宜，这让她感到越发紧张。这时，瞬间转移舱的末端打开了。

吉莉安颤抖着，深吸一口气。成败在此一举。她只能选择进去，或者留在这里等死。她拉下拉链，快速扯掉自己的衣服。正当她准备摘下念珠时，她住手了，她决定继续戴着它。她不想连体服和她的原子混在一起，但是她不可能丢下念珠。

系统正在倒计时，时间越来越少，她走向敞开的转移舱并爬进去。里面的气味很难闻。净化剂有毒，侵入她的鼻孔，直到她嘴里满是唾液。她知道自己一定会呕吐起来。

房间再次震动，她在导管中飘浮起来，然后砰的一声落下，一道道闪光划过视线。转移舱的门在她的脚下关上并锁上了。周围变得异常安静，她只能听到自己的呼吸声。她的耳朵里隆隆作响。

这样会成功吗？如果成功了，她会忘记什么？她的耳膜突然爆裂开，大气压力侵入了这个封闭的空间。她往下看了看自己的身体，看到腿上那一道丑陋的疤痕。如果她选择错了，这将是她生命中的最后几秒。

她头昏眼花，觉得很不舒服，就像喝醉了酒，至少还不算是难以忍受。随着导管越收越窄，最终变成一个隧道，一种奇怪的兴奋感油然而生。

隧道，随着转移舱再次震动起来，吉莉安终于知道隧道是什么了。她渐渐失去意识，眼前一片漆黑。这就是死亡，没有东西会带给人这种体验。吉莉安用仅剩的一丝意志回顾过往，回顾那些年。在即将陷入沉睡的时候，她牢牢抓住了她生命中最快乐的时光。

永远，卡丽。晚安。

// 第四十五章 //

卡丽望着车窗外经过的棕榈树。

她瞬间高兴起来，因为她还记得那些树的确切名字，但是快乐来得快，去得也快。她今天要去看医生，而看医生从来都不是一件好玩的事。卡特里娜姨妈说，这是一个很特别的医生，他可以帮她治疗她的走神，让她少发病。那样真的是太好了，因为它们最近发作得很频繁。

卡丽看了一眼卡特里娜姨妈。她看上去很担心，噘着嘴巴，像是刚哭过。卡丽猜那应该是没事的，因为她也常常哭。她想妈妈了。

每个人都告诉她，妈妈不在的时候，她可以通过电话或者电脑跟她谈话，甚至妈妈都这样告诉她。但是卡特里娜姨妈告诉她，在天上，也就是妈妈所在的地方，遇到了一些信号问题。她不知道信号是什么意思，但她讨厌这个词。她想回明尼苏达州的家。佛罗里达州很好，她也喜欢海滩，也不介意去史蒂夫姨夫和卡特里娜姨妈的教堂，但是很快就到秋天了，她想要看到树叶变颜色，想要在她们的街区散步，然后回到家后就可以喝苹果汁。

史蒂夫姨夫再次清清嗓子。过去几周，他常常这样做。她注意到，他一有什么不高兴的事情时，就会这么做。卡特里娜姨妈转过身看着她。有那么一瞬间，卡丽非常害怕。卡特里娜姨妈看上去十分伤心，就像是她心里藏着坏消息却不能说出来。

"亲爱的，你感觉怎样？"

"挺好的。"

"没事吗？"

"嗯，就是有点累。"

"我们几分钟后就到。我相信医生会让你小睡一会儿的。"

"你要留下来陪我吗？"

卡特里娜姨妈的脸色变得难看起来："今天不行。我今天不能陪你，不过等你安顿好了，我们很快就来看你。对不对，史蒂夫？"

"当然。"史蒂夫姨夫说。

卡特里娜姨妈又对她笑了笑，她看得出来，那是强装出来的笑容。然后姨妈又再次看向风挡玻璃外面。卡丽凝视着窗外，她看到路上有一个大大的标志，而且离他们越来越近了。

"美国国家航空航天局？那是妈妈去的地方，对吗？"他们放慢车速，在门口停下来的时候，卡丽问道。

"没错。他们知道你妈妈在这里。而且……而且……"卡特里娜姨妈转过身去，不再说话。

一个男人走到车旁，史蒂夫姨夫向他出示了一张纸。那个男人在纸上面写了些东西，然后大门升起，他们开了进去。几分钟后，他们停好车并下了车。卡特里娜姨妈牵着她的手，史蒂夫姨夫从后备厢里拿出她的背包。

"你是在哭吗？"卡丽问道，一边握着姨妈手，一边向停车场尽头的一座白色大楼走去。

"没有，亲爱的。只是过敏而已。"她抽泣着说。

卡丽皱起眉头，看着她的鞋子。她记得这双鞋子是在她们乘坐私人飞机来到佛罗里达州前妈妈买给她的。但她忘记那家商店的名字了，也不记得是否试穿过这双鞋子。那家店的名字听起来很滑稽，但她已经想不起来了。

他们走进一个大厅，史蒂夫姨夫将他一直拿着的纸递给桌子前的一个女士，而卡特里娜姨妈用手抚摸着卡丽的头发。那种被抚摸的感觉很舒服，她和妈妈以前去看医生时，妈妈也经常这样做。

一会儿过后，一个女人过来迎接他们，他们跟着她穿过了很多扇门，穿过了一条又一条的走廊，最后来到一个比较小的房间。一个肤色黝黑、胡子发白的男人已经在那里等待他们。他穿着一套深色西装，看起来像一所学校的校长。

"你好，我是安德森·琼斯。"说着，他跟史蒂夫姨夫和卡特里娜姨妈握了握手，"你一定是卡丽了。"他伸出手，他的手很大，但是卡丽很勇敢，她将他的几根手指握在手里，像大人一样和他握了握手。"听说你不是很舒服。"他说。

"有时候吧。"她回答。

"我们正准备看看能不能帮助到你。"

大人开始聊起天来，卡丽听了一会儿，不过他们讲的是她走神的问题，不是她的妈妈，所以她没有再听下去。墙上挂着的是宇航员穿着宇航服在地球表面上方飞行的照片。地球从高处看起来是那么小。她不禁想妈妈是否也会拍这些照片，这样妈妈回来的时候就可以给她看了。

"我们会好好照顾她的。"琼斯先生接着说，"卡丽，你现在可以跟我来吗？"

卡丽从他伸出的手看向史蒂夫姨夫和卡特里娜姨妈。她跑过去用力拥抱他们，姨妈又哭了，她不知道姨妈怎么了。如果这位只是医生，那医生会帮她的，难道不是吗？

她问了卡特里娜姨妈这个问题，姨妈回答她说："没错，他们当然会，亲爱的。我们很快就会回来看你。"

她松开姨妈和姨夫，拉着琼斯先生的手，跟着他穿过了一扇又一扇门。大门关上前，她回头看，看到卡特里娜姨妈正哭着向她招手。

"你真是一个很勇敢的女孩，知道吗，卡丽？"他们沿着走廊走了一会儿后，琼斯先生说。

"我妈妈也是这样说的。"

"她说得没错。"

"你认识我妈妈？"

"嗯，我认识。"

"真的吗？信号修好了吗？既然我现在在航天局，我可以和她说话吗？"

他们在一个角落转弯，琼斯先生在一扇门上按了几个按键，然后他们穿过门，下了几级阶梯。卡丽不确定他是否听到了她的问题，她正准备再次问他时，琼斯先生说话了："我想你很快就可以和你妈妈说话了。"

卡丽非常激动，兴奋得几次跳起来。他们在另一扇门前停下，琼斯先生打开门。卡丽正准备问她什么时候可以和妈妈说话时，她听到有人喊她的名字。

她看到有人从一个亮白的房间朝她走来，那个人穿着很滑稽的绿色宽松睡衣。过了半秒钟，她才意识到穿着睡衣向她跑来并且喊着她的名字的人是谁。她冲上前去，因为那是她的妈妈。

卡丽迈着巨大的步子跳了起来。妈妈抱住了她。她们坐到地上，她抱住她的妈妈，大声哭泣，因为她再也不想让妈妈离开了。她的妈妈对她说"我爱你，我爱你"。她也说了同样的话，然后紧紧得抱住妈妈，并发誓永远不会再让她离开。

妈妈终于回家了。

// 尾 声 //

———— 八 - 年 - 后 ————

吉莉安看着这场雨。

雨水随风舞动，风从山坡上吹来，穿过她家前面的空地。喀斯喀特山脉几乎每天都会有暴风雨，变化莫测且毫无缘由。雨水说来就来，她反而自得其乐。

吉莉安坐在这栋农场风格的二层小楼的落地窗旁，看着雨水从车库角落流到院子里。远处，松树枝闪闪发光，好像上面撒满了无数颗宝石，又像繁星点点。

她低头看着自己的咖啡杯，皱了皱眉。咖啡杯是空的。吉莉安起身，从客厅走到旁边的厨房，腿上一阵疼痛。猛烈的暴风雨总是像晴雨表一样影响着她的旧患。吉莉安现在日渐衰老，但疼痛没有放过她，甚至比以前还要痛苦一些。

壶里的最后一点咖啡只够倒半杯，她双手握着杯子取暖，听着雨水淅淅沥沥落下。房间里一片寂静。她很难想象自己还有一周便在这里生活满五年了。可这里仍然没有家的感觉，更像另一个中转站。当然，这是在决定搬到华盛顿之前的三年多时间里，经常从一个医疗机构跳到另一个医疗机构留下的消极回忆。就像在不同的地方宿醉一样，安东会这样说。

安东·维尔。她比自己想象中更加想念那位年轻而富有魅力的生物化学家。她想念他们在彼此失眠时的深夜畅谈，想念他们总是会在美国国家航空航天局资助的众多实验室中相遇时的情景。他们的这种关系让她困惑了一段时间，之后她才意识到这个瘦削的男人为何总会让她感到一阵短暂的忧郁。

因为他让她想起了比尔克。并不全是因为身材，而是因为他敏锐的头脑还有善良的品性。一天早上，他给她带了一块松饼和一杯咖啡到实验室。她不得不借故去洗手间，坐在隔间里，痛苦得流泪。这是自她在美国国家航空航天局某个研究中心的隔离区与卡丽团聚后，第一次崩溃。

她放下咖啡杯，手微微颤抖着，回忆起多年前见到女儿的前两天。那些困惑、那些实验，以及数小时的询问和面试。还有在那之前，在空间站的转移舱内昏倒前的最后几秒钟。

官方报告称，她花了大约一百九十四秒从绕火星轨道运行的联合国空间站上的瞬间转移舱穿越到了位于佛罗里达州美国国家航空航天局内的转移舱。不到三分半钟。她看了自己到达的视频。当时，安德的徒弟、西蒙·弗莱彻博士正在转移舱外的一张桌子上工作，突然，一道白光闪过，房间里的摄像机都变成了白屏，几秒过后，他才看到吉莉安一动不动地躺在转移舱里。弗莱彻赶紧冲进去，把她拉了出来，用一条毯子裹住她，然后打电话求救。

接下来，她记得有一个男人站在她身边，他黝黑的皮肤与他洁白的胡子形成鲜明对比，是安德森·W.琼斯，飞行指挥中心的副局长。他总是一副冷淡的样子，但还是耐心听完了她的故事。他将各种人带到她的康复室，并让她向他们重复了这个故事很多遍。最后她不再说话，并表明，在告诉他们其他事情前，她必须见她的女儿。

他们最后让步了。每当她回忆起看到卡丽的那一刻，她的内心都会涌起一股暖意。卡丽飞奔向她，把她抱得紧紧的，仿佛担心她就要溜走似的。

吉莉安拿起咖啡杯，感受着咖啡的余温。这舒缓了她关节的疼痛。她的病或许是早发性关节炎，话又说回来，她已不再年轻。虽然她才四十六岁，看上去却像五十出头。过去八年里的每一天，她都感觉不堪重负，她已经逐渐学会接受镜子里日渐憔悴的面庞，以及越来越多的皱纹。她很庆幸自己还活着，更庆幸自己能听到楼上房间里的声音。

楼上的浴室里传出抽屉咯咯作响的声音。有人在轻轻唱着一首有关狙击手的歌，然后是轻快的脚步声，正匆匆跑下楼梯。

卡丽笑着走进厨房。她现在已经十六岁了，马上就要高中毕业，计划在约八十公里外的喀斯喀特山脉下的杰斐逊学院就读。那是一个很静谧的校园，设有创意写作课程——卡丽常常提到这个课程。那里还有一个仰慕她的害羞的小伙子，当她晚上不用在他们住的半山腰的路边小餐馆打工时，她都会去约会。另外，她身体健康。

"早上好。"卡丽说着，走到吉莉安旁边，快速地亲了一下妈妈的脸颊，然后拿起空空的咖啡壶，"没了？"

"不好意思，我再煮一壶。"

"没关系，我上班路上买一杯吧。"

"我可以——"

"妈……"卡丽有点不耐烦地说。最近几年，卡丽变得越来越独立，而吉莉安还是想要为她遮风挡雨。她们常常会因为这一问题闹得不可开交。但这是母亲的第二天性：保护、担忧自己的女儿，总是害怕明天的到来，因为这意味着离吉莉安无法面对的那一天，又不知不觉临近了。但是现在情况不同了，她提醒自己。她和安东已经注意到了解决病症的方法。

和卡丽重聚不久后，她立马回归了工作。她的研究从此由美国国家航空航天局资助，还有一部分由联合国资助，她猜这是因为她愿意为所发生的事情保持沉默。在灾难发生，空间站被炸毁，几乎所有人都死去后，转移项目进行了重大调整。而她在过去的这几周里得到了足够的资源，开始将她在神经元绘制技术上取得的突破与治疗假说结合在一起。幸运的是，她的所有研究结果都支持她的理论，并且在她回到地球之前成功传送回了地球。吉莉安在研究上的重大突破，让他们比以往更有希望找出治疗方法。在安东的不断帮助下，他们最终研制出一种酶，当这种酶与萤光素酶—萤光素化合物配对时，就能定位并溶解罗斯综合征的神经纠缠。

这一刻来得正是时候。等到他们完成实验，得出结论后，卡丽已经丧失了大部分短期记忆能力。吉莉安无数次在她醒来的时候抱着她，而卡丽总会异常紧张地问她们在哪里、发生了什么，诸如此类的问题，吉莉安都耐心地一一解答，安抚她的不安。当她和安东奋力冲往终点线时，他们有信心得出结论，却不知这一结论能否真正解决难题。此时，卡丽的长期记忆力也开始遭到损害，"走神"变得越来越频繁，愤怒和暴力也成了每日的家常便饭。

林德奎斯特酶疗法（Lindqvist Enzyme Treatment），简称 LET 疗法，改变了这一切。吉莉安坚持用比尔克的名字来命名这次突破。即使这一疗法可以拯救成千上万的生命，但对每一个认识比尔克的人来说，这也仅仅是个慰藉。她已数不清有多少次，当有人走进实验室时，她会抬起头，希望看到那个大块头站在门口，听到他又说错一个成语，看到他温暖真挚的笑容。

卡丽碰了碰吉莉安的手臂，吉莉安回过神来。

"妈，你没事吧？"

吉莉安笑笑，擦擦眼角的泪光："没事。"

"对不起。我只是……我没事，你知道吗？不用担心我。"

吉莉安把女儿拉到身边，轻轻亲了一下她的额头："我知道你现在长大了，不用我担心。但我是你的妈妈。"

卡丽冲她微微一笑，转过身去收拾柜台上的几样东西。她的钱包太满了，里面的东西都掉了出来，吉莉安瞥了一眼卡丽后脑勺上的不锈钢接口。大部分时候，它都被好好地挡住了，特别是她把头发放下来的时候。如果她洗澡时把头发弄湿了，或者当她把头发扎到头顶上时，那个小小的注射口就会露出来。

这是 LET 疗法的唯一缺点。它治标不治本。酶可以溶解神经纠缠，防止细胞死亡，但是并没有根除引起罗斯综合征的根本原因。吉莉安有关疾病的理论，涉及几种对基因编码有内在影响的神经毒素，在医学界广为流传。很多业界专家都同意，不断加剧的空气污染和水污染是罪魁祸首，但是确切的毒素尚未确定。

所以目前的解决办法就是每隔两年，在患者头骨上的颅骨接口进行一次注射。这样可以减少疾病的影响，尽管那不是吉莉安最终所希望的，但这绝对比看着她最爱的人逐渐变成一个陌生人好得多。

"好了，我要走了。"卡丽一边说，一边把鼓起来的钱包拉上拉链。

"你带够口罩了吗？"

"嗯。"

"你确定？"

"确定。哦，对了，温斯顿和我今晚会一起吃饭，所以我会晚点回家。"

"'晚点'是晚到什么时候？"

卡丽翻了个白眼，走过厨房："妈，你应该知道我现在已经快成年了。"

吉莉安笑了笑，紧紧地拥抱她的女儿："我知道，但你永远都是我的小女孩。"

她们就这样抱了很长一段时间，直到卡丽说出那个吉莉安一直在等的词。事实上，她还没有长到不愿说出这个词的年龄，或许她永远也不会拒绝说出这个词。吉莉安感到有一股暖流淌过心间。

"永远？"

"永远。"

卡丽往后退一步，最后对她笑了笑才离开家。"今晚见。"

"嗯，今晚见。"

吉莉安看向窗外，卡丽冒着雨跑向她的车。她钻进车里，在车道上快速转了个弯，直至车尾的灯光消失在拐弯处。

吉莉安在厨房忙活了几分钟，启动洗碗机，然后手洗了她们昨晚吃饭没洗的几个大盘子。做完家务后，她听着雨声，静静地站了一会儿，才回到起居室的椅子上。

她任思绪纷飞。她就像历史学家一样开始回顾过去，将重要细节按时间段划分。当她开始回忆在空间站上的最后几个小时时，她很想吃氢可酮，这种欲望是预料之中的，但情理之外的是，她没想到这一欲望竟是如此强烈。此时，距离她上次吃那个小小的药片，已经过去了整整八年，但是上瘾的力量总是能让她感到惊讶和害怕。她清楚地知道是什么导致了她欲望的增加。每次她回想那一刻，回想到自己还没有被安德的机器分离，被以光速穿过宇宙送回地球前的那一刻，这种情况就会发生。

因为在那一刻，她忘记了一些事情。不管她多么努力地试着想起，都于事无补，它已经彻底消失了。卡丽的出生。她人生中最开心的日子被抹掉了，那一天仿佛从未发生过。

她记得当她在转移舱里逐渐失去意识时，她试着努力记住那一天，试着抓住那最美好的记忆，以防那可能是人生中最后的机会。但是现在，她对那天的记忆是一片空白。回过头来看，她发现记忆可以激活海马，而转移又会夺走记忆，这其实不无道理。

宇宙自有它的奥秘，你可以追踪定位神秘的思想，就会付出试图打破宇宙永恒规律的代价。她几乎记不起在美国国家航空航天局里经历原子重组时的兴奋感，只记得严重的眩晕感，就像是无意识地入睡，数小时后又醒来，感到无力，不知所措。相比之下，这种感觉要强烈十倍。

短短三分半钟，却仿佛经历了一个世纪那样漫长。不知怎的，某种程度上，她认为，斯蒂芬·金在他的短篇小说中已经十分接近真相了。或许她经历了不止三分半钟，或许更长。

吉莉安叹了口气，身子往前倾，手肘放在膝盖上。她不应该这样对自己，不应该回想过去，想着自己能否做出其他选择，如果她那么做，或许卡森、利奥、莉安，还有伊斯顿都还活着。比尔克也会活下来。

泪水浸满了她的双眼，从她的脸颊落下，如同外面的雨。雨势逐渐减小，她看着被雨水洗刷过的一切，打心底知道，愧疚和孤独将永远不会离她远去。因为在某种程度上，她依然是笼中之鸟，不是被困在飞船上或是空间站里，而是被困在自己的选择中，是她一手造成了今天这般境地。

她的电话和电子邮件都被严格监视着。每次离开家，她都要戴上墨镜和帽子，而且会被卫星和驻扎在附近的联合国代表严密监视。如果她试图把一切和盘托出，或泄露身份，联合国代表就会奉命逮捕她。

这是她继续研究所要付出的代价，既是为了拯救卡丽，也是为了无数被罗斯综合征折磨的人：她要保持沉默。美国国家航空航天局里有超过八千名工作人员，大部分人都知道她参与了这项任务，也知道任务失败了，但极少有人知道她还活着。一旦走漏风声，势必会产生无数问题，公众一定会想知道她为何幸存。那样的话，人们就会知道火星，知道生物圈，还有安德失败的瞬间转移舱和比邻星 b。他们就会知道自己在这个濒临灭绝的星球上的日子已经所剩无几。他们就会知道防污面罩和昂贵的滤水系统并不会拯救他们，知道美国国家航空航天局还需要几十年才能完善将人类运送到比邻星 b 的另一方法。

当那天到来之时，或许就需要招募安德所说的"勇敢的探险家"，需要有人冒险，当第一个吃螃蟹的人。未来充满太多未知，如果人们知道一切，他们就会知道末日即将来临，而他们无法阻止。

她只希望能告诉卡特里娜真相，让她知道自己和卡丽都还活着。但是如果向她泄露消息，那就意味着卡特里娜、史蒂夫还有他们的儿子埃弗里也要过上同样受监视的生活。埃弗里现在已经七岁了，她从未见过他。无论她多么想念他们，她都没有勇气对他们一家做出这种事。

她感到郁郁寡欢，于是起身踱步，向厨房走去，又走去饭厅，最后又回到开始的地方。她把手放在电话上，差点就拿起电话，拨通她姐姐的号码；差点就将一切都抛诸脑后，只想和卡特里娜说说话，听听她的声音。她最终还是放下了手，走到走廊的梳妆台前，拉开最上面的抽屉，低头看着里面的东西。

她妈妈的念珠。它也成功转移了，她戴了它几年，最后把它安全地藏了起来。它不止一次地救了她的命，但是现在她有了另外的计划。她想着有一天，也许是几年以后，她可以偷偷寄出一个包裹，逃过监视，逃过天眼。她想象着姐姐收到了它，而里面没有回寄地址，姐姐打开包裹，发现了里面的念珠。她希望卡特里娜可以明白，仍然有足够的信心相信奇迹的发生。

吉莉安关上抽屉，回到落地窗旁。雨已经停了，她想着去小径散散步。这条小径穿过房子周围数百英亩的土地。就在这时，她的电话响了。

她拿起电话，认出了区号。

美国国家航空航天局。

"喂，"她接了电话，不知道为什么他们会打给她。联合国或美国国家航空航天局的人已经有将近两年没有联系她了。

"吉莉安，我是琼斯。"

她强忍住自己的惊讶。她最后看到的新闻是，参议院任命安德森·琼斯为美国国家航空航天局局长。她完全想不到他会出于何种原因联系她。

"最近怎么样？"他打破沉默。

"我……挺好。挺好。"

"那太好了。我会定期打听你和卡丽的近况。你还喜欢爬山吗？"

"安德森，为什么打电话给我？"出于其他原因，她有点紧张。自她出现在安德的实验室后，琼斯一直很尊重她。她从相关渠道了解到，他可以帮助她继续研究，前提是她得合作，让大众认为他们的居住环境还有望获得拯救。这个人总是隐忍克制，看上去镇定自若、自信从容。但是现在，她可以听到这位局长的声音中有一股别样的情感，如果她没有听错，那不是激动，就是恐惧。

"有辆车正在来接你的路上。一架喷气式飞机会在杰斐逊县机场等着你。"琼斯停顿了几秒，她可以听到他平静的呼吸声，"我有东西想让你看一下。"

◆ ◆ ◆

吉莉安被护送着穿过一条后巷，来到行政楼的配楼，她还戴着墨镜和帽子。即使是在这里，特别是在这里，在美国国家航空航天局的园区内，她的身份也必须保密。

过去的四小时太不真实了。她先是坐上一辆黑色的豪华轿车，被一名沉默寡言的司机从家里接走，然后又乘飞机被飞速送往梅里特岛上的航天飞机降落机场，紧接着，她被转移到另一辆车上，最后在小巷里由两个穿着昂贵西装的男人引导进入大楼。如果她不知道，她会以为他们是情报机关的人。显然这无比荒谬，因为她不是去拜访总统，仅仅是去拜访美国国家航空航天局局长。

当穿着西装的男人护送她到一间狭小的会议室时，她变得更加紧张。一张矮桌中间放着一面宽宽的触摸屏，桌子旁摆放着两把椅子。会议室没有窗户，只有一台摄像机在角落监视着她。

几分钟后，门开了。安德森·琼斯大步流星地走了进来。自她上次见他，他老了一点点，岁月在他身上留下的唯一痕迹就是那一头黑发中间夹杂了一丝白发，和他的胡子遥相呼应。

"吉莉安，很高兴见到你，谢谢你在这么短的时间内赶来。"他与她握握手说。

"我还有别的选择吗？"

琼斯只是笑笑："不，你没有。但这就是我们现在的处境，不是吗？"

她正要问他是不是每次出门都要乔装打扮，但她还是没有问出口。

"请坐。"他一边说，一边点亮眼前的屏幕，"我知道你长途跋涉，应该很累了，因此我会直奔主题。接下来要给你看的是机密文件。说实话，当我提出要让你看这个时，我冒了很大风险。说真的，我相信在接下来的日子，我们需要你的专业知识。无论如何，我觉得所有人都应该有知情权。"

琼斯打开一个文件，里面是一个视频。就在那一瞬间，她就认出了房间的布局。这是空间站的瞬间转移舱。琼斯按下"播放"键，视频开始播放。

吉莉安看着她自己走进房间，看着空间站下沉，看着自己与浮动的重力斗争。看着她自己在舱内的控制屏幕上做出选择，脱下连体服。谢天谢地，有人编辑了视频，模糊处理了她爬进导管时的裸体。导管随后关闭。就在那一瞬间，她又回到了隧道里，感觉到空间站在她周围颤抖着，而她鲜血直流，她多么害怕那是生命的最后时刻。

"你是怎么拿到这个的？"她问。

"一旦空间站进入故障模式，数据就会自动传输。"琼斯说，神情严肃。

"我……我不知道你为什么要给我看这个。"她说。

"请继续看下去。"

她看到自己渐渐失去意识，在真空导管里晕了过去。一秒后，屏幕上闪现一道亮光。当视频恢复清晰后，她不见了。时间标记嘀嗒作响，房间抖动得越来越厉害，一个橱柜掉了下来，无声地碎在地上，房间和走廊之间的玻璃屏障也已经破碎。她正要再次问琼斯她应该看些什么时，她终于留意到了。

屏幕下方有动静。有人正在爬进转移舱，身后留下一道长长的血迹。伊斯顿！那感觉就像见了鬼魂。

"我的天。"她说，一手捂住嘴巴，"他还活着！"

伊斯顿挣扎着站了起来，身子摇摇晃晃的，仿佛正站在暴风雨中的甲板上。他向前倒去，抓住了转移舱的控制台。他用一根手指按了下屏幕，舱门开了。爬进导管前，伊斯顿扯下他的衣服，吉莉安看到，他的腿正在流血。门关上了。整个房间都在震动，静电穿过屏幕，干扰了摄像机，最后视频黑屏了。但是在视频黑屏前，一道闪光点亮了整个房间。最后视频停止了。

吉莉安瞪大眼睛，看着琼斯。琼斯轻轻点头。"伊斯顿逃出来了？"她问。

"嗯，他成功了。"

"他在哪里？为什么我看不到他？他就在我后面几分钟。"她看着琼斯，内心涌出无数个问题，直到她想到一个可能性，她意料之外的一个可能性，这样所有问题都得到了解答。

吉莉安往椅子后坐了坐，感到震惊与麻木。

"他没有转移到这里，对吗？"她终于开口问。

琼斯摇摇头，又碰了碰触摸屏："昨天东部时间下午七点左右，我们收到了这条信息。我们估计这应该是在差不多四年前发出的。"

琼斯触摸屏幕。一个视频开始播放。刚开始是一片黑暗，屏幕顶部只有阴沉的红光，之后视野突然翻转过来。先是虚焦，然后开始对焦。伊斯顿的脸出现在屏幕上。他看上去还和她留他独自一人在走廊对抗不断逼近的空间站人员时一样，紧张却坚定，誓要为他死去的朋友复仇。

伊斯顿眨了眨眼，目光从摄像机移开，看着镜头外的景象。在那一刻，她看到了那个告诉她愿意前往未知太空的人。那个勇敢的探险家。

"我是'探索六号'的任务专家伊斯顿·辛克莱尔。"

吉莉安身子前倾，注意到他眼睛里的东西。一个清晰的倒影。那是个明亮的球体，不是绿色的，也算不上是蓝色。人类的语言还没有一个可以形容这种颜色的词语，至今没有。

"我正在半人马座星系，从埃里克·安德博士的探测船发来信号，还有……"

他的声音渐渐减弱。吉莉安凑近屏幕，凑近他的朋友，在伊斯顿的大眼睛里看到了另一个奇异新世界的清晰映像。

伊斯顿笑了："你绝对不会相信我现在看到的景象。"

// 致　谢 //

一如既往地感谢我温暖的家人们，你们的支持让我可以坚持做自己热爱的事情。谢谢我的编辑，雅克·本-齐克里、利兹·皮尔森，还有凯特琳·亚历山大，是你们帮助我将自己的想法写成了一本书。十分感谢我的经纪人，劳拉·雷内尔，谢谢你一直鼓励我，在《遗忘效应》的创作过程中给予我意见和支持。谢谢美国国家航空航天局的托马斯·爱德华兹博士给我提供的专业意见，他让我天马行空的想法得以实现。感谢莎拉·肖、米凯拉·布鲁德、杰夫·贝莱，以及托马斯和默塞尔出版社所有的工作人员，他们都是业内最优秀的人才，感谢布莱克·克劳奇、理查德·布朗、马特·艾登在我创作时给我反馈的大量意见。最后，谢谢所有这些年真诚支持我的读者，你们的喜爱与建议让我感激不已。